大畫情聖
第二輯
十四
歷史新局
大結局
上山打老虎 著

大畫情聖 II

【目錄】

第一九六章 幕後主使

術士不敢說是，也不敢說不是，只是渾身痛得厲害，

流血過多，臉色已變得慘白了。

大致的脈絡已經問清楚了，

可是幕後主使之人卻還沒有浮出水面，

還好還有線索，沈傲朝身邊的錦衣衛道：

「去查一查劉鄖。」

術士不曾想沈傲居然把所有人的底細都查得清清楚楚，哪裡還敢胡說，繼續道：「劉鄖因爲與我是同鄉，又見我落魄，說是有一樁富貴要送給我，我當時吃了豬油蒙了心，又尋不到什麼生業，便答應下來，後來劉鄖給了我一百貫錢，卻不叫我做什麼，而是讓我去一個道觀裏修行，足足過了一年，才又來尋我。」

沈傲問：「修行了一年，在哪裡修行？又到底是哪一年？」

術士不敢胡說，道：「在汴京附近一個小觀，叫清水觀。那還是宣和四年的事。」

沈傲翹著腿，腦中將汴京附近的寺觀回想了一遍，他從前主掌鴻臚寺時，也知道一些道觀的事，至少那些道觀僧道要有度牒，都得鴻臚寺准許，不過印象中卻沒有清水觀，想來這道觀應當不是官府認定的小觀，裏頭的道人也不是朝廷頒發口糧和土地，應當是靠富戶們接濟的。

沈傲只好作罷，繼續道：「而後呢？」

術士道：「而後便叫小人四處佈道……」

「佈道？」

「對，就是按月給小人一點兒錢糧，到京畿附近接濟窮人，偶爾也會拿些藥、配些符水給人治病，從此之後，坊間都說小人是仙人，名聲越來越大，連一些王公貴族都開始請小人去做座上賓了。」

沈傲吸了口氣，冷笑道：「看來這讓你做事的人是早有預謀了？」

術士不敢說是，也不敢說不是，只是渾身痛得厲害，流血過多，臉色已變得慘白了，期期艾艾地道：「再後來，劉鄔又來了，叫小人去見一個公公，這公公沒有報出自己的名諱，只是打量了我一會，問了我幾句話，便又去和劉鄔商量了一會兒，才對小人說，有一樁差事要給小人，讓小人聽他安排。」

大致的脈絡已經問清楚了，可是幕後主使之人卻還沒有浮出水面，還好還有線索，沈傲朝身邊的錦衣衛道：「去查一查劉鄔。」

錦衣衛拿著檔案道：「劉鄔在兩個月前就已經病死了。」

沈傲似乎不覺得意外，這種殺人滅口的事是常有的，便對術士道：「那與你接觸的另一個公公，你還認得嗎？」

術士道：「認得。」

沈傲道：「若是下次本王把他帶到你跟前，你能指出來嗎？」

術士道：「可以。」

「這就好辦。」沈傲站起來，拍拍手道：「給他治傷，好好看著，本王還要去覲見皇上，其餘的事都交給你們了。」

沈傲出了那陰霾的地牢，深深吸了口氣，才發現自己的衣袍沾了不少的血，只好先

去沐浴、更衣之後，才騎了馬往行宮去。

行宮寢殿。

一排宮燈一溜兒沿著牆角過去，南牆上懸掛著幾幅書畫，北牆則是一柄裝飾用的金劍靠著門扇，門洞之外盎然透著春意，春風時而捲過一兩片掉落的新葉，然後滾到門檻下頭，清新怡人。

床榻上，帷幔勾在兩側，錦被下傳出幾聲劇烈咳嗽，幾個躬身站在榻下的內侍又緊張起來，一個拿著潔白的絲巾彎腰去接痰，另一個端了痰盂過去。

楊戩神情恍惚地坐在離榻下不遠的一處檀木凳上，撐著腦袋在方桌上打盹兒。

這幾天他實在太累，一天能睡兩個時辰就算不少了，可是又不肯回去睡，索性就撐在這兒，榻上的咳嗽聲傳出來，楊戩被驚醒，反射動作地站起來，搶步到榻上去看。

趙佶已是滿臉的病容，好不容易將痰咳出，消瘦的臉上哪裡還看得出從前那灑脫豐潤的神采？枯瘦的手指抬起來，指了指楊戩，示意楊戩給他後背加個靠墊。

楊戩立即拿了個軟墊來，輕輕扶住趙佶的身子，將軟墊放下，才慢慢將趙佶的身子放下去，道：「陛下，這藥怎麼就不見效？實在不成，奴才再去尋尋方子，奴才昨日聽人說，從前鄭國公也染了重症，太醫都叫了，總是不見好，後來尋了個偏方，只吃了幾副藥，一下子就藥到病除了，可見太醫也未必可靠。」

趙佶艱難地搖了一下頭，淡淡道：「朕知道自己身子，朕患的不是疑難雜症，這是油盡燈枯了……」

楊戩淚流了出來，道：「陛下怎麼說這等喪氣話？陛下龍體安泰的呢，只是染了風寒……」

趙佶卻道：「方才晉王來過是不是？」

楊戩點頭。

趙佶吁了口氣，道：「朕這個皇弟太瘋癲了一些……他這人玩心重，本來呢，他到了泉州，早就四處搞得雞飛狗跳了，現在卻成日的閉門不出，這便是說，他其實也擔心著朕。可是朕不想見他，你知道是爲什麼嗎？」

楊戩一副洗耳恭聽的樣子，弓著身努力探著頭進去，用衣袖揩著眼淚。

趙佶急促呼吸幾下，才道：「朕這個樣子怎麼見他？他那性子的人，見人便是嘻嘻哈哈的，朕又怎麼忍心見他朝朕哭？還是不要見了吧，見了煩心。」

楊戩重重點頭道：「陛下說不見就不見。」

「朕有許多人想見，泉州也有不少人急著見朕的，比如安寧和朕的幾個皇子，還有朕的皇外孫，可是朕打定了主意，誰都不見。」

趙佶恢復了些氣力，幽幽道：「沈傲到泉州了嗎？早些天不是說已經到蘇杭了？」

「應當快到了。」

趙佶沉聲道：「朕非見他不可，還要許多事要交代呢。他如今是輔政王了，現在想起來，朕也不知道這般做到底是對是錯，他是個不安生的人，和晉王是一樣的秉性，都愛鬧……」

趙佶氣若游絲，費力地道：

「朕能容他們，太子能嗎？不能！太子的性子，朕知道。他眼裏容不得沙子，朕若是袖手不管，早晚有一日，太后、晉王、沈傲都要獲罪，還有安寧只怕也要受牽連，所以朕……朕便是寧願擔著社稷的干係，也要安排這樁後事，但願太子將來對沈傲有些忌憚吧，只要太子不動，朕知道沈傲是絕不會辜負朕的。」

楊戩已是無言以對，嗚咽著低泣。

趙佶的眼中，突然閃露出一絲恐懼：

「其實朕最怕的就是死，人死之後，不知會是什麼樣子，朕總覺得活不夠一樣……你看，前幾日不是又送來捷報嗎？咱們大宋的基業算是保住了，如今又是開疆拓土，又是揚眉吐氣，沈傲若真有異心，朕能制得住他嗎？」

趙佶說話的邏輯開始有點錯亂起來，頗有些前言不搭後語，可是這最後一句話倒是沒有錯，二十萬水師在北地，二十萬遼軍已經稱降，此外還有數十萬夏軍，十幾萬配軍，再加上各族臣服，調動軍馬百萬，對沈傲來說不過是舉手之勞。這輔政王說來說去其實只是個名義，若沈傲當真要做曹操，誰能攔得住？可是沈傲沒有，他仍是回來了，單這一點，就足夠趙佶欣慰。

趙佶的性子，與其他帝王不同，或許說，正是因爲趙佶，才締造出沈傲這輔政王，若是換作其他皇帝，沈傲早已死了十次二十次，偏偏趙佶是個詩人，是個頂級的畫師，是天下最好的行書大家之一，更是一名很好的鞠客，唯一的短處卻不是個好皇帝，正因爲如此，他才讓蔡京轄三省事。原本大宋的規矩就是三省分權，而趙佶卻偏偏不以爲然，將天下的權柄全部拱手交給蔡京，才會導致蔡京禍國弄權。

現在，趙佶故技重施，又弄出一個輔政王，其實和轄三省事是一個道理，趙佶信任，所以可以做到毫無保留。

趙佶似乎已經疲倦到了極點，說了幾句話之後便闔目睡了過去。

楊戩收了淚，仔細地爲他掖了錦被，才小心翼翼地從寢殿中退出來，迎面一個內侍快步過來，低聲道：「輔政王殿下到了。」

楊戩一時激動起來，道：「人在哪裡？」

「正在趕來。」

楊戩道：「不必通報，直接請殿下到寢殿這邊來，快去吧。」

沈傲終於來了……

楊戩心中百感交集，這些時日，他在行宮之中可謂是憂心如焚，一面擔心趙佶的身體，另一方面也擔心自己的身家性命，如今，沈傲這小祖宗總算回來了。

楊戩搓搓手，先到耳室等了一會兒，外頭傳出腳步聲，聽到有人低聲說：「殿下……」二字，楊戩立即快步出去，果然看到沈傲穿著一件簇新的尨服過來。

楊戩飛快地迎過去，道：「沈傲……」

沈傲也加急了腳步，立即道：「陛下如何了？現在能否覲見？」

楊戩道：「陛下剛剛睡下，且到耳室去坐坐，待陛下醒了，再進去說話吧。」

沈傲惆悵地嘆了口氣，點頭道：「好極了。」

二人默然地進了耳室，叫人上了茶，沈傲顯得有些疲倦，揉揉太陽穴才道：「這些時日辛苦泰山大人了。」

楊戩苦笑道：「辛苦談不上，這是咱家的本分，讓咱家擔心的還是太子，現在太子登基已經成了定局，沈傲，太子登基之後，只怕……」

沈傲冷冷道：「暫時不必理會，先讓他逍遙幾日，若是他肯與我相安無事倒也罷了，若真的蠢蠢欲動，我也不是好欺的。」

楊戩見沈傲一副無所畏懼的樣子，提起的心放下了一半，道：「你還是老樣子，天王老子都不怕。」

沈傲的臉上露出憂心的淡笑，道：「我若是畏首畏尾也不會有今日，別人都說我是沈楞子，卻不知道人有時候就是要裝瘋賣傻，別人看你是傻子，其實你比誰都聰明，只有這樣的人，往往才最可怕。」

沈傲自嘲地笑了笑，又道：「長途跋涉，說起來我也累了，索性在這裏歇一歇，待陛下醒了再去覲見吧。」

楊戩立即吩咐人去收拾了一個臥房，引著沈傲去歇下。

沈傲心裏卻在想：長途跋涉不累，倒是方才嚴刑逼供讓人疲倦。

沈傲真的疲乏到了極點，又怕中途趙佶醒來，連衣服也不敢脫，只脫了靴子倒頭便睡。

不知過了多少時候，楊戩在沈傲耳邊低聲道：「快醒來……快醒來……」

沈傲心中藏著事，沒有賴床，飛快起身，劈頭便問：「怎麼？陛下醒了？」

楊戩頷首點頭道：「陛下聽說你來了，龍顏大悅，叫你立即過去。」

沈傲套了靴子，跳下榻，連衣冠都來不及整，飛快地往寢殿過去，到了寢殿外頭，

他深深吸了口氣，似乎有些猶豫，又似乎是覺得有些傷感，重重嘆了口氣才跨過檻去。

宮燈冉冉，光線黯淡；輕紗帷幔遮蔽住了視線，帶來幾分朦朧。

靠南牆的木窗打開了一些，夜風拂過，將帷幔吹得顫顫晃動，木窗外是一輪明月，月光皎潔，宛若銀盤。

只是這個時候，沈傲根本沒有興致去看那夜色、觀這圓月。一步步走進去，連心都不禁跟著狂跳起來。

在帷幔之前，沈傲更覺得傷感，若是在從前，自己來覲見時，趙佶多半是伏在案上，或捉著筆，或倚著椅子看著書卷，那時候也是許久不見，想必趙佶的心情一定懷著希冀和喜悅。可是現在呢……

捧著書卷和捉筆的皇帝陛下已經耗乾了最後一絲氣力，此刻的皇帝陛下，心情仍是喜悅嗎？

趙佶的心思，沈傲猜測不到，可是沈傲卻知道，他的心裏像是堵著一塊鉛石，那如鯁在喉的東西咽不下又吐不出，滾燙的液體在他的眼眶打轉，想要奪眶而出，可是沈傲卻強忍著，無論如何也不肯讓它們出來。

「男子漢大丈夫不能哭，要笑，笑！」

沈傲心裏這樣說，才勉強地擠出一點笑，這笑容沒有他心情舒暢時清澈，也沒有他與各色人等打交道時那般虛僞，笑得很勉強，就像是病榻上的人欠了他一屁股的債，還挖著鼻孔繼續賒欠一樣。

「臣沈傲來遲，請陛下恕罪……」沈傲噗通一聲跪倒，什麼男兒膝下有黃金，讓他見鬼去吧。

病榻似乎動了一下，接著傳出趙佶有氣無力的聲音：「過來……」

沈傲起身，快步過去，揭開帷幔，借著宮燈的光線，終於看清了趙佶的面容，這是一張消瘦而滿帶病態的臉，從前風采奕奕的眼眸失去了光澤，正如所有垂垂老矣行將就木的老人，帶著一種不捨和留戀。

「你終於來了，朕還當見不到你最後一面。」

沈傲坐在榻沿，將趙佶伸出來的手輕輕地放回錦被中去，一面道：「臣聽到旨意，一日也不敢耽擱，日夜兼程地趕回來。陛下的身子好些了嗎？」

趙佶卻像是執拗的老人一樣，還是將手探出被窩，搭在沈傲的膝上，道：

「好，好些了，前幾日聽到你又在大定大捷，爲大宋剪除掉了心腹大患，朕的病就好轉了一些。朕看來是不成了，所以有些話非對你交代不可，你不要說話，也不要哭，只聽朕說吧。」

沈傲默然點頭。

趙佶道：「朕死之後，你切切記著，要好好待太后，好好待晉王還有安寧、紫蘅，朕將這些至親之人悉數都託付在你的身上了，你明白了嗎？」

沈傲又是點頭。

趙佶吁了口氣，這才覺得滿意了一些，繼續道：

「至於太子……朕知道，太子與你有閒隙，所以朕才欽命你爲輔政王，朕死之後，你扶著朕的靈柩，帶著泉州的眾親王和皇子回汴京下葬，自此之後，便永遠離開汴京，太子不能奈何你的。」

沈傲又是點頭，心中一動，很想將術士的事說出來，可是隨即又黯然地打消了這個念頭，一方面，那術士還沒有鐵證能證明與太子有關，另一方面，沈傲實在不忍將這殘酷的事實對一個尚在彌留的老人說出。

沈傲現在居然生出一個奇怪的念頭，只想讓趙佶安然地與世長辭，那些陰謀和詭計，那些殘酷的事實，都由自己來承擔吧。

雖然現在說出來，對沈傲有極大的好處，可是沈傲偏偏就是說不出口，他黯然地看著趙佶，默默點頭，道：「臣知道了。」

趙佶的臉色更顯欣慰，用手拍著沈傲的膝蓋，連連道：「好，很好……」

趙佶不斷咳嗽，嚇得小內侍們飛快拿了痰盂，沈傲接了一條絲帕輕輕放在他的嘴邊，待他吐出了血痰，拋入痰盂之中，又爲他擦拭了嘴，趙佶才平靜下來，重新躺下，目光幽幽的看著沈傲，一字一句道：

「太子可以當國嗎？」

趙佶的言語之中，似乎還帶著對趙恆的不信任。可是沈傲可以感受到，趙佶的眼眸中帶著一種渴望，似乎在渴望沈傲給予他正面的答案。

沈傲有兩種選擇，若是搖頭，勢必讓趙佶失望；點頭，對趙佶則是一個寬慰。至於其他的事，沈傲已經無法計較這麼多了，什麼榮辱權力，這都不是他現在關心的事。

沈傲篤定的回答：「太子老成謀國，雖不及陛下萬一，卻是守成之主，足以託付。」

趙佶的臉上果然露出欣慰的笑容，枯瘦的手挽住沈傲：

「朕不願立太子，可是木已成舟，此時已經來不及了。太子若是登基，你務必忍讓，朕知道你，你愛胡鬧，你受不得別人的氣，朕撒手西歸之後，你需謹記，太子不是朕，凡事要謹慎，不要觸了他的逆鱗，否則就是殺身之禍，朕在泉下亦是不安。晉王他們可以隨你就藩，太后若是肯，也可以讓她出宮由晉王贍養……三皇子……」

說到趙楷，趙佶的目中閃過一絲憂心：「三皇子與朕最像，朕萬般寵溺，甚至曾有過易儲的念頭，現在想來實在是害了他……」

沈傲默然。

趙佶勉強笑了笑，道：「朕若是死了，你記著每年這時候燒幾幅畫來給朕看看，朕作了一輩子畫，卻總覺得欠缺一些火候，總是差那麼一點點……」

沈傲道：「臣定收集天下名畫，供陛下御覽。」

趙佶不由笑起來，不過這情緒大起大落，反而讓他覺得有些不適，道：「好，好……天下的名畫都要，就叫萬壽綱……」

你妹的……沈傲這時候雖然悲慟，還是忍不住心裏爆了一句粗口，從前生辰綱、花石綱沒有玩夠，到了這時候，居然還想著萬壽綱，缺德不缺德呀你。

不過沈傲隨即黯然了，蔡京等人給他操辦生辰綱和花石綱，這叫阿諛逢迎。可是自己這萬壽綱，卻只能算一種緬懷，雖然這萬壽綱糜費不菲，沈傲還是點頭，道：

「臣知道了。」

趙佶便笑了起來：「除此之外，還有字帖，朕最遺憾的，便是尋覓不到王右軍的《論書帖》，朕死之後，你要仔細搜尋。」

沈傲的臉色已經有點尷尬了，咳嗽了幾聲：「知……知道了……」

趙佶道：「如此，朕就能瞑目了。不過朕現在在想，後世會給朕什麼樣的謚號，其實朕知道，朕先任用奸臣蔡京，揮霍無度，不理國事……」

沈傲連忙打斷他，道：「陛下的謚號，非文既武，文以載道，武能定邦，陛下不必擔憂。」

趙佶聽了，眼睛一亮：「不如叫『聖文仁德顯孝允武皇帝』。」

沈傲已經不覺得有那麼悲傷了，正經八百的與趙佶討論著：「何不如叫『憲元繼道顯德定功欽文睿武齊聖昭孝皇帝』？」

趙佶臉色驟變：「這是先帝的謚號！」他氣得臉色發白，拼命咳嗽。

沈傲一時無語，連忙道：「我說爲何這般耳熟能詳，一下子就脫口而出了，原來是先帝的謚號……」

趙佶道：「再想一想。」

沈傲沉吟片刻，道：「有了，不如叫『合天弘運文武睿哲恭儉寬裕孝敬誠信中和功德大成仁皇帝』如何？」

趙佶眼睛一亮，道：「這個好極了，不過這謚號重了個仁字，大大不好，朕平生以孝爲先，自然是重孝爲好。」

沈傲無語，這傢伙居然還討價還價了。其實在這個時代，孝是百善之首，比一個仁字還高檔些，所謂「百善孝爲先」，仁字雖然拉風，可是孝字卻最醒目，歷朝歷代，孝皇帝大多在後世的評價比什麼仁皇帝、武皇帝之類更高一些。

沈傲一副苦兮兮的樣子，只好道：「那臣再想一想。」絞盡腦汁，半天才道：「有了，就叫『敬天昌運建中表正文武英明寬仁信毅睿聖至誠大孝皇帝』。」

趙佶激動的道：「就是這個，快，拿筆寫下來，切莫忘了。」

沈傲依言，去叫人拿了紙筆，用筆作書，將這令他腦子抽筋的謚號寫下。

趙佶欣慰的道：「如此，朕就可以瞑目了。」

沈傲心裏想，先是萬壽綱，之後又是謚號，倒是只會折騰我這未亡人。不過想到趙佶病到這般田地，沈傲難得的表現出寬廣的心胸，沉重的道：

「陛下的囑咐，臣便是拼了性命也要完成。」

帝王的謚號，一般是由禮官議上，再請新君定奪。雖然會吹捧些先皇帝的功績，可是大多數還是秉持著公正的，所以要給趙佶上這麼個謚號，肯定會有人反對，就是趙恆也未必肯點這個頭，可想而知沈傲到時候要力排眾議，會有多麼艱難。

趙佶臉色好轉了一些，對沈傲道：「辛苦你了。朕現在又想起了一件事。」

沈傲覺得自己的臉部肌肉在抽搐，真不知該哭還是該笑。

趙佶道：「朕收藏的那些字畫能夠陪葬嗎？」

趙佶的私藏在內庫之中可謂不少，幾乎囊括了歷代名家的字畫，不過趙佶死後，按道理這些字畫自然成了趙恆的，這些字畫都是價值連城，若只是一件兩件倒也罷了，可是數百數千趙恆肯定是不肯的。

其實趙佶這非分的要求，便是沈傲都覺得不合時宜。沈傲想了想，道：「陛下，陪葬不如流傳於世，不如臣爲陛下編纂畫冊，選陛下佳作三十幅，再配之以歷代各大家的畫作印刷出來，讓天下人收藏如何？」

趙佶想了想，覺得這倒也是一件很體面的事，便道：「好，可以。」

趙佶方才過於激動，漸漸的已經有些神情恍惚了，沈傲耐心等他睡下，才如哄完了孩子的母親一般透了一口氣。

第一九七章 至尊對決

事涉到了爭寵，商賈們便更是激動了，這是太子和輔政王對決。輔政王輸了，就要廢黜海政；海政完了，大家都完蛋。於是大家捋起了袖子，根本不必衙門動員，已是個個爭先。這兩日日夜趕工，要多少有多少。

從寢殿中出來，楊戩在外頭探頭探腦，道：「如何？」

沈傲苦笑：「還能如何，泰山大人在這裏悉心照料吧，明日我再來。」

楊戩點頭，送沈傲出去，恰好看到晉王的車駕又來了。

晉王在車中探出頭來，顯得有點兒精神頹喪，看見了沈傲，驚訝的道：「沈傲回來了？」

沈傲走到車前，道：「殿下要去哪裡？」

晉王趙宗欲哭無淚，道：「想去看看皇兄，可是皇兄無論如何都不見我。」

沈傲嘆道：「陛下乏了，已經歇下，還是下次再來吧。」

趙宗搖搖頭，道：「罷罷罷，原本你來了，本王非要請你吃點酒洗塵的，可是現在……」趙宗難得的嘆口氣：「本王實在沒有這個興致，就此別過吧。」

沈傲也沒這個興致，與趙宗分道揚鑣。

離行宮最近的便是海政衙門，沈傲信步過去，海政衙門很是肅穆，門子見了沈傲過來，立即去通報，過了一會兒，吳文彩便快步來了。

沈傲負著手，用沉重的語氣道：「尋個地方，陪本王去喝茶。」

吳文彩頷首，引著沈傲到衙門的一處偏房，叫胥吏上了武夷茶，沈傲喝了一口，道：「這茶真苦。」

吳文彩道：「殿下，苦由心生，不是這茶苦，而是殿下心中苦。」

沈傲抬頭，勉強笑罵道：「你居然還會禪語了，你說的不錯，不是茶苦，只是物是人非了。」說罷將茶盞放下，對吳文彩道：「方才見吳大人一副欲言又止的樣子，莫非是有什麼話要對本王說？」

吳文彩正襟危坐道：「殿下危矣……」

沈傲淡淡道：「本王時時刻刻都處在危險之中，危言聳聽的話就不必說了。」

吳文彩搖搖頭，道：「泉州的周刊，殿下看過了嗎？」

沈傲道：「知道一些。」

吳文彩吁了口氣道：「殿下想做忠臣，這一點吳某人豈會不知道，可是現在這局面，已經容不得殿下左右了，且不說太子如何，現在各地的周刊，還有這些周刊背後的商賈，以及江南、福建、廣南等路的世家大族，如今都在暗中活動。有一個叫趙志敬的名士已經組成了海商會，聯絡了數千名門、商賈、士人，四處散佈消息，要讓皇上駕崩之後，由殿下來主持天下的大局。除此之外，便是水師之中，也有許多不當的言論，前幾日有個駐留的水師營官，竟當著馬知府的面，說天下非輔政王不能做主不可，馬知府當時便嚇了一跳，這些話也幸好是當著馬知府說的，若是當著別人說，多半已經上達天聽了。」

吳文彩憂心忡忡的看著沈傲，他深處在泉州這漩渦之中，當然也知道這裏頭的厲害，現在整個福建路都在鼓噪，不止如此，還有江南路、廣南路，說白了，無非是新君登基，大家的好處得不到保證，要想維持自己的利益，非輔政王當國不可。再者說，與輔政王休戚與共的人遍佈三教九流，有商賈、有士人，也有武官、軍卒、腳夫、水手，這麼多人，人多嘴雜，動靜又大，這不是找死嗎？

沈傲打開了海政的匣子，天下已經遍佈了海政的既得利益者；而這些人，就是推動著天下潮流的巨大動力。沈傲發覺，自己已經身不由己了。

吳文彩的話很簡單，就是要沈傲立即作出決斷，到底是要做梟雄，還是要做能臣。要做能臣，下頭這些爲他奔走鼓噪的聲音一定要以最快的速度壓制下去；可要是做梟雄，也必須未雨綢繆，預先做好準備。

沈傲沉默了。事實上，他雖然殺起人來快刀亂痲，可是涉及到宮變的事，沈傲卻不得不猶豫起來。

吳文彩道：「現在下頭鬧得這麼厲害，早晚要傳到汴京，太子會怎麼想？殿下總要給出個準話來，好讓咱們這些下頭人有個準備。」

吳文彩的目光變得漸漸大膽起來，直視著沈傲，舔舔嘴道：「殿下若是要做能臣，吳某也無話可說，可殿下……吳某願效犬馬之勞，福建路、蘇杭路、西夏、契丹故地、廣南路，都以殿下馬首是瞻。」

沈傲沉默過後，總算灑然起身，道：「到了這個份上，趙恆不給我選擇，我就不給他選擇。該做的準備，你們儘管去做，兩手都做好準備，能做能臣自然是好，不能做，那就讓後世笑罵去吧。」

曹操被後世笑罵，王莽也是如此，趙匡胤難道沒有被人指責？沈傲的底線就是不要把自己逼急了，逼急了就咬誰，沈楞子三個字可不是叫著玩的。

沈傲從海政衙門出來，帶著周恆等衛士直接回家。

早在幾年前，沈傲就在泉州新城置辦了一處府邸，趙佶旨意一下，沈家一干人也都隨汴京的王公一道來了泉州。沈傲在府邸前駐馬，看到這簇新的大宅，門房見沈傲回來，一面來迎，一面飛快地去給內宅的家眷報信。

沈傲進去的時候，發現安寧明顯消瘦了不少，心中又是憐惜又是不忍，摟著她好一陣寬慰，這時候又想起趙佶，不覺變得惆悵起來。

隨即幾日，沈傲每天去行宮見駕，趙佶的身體越來越壞，到了後來，有時連話都說得模糊不清，沈傲心中更是快快不樂；只有拿出錢來，四處收集名畫，供趙佶消遣。

自從上一次說了太子的事之後，此後二人就像是有了默契一樣，都不再去觸碰這些

沉重的話題，只是論書論畫，有時沈傲坐在榻前，聽趙佶說些緬懷從前的話。

看著這枯瘦的老人生氣越來越少，沈傲想哭，又哭不出；想笑，又覺得牽強。來了泉州，一心一意地伺候著趙佶，什麼興致都沒有，連外頭發生了什麼都不知道，有時楊戩和他說話，他也只是嗯嗯啊啊地回應。

「朕做了這麼多年的皇帝，只知道坐在皇宮這洞天裏稱孤道寡，召見大臣，還真不知道這皇帝到底是什麼滋味，朕的江山當真是豐亨豫大嗎？」

有一日，趙佶躺在榻上，他的身體已是越來越差了，雙目只能闔著，咳嗽了幾聲，繼續道：「朕真的想看看，看看朕的天下是什麼樣子。」

沈傲心念一動，道：「陛下想看，爲什麼不親眼去看看？」

「遲了……」趙佶滿是遺憾地道：「朕現在這個樣子……」

沈傲是急性子，趙佶說話慢吞吞的實在令他受不了，他打斷趙佶道：「陛下這個樣子更該看一看，百姓們也想見見陛下，這件事就這麼定了，三日之後，陛下出宮巡遊。」

趙佶被沈傲的鼓勵也撥弄得心思動了起來，道：「好，朕去。」

沈傲的心情一下子好了幾分，尋了個空子，飛快地出了寢殿，立即命吳文彩和泉州知府馬應龍過來，劈頭就道：

「從今日起，泉州上下各衙門都放下手裏的事。」

馬應龍作揖道：「不知殿下有什麼事要交代我們辦？」

沈傲興致盎然道：「本王要辦一場盛會，一場舉世無雙的盛會，陛下三日之後，要出宮巡遊，街道要好好修繕一下，沿街的樹上也要掛上彩綢，各家的鋪面都畫上彩繪，各家的工房都停工一日，讓百姓們穿著新衣出來。這件事對本王的干係極大，一定要辦好了。」

沈傲顯得有些激動，能給彌留之際的趙佶辦一點事，讓他有一種長出一口氣的感覺，沉吟了一下又道：「新城不是有一處廣場嗎？那裏占地不小，就在廣場的中央立一個雕像，至少要有二十丈高，越大越好，雕像雕刻的自然是陛下，這件事能不能辦成？」

吳文彩苦笑道：「殿下，這只怕是強人所難了，這麼大的雕像，便是一百個工匠趕工一年半載也未必能作成。」

沈傲皺起眉，顯得很是失望，趙佶的一生，除了書畫之外，最大的愛好便是排場，說得難聽些就是好大喜功，沈傲無非是想營造出一個盛世，安慰安慰這個行將就木的老人，正如同他隱瞞太子弒父的事一樣，都只是希望趙佶在駕鶴之時，能滿意安詳。

這大大的雕像，是沈傲預想中最重要的一環，如今辦不成，自然讓沈傲有些失望。

「不過……」馬應龍見沈傲一副陰鬱的樣子，倒是想起了一個主意，道：「下官聽說，泉州的商行募捐了一筆銀錢，要塑一尊媽祖的雕像，打算置於燈塔邊上，另外再蓋一座媽祖廟，用以保佑出海的水手行船平安。現在這座石像已經造了大致有一年之久，眼看就要竣工了，咳咳……若是暫時拿這媽祖的石像，讓工匠們趁著這三日的工期好好的修繕一下臉部，或許可以試試。」

「這樣也能行？」沈傲雖然瘋瘋癲癲，可是媽祖變趙佶，還是覺得難以接受，一雙眼睛上下打量馬應龍，心裏想：你莫非也是穿越來的吧？

馬應龍被沈傲瞧得很不好意思，道：「要做到十全十美，自然是不能指望，可是若多招募些石匠加緊趕工，該增的地方增一點，該少的地方少一點，總能有幾分相似。」

沈傲雙手相擊，道：「這是個好辦法，就這麼辦。」說罷又道：「除了石像，人也不能少，可是要差役都把人驅出來也不好，不如這樣，索性肯出來的，每人領一串錢去，先把姓名登記下來，到時候再讓他們來衙門取。」

吳文彩苦笑道：「殿下，又是披紅掛彩，又是石像，未免也太勞民傷財了一些。」

沈傲黯然道：「無非是盡盡人事而已，勞民有一點，傷財談不上，這些錢都算在本王的賬上，不必從府庫裏拿出來。吳大人，你算一算，大致要糜費多少銀錢？」

吳文彩的海政衙門雖然什麼事都管，可是釐清關稅卻是大頭，這幾年歷練，也算是一員老吏了，只略略一想，便道：「只怕在兩千萬貫上下。」

沈傲卻是搖頭道：「太少，這麼點錢能辦出什麼動靜？本王要辦，就要辦出一個驚天動地的盛會出來，咱們做官總要講一點良心，陛下現在奄奄一息，這輩子也只能出來看這麼一趟了，怎麼還能節省？索性和你說了吧，本王要求不多，就是越鋪張越好，誰要有本事賺本王的錢，儘管來賺。這麼大的事，兩千萬貫肯定是不夠的，本王先讓人拿五千萬貫出來，不夠還有，這泉州最近出了什麼新奇的玩意都不要吝嗇，拿出來，本王有的是錢。」

這時候的沈傲，居然出奇的大方，大手一揮，五千萬貫便撒了出來，這手筆可謂前無古人了。

吳文彩聽沈傲說自己掏錢，也就不再說什麼，便道：「那老夫這便召集泉州上下的官員商量，按著殿下的意思來辦。馬知府，石像的事交給你了。」

馬應龍笑道：「殿下和吳大人放心，總不會出什麼差錯。」

三人聚頭商量定了，沈傲又急促促地趕回趙佶那邊去。

趙佶方才小憩了一下，恢復了一些精力，問沈傲道：「你方才去了哪裡？」

沈傲道：「肚子痛，吃了點醋回來。」

趙佶也不多問，沈傲一直陪著他到夜深才打馬回去。

沈傲倒是清閒，可是他這一拍腦袋，卻將整個泉州鬧了個雞飛狗跳，陛下要出巡，輔政王殿下說了要大大地操辦，怎麼個操辦法？吳文彩召集官員們足足商量了一個時辰，總算是定下了調子。可是單單靠官府還遠遠不夠，於是先是大家承擔了細務，然後各衙門的差役拿了名刺去各家商會拜訪通知。

沈傲在商人們的心目中大致和媽祖差不多，他一聲令下，商人們倒是十分配合，其實他們想岔了，還當是沈傲和太子爭寵，所以才玩出這麼個花樣來。哪裡知道沈傲無非是花錢買個場面，哄趙佶高興而已。

事涉到了爭寵，商賈們便更是激動了，這是太子和輔政王對決。輔政王輸了，就要廢黜海政；海政完了，大家都完蛋。於是大家捋起了袖子，根本不必衙門動員，已是個個爭先。要彩綢，這還不容易？這兩日日夜趕工，要多少有多少；要戲班子？泉州的班子不夠，那就去請，用船隊去請，保準能及時趕到；還要蹴鞠隊？也是有人拍著胸脯包攬，一定按時請來。

至於各種新鮮玩意，那自是不必說，不就是要大大的操辦嗎？輔政王會來事才好辦，就怕你不來事，來了事，給大家指明了方向，大家有錢出錢，有力出力就是。更何況這錢也不讓他們白出，衙門都給錢的，保證你不虧本。

整個泉州的石匠亦是動員起來，全部由知府衙門領著去重修那媽祖雕像，媽祖娘娘也算流年不利，眼看就要享用香火了，卻被硬生生地換了面目，馬應龍親自把關，一天十二個時辰都在工地上督促，也算是盡心盡力。

除了這些，也不知是哪個傢伙想出來的鬼主意，讓藩人來跳舞，於是又是雞飛狗跳一番，四處尋覓藩人，集結了數千人，開始編練舞蹈。

這事是泉州轉運使衙門督辦的，這位轉運使大人倒也興致盎然，人家之所以接這差事，是因爲此人頗喜好聽曲兒，他心裏是這樣想的，這跳舞和聽曲兒差不多，總比馬應龍八竿子打不著的去弄石像的好。要說喜歡聽曲兒的藝術造詣就是不一樣，轉運使大人連這舞名都想好了，叫《百鳥朝鳳》，幾千個藩人，都在沙灘那邊列隊，逐一督導，威脅利誘，跳得好的有賞錢，跳得不好的直接遣返原籍，敢和轉運使大人對著幹，今天就要他完蛋。

衙門做了表率，商賈們做了幫凶，泉州的折騰勁頭顯然沒這麼快過去，原本定在三天之後的工期，早在兩天之前就提前完工了，整個泉州一下子從緊張之中變得清閒下來，可是要閒，卻也沒有這般容易。

清晨拂曉的時候，差役就拿了銅鑼上街，開始喚人，雖然這泉州沒有傜役，可是衙

門裏要攤派點事，大家還是肯去的，於是只往街上轉了一圈，後頭立即呼啦啦的跟了不少青壯。

這些人多是瞧熱鬧的心態，而衙役們卻很正經，捋著袖子頂著烈陽不斷的指點：某某坊的百姓就站在這兒，見到鑾駕過來如何如何，又萬般囑咐不許亂之類。

大家便也當是去玩，又不是被徵去修橋鋪路，都是嘻嘻哈哈的答應。

「嚴肅點，嚴肅點，這是府尊大人親口交代的事，可不是街邊戲耍，事關咱們輔政王的前程，出了差錯，大家一起倒楣。」差役們見他們這個樣子，立即板起臉孔開始訓斥。

紛亂的人群這才收斂了一些，有人仍是笑嘻嘻，有人卻是搖頭，還有人大叫：「虎頭、虎頭，小心肝，你回來！」

差役們生氣了，大叫道：「到時候誰都不許帶孩子出來，像個什麼樣子……」

也有些老頭兒，搬了個茶座、椅子坐在門口，泡了一壺香濃的茶慢飲的，見到這個樣子，都是搖頭，喃喃念著道：「這都成什麼樣子了，神宗先皇帝變法的時候也不是這個鬧法……」

有人歡喜有人憂，反正就是湊熱鬧，各家工房都是按上工的待遇讓大家休假，領著工錢還能湊熱鬧，何樂不爲？雖然嘻嘻哈哈的多，可是大家知道干係到了輔政王，甚至干係到了海政，弄不好很有可能會砸掉自己的飯碗，所以都留了一些小心，差役們指派的事也都盡心演練。

暫態間，全城歌舞，很是熱鬧，從福州甚至是廣南番禺請來的戲班子也急急趕到了，都是快船直接運人，一點都不耽擱，到了地頭就開始編隊，唱什麼詞兒，也都是擬定好的，一點都不容差錯。

吳文彩累得快直不起腰來，輔政王倒是輕鬆，一句話下來，真正跑前跑後的是他，好不容易歇了一會兒，聽說戲班子來了，又馬不停蹄的趕去看，夜半三更的回到府邸，那邊又說石像已經雕刻的差不多了，吳文彩又立即趕去驗看，只不過這次回來的時候臉色有點兒不太好，恨不得把那馬應龍當場拍死。

馬應龍親自送他回來，一臉的提心吊膽，估摸著也是覺得理虧。

吳文彩請馬應龍在前堂坐下，叫人斟上茶，才開始大倒苦水：「馬知府，那石像……哎……」

馬應龍額頭上滲著冷汗：「時間太緊促，也只能如此，還請吳大人擔待。」

吳文彩喝了口茶，道：「這不是老夫擔待不擔待的問題，還得皇上和輔政王擔待才成，罷罷罷……事到如今只能趕鴨子上架了，待會兒你連夜叫人把石像立到廣場上去。」

馬應龍點了頭，看了吳文彩一眼，小心翼翼的道：「下官聽說，這件事事關著殿下和太子爭寵邀功，不知……」

吳文彩不禁苦笑：「你這哪門子聽來的消息，簡直是胡言亂語，殿下不過是盡盡人事，讓皇上樂一樂而已，哎……咱們這個輔政王到現在我還沒摸到他的脾氣，他到底要的是什麼？摸不透啊……」

馬應龍正色道：「吳大人，下官今日索性和你說句實話吧，將來殿下若是要……，我馬某人也是敢從龍的，豈止是泉州，就是整個福建路，都肯爲殿下赴湯蹈火。」

「從龍」兩個字，實在是忤逆到了極點，簡直是大逆不道，不過馬應龍說得鄭重，又恰巧說到了吳文彩的心事，吳文彩與馬應龍同僚多年，知道他的性子，淡淡道：「這些話不要胡亂說，慎言。」

馬應龍反而聲音越大了：「吳大人放心，正是因爲當著吳大人的面，下官才敢說，換作別人，自然不能這般口無禁忌。」

這意思好像在說，咱們是穿一條褲子的一樣，吳文彩不禁莞爾，道：

「既然要效力，也該早做準備，你是知府，應當知道這些年海船運來的糧食都是堆放在官倉的吧，眼下這些官倉都已經滿了，在以往，都是發賣到其他路府，換來銀錢的，可是現在……多建一些倉庫儲存吧，不必再發賣了。」

泉州和其他路府不一樣，朝廷對各地的倉糧控制的很嚴，所謂強幹弱枝，幾乎地方上收取的糧賦都要按時由運河輸送去汴京，若是哪裡出現災情，再由朝廷酌情從汴京調派出來。可是泉州的糧食卻是極爲充裕，因爲這些糧並非是賦糧，而是從南洋各地運來的大米，自然是不必上繳朝廷的。因此這裏的屯糧並不在汴京之下。

要知道，因爲運回大米就可以免除一定關稅的緣故，所以幾乎海船出海雖然都是帶著商品出去，可是回來時，大多數都願意帶著滿船的大米回來，畢竟南洋並沒有什麼稀奇的貨物，原本一些象牙之類的珍稀品現在也變得稀鬆平常，還是運大米更實在。

這些米，官府都是以官價收購，再想辦法到各地發賣，只不過最近沒什麼災情，倉庫中的大米實在太多，前些時日，馬應龍還在爲此事著急。

聽吳文彩這般說，馬應龍立即明白了他的心意，立即道：「下官明白了，待輔政王交代的事一過，就立即籌辦。」

吳文彩吁了口氣，對馬應龍道：

「馬知府，你我都不是外人，咱們跟著輔政王做事，圖的就是個痛快和滿足，從前老夫歷任了這麼多官職，現在回想起來，實在是虛度光陰，只有在這海政衙門，才知道老夫竟能做這麼多事，一舉一動能事關著這麼多人的生業。所以，老夫和海商會那些人也是一個意思，海政斷不可廢，誰廢老夫就與誰拼命。現在輔政王的態度仍然曖昧不

清，可是咱們卻不能鬆懈，總要未雨綢繆才好。」

馬應龍鄭重其事的道：「吳大人說的在理，下官所想與吳大人一般無二，海政不能廢，誰廢，下官就與他不共戴天。」

二人又說了一會兒話，馬應龍想到明日就是陛下出巡的時日，也不再耽擱，道：「下官告辭，有什麼事，且先留待明日之後再說。」

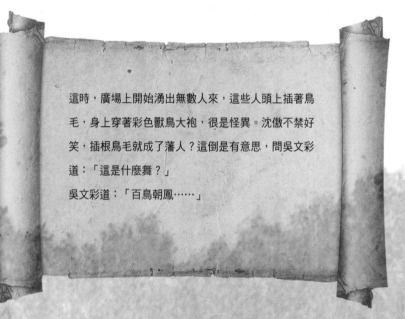

第一九八章 百鳥朝鳳

這時，廣場上開始湧出無數人來，這些人頭上插著鳥毛，身上穿著彩色獸鳥大袍，很是怪異。沈傲不禁好笑，插根鳥毛就成了藩人？這倒是有意思，問吳文彩道：「這是什麼舞？」

吳文彩道：「百鳥朝鳳……」

第二日清晨，天氣晴朗，萬里無雲。

沈傲一大清早起來，精神奕奕，想到今日要帶趙佶出巡，居然有幾分激動，他突然發覺，徒自悲傷有什麼用，天意既然已經注定，堂堂沈楞子怎麼能哭哭啼啼，太不像話了。與其這樣，倒不如多一些時間陪一陪自己的這位尊長和摯友，好好的樂和樂和。今朝有酒今朝醉，明日愁來明日愁。

穿戴一新，安寧爲沈傲繫好了腰帶，淒婉的道：「當真不要我去？我很想見見父皇。」

沈傲細語撫慰她：「你去了反而更增他的傷感，今日就讓他好好高興高興。」

安寧咬著唇應了，原本豐腴的綽綽身姿消瘦了幾分，多了一點骨感，一雙帶著梨花淚目的眼眸看了沈傲一眼：「那就快些去吧，不要耽擱。」

沈傲來不及再安慰她，飛快出去，打了馬往行宮趕。

到了行宮，連楊戩都穿了新衣衫，勉強擠出笑：「沈傲……陛下正等著你呢。」

沈傲呵呵一笑，道：「岳丈大人，今日是大喜的日子，你怎麼笑得苦巴巴的，來，給小婿再笑一個，要好看一些的。」

楊戩齜牙笑。

沈傲面孔一板，道：「再笑一個。」

楊戩哭了，道：「你這不是要咱家的命嗎？」

沈傲便不敢再胡鬧了，飛快進了寢殿，此時趙佶正坐在一個鋪了軟墊的長椅上，任由身後的內侍梳著頭髮，見了沈傲來，眼睛仍然落在銅鏡上，看到一病之後衰老了十幾歲的自己，灰暗的眼中閃過一絲無奈和滄桑。

他微顫顫的伸出枯瘦的手，道：「來……」

沈傲靠過去。

趙佶勉強擠出幾許苦澀的笑容，道：「朕像你這個年紀的時候，也是這般的倜儻風流，可惜歲月不饒人，現在回想起來，真是教人感慨。」

沈傲喜洋洋的道：「陛下想這些做什麼，今日是好日子，你看外邊的日頭如此之好，這是等著陛下出遊呢。」

趙佶露出些許笑容，便催促內侍快為他戴上通天冠，內侍手腳麻利了幾分，趙佶渾身沒有氣力的與沈傲說話，沈傲自然是揀好聽的說，惹得趙佶又是咳嗽又是笑，道：「朕被你這般一折騰，更是沒有多少時日了。」

沈傲正色道：「與其苟延殘喘著痛苦煎熬，倒不如索性痛快幾日，什麼生死，又何必放在心上，陛下，你著相了。」

這種話也是大逆不道，偏偏沈傲說得很動聽，趙佶聽了，臉色紅潤了些許，道：

「不錯，朕索性痛快這幾日，就算是死，也瞑目了。」

戴上了通天冠，幾個內侍七手八腳的給趙佶套上袞服。穿上簇新的龍袍，趙佶顯得恢復了些精神。外頭已經備好特製的輪椅車，輪椅車上頭撐著華蓋，用作擋風之用，爲了減少顛簸，更在輪上纏了棉絮和絲綢，椅座上也鋪了軟墊，務求舒適。

沈傲親自與幾個內侍一起攙著趙佶坐上輪椅車，趙佶坐在上面，不禁露出幾分勉強的笑：「這車倒好，比步輦有意思。」

沈傲抓住後頭的扶柄，輕輕推動幾下，問：「陛下覺得顛簸嗎？」

趙佶道：「好……好得很。」

沈傲親自推著趙佶出了行宮，前頭是數百殿前衛開道，兩邊是楊戩帶著內侍端著痰盂、巾帕等物跟隨，最後又是一隊禁衛，這一支隊伍，可謂浩浩蕩蕩，拐出大街的時候，如長蛇一樣迤邐得老長。

此時泉州萬人空巷，從行宮出來，一個人影兒都看不見，倒是沿街的屋子二樓推開窗，探出一個個小腦袋，這些半大的孩子之前就被三令五申不准出門，被大人鎖在家裏，偏偏他們最不安分，也沒什麼顧忌，看到窗下這麼壯觀的隊伍轟隆隆過去，便拍著手大叫：「皇帝老子出來啦，小花，快出來看皇帝……」

另一個紮著辮子的小妞兒吸著鼻涕伸出頭來，奶聲奶氣地問：「哪個是皇帝？」

「自然是坐在椅上那個。」

「那哪個是太監？」

街道上，空曠得除了安靜沉默的殿前衛和內侍，便毫無人煙；所以二人的對話，大家都聽得十分清楚。

楊戩的臉色一下子不太好看了，當眾揭人短處，這還讓人活嗎？怪只怪爹娘窮，少了那麼一截東西，可是咱家身殘志堅，哪裡輪得到你們這些屁大的孩子奚落？

沈傲繃著臉，一邊推著輪椅往前走，一面憋住笑，連坐在椅上的趙佶也忍不住莞爾，身軀微微顫抖。

樓上的小孩兒似是被問倒了，拿手指塞入自己的口中去，琢磨了好一會兒，才回答道：「太監就是伺候皇帝老子的，你看……」

他伸出手。……

下頭的人也都不禁想看看他指著誰，都仰起頭去看，接著……臉色都有點僵硬。

原來小孩指著的不是楊戩，竟是沈傲。

小孩而後理直氣壯地道：「你看那人給皇帝老子推車子，不是太監是什麼？」接著便拍手笑起來，大叫道：「死太監……死太監……」

下頭立即人仰馬翻，笑是不敢笑，可是不少人幾乎是捂著肚子勾著腰移步的。

沈傲不禁怒火攻心，恨不得將那一對倒楣孩子揪下來暴打一頓，他深深呼吸一口氣，心中對自己喃喃念道：「這都是幻覺，這都是幻覺……今日是大喜的日子，不要衝動，省得傷及無辜……」

趙佶這時候笑容滿面，不過他的臉色實在有些駭人，所謂的笑，不過是嘴角輕輕上揚一些。沈傲不由加快了步伐，殿前衛見狀，也不敢耽擱，紛紛加快速度。

再往前走，便進了大道，大道平整、光滑如鏡，兩側的道路上都披了彩綢，家家戶戶的屋簷之下都懸掛了燈籠，放眼看過去，五彩繽紛煞是炫目。趙佶畢竟是見過大排場的，雖不以爲意，卻也忍不住暗暗點頭。

拐過一條街道，真正的大場面來了，前方的街巷已經完全擁堵，密密麻麻的全是人，無數人立在道旁，屏息不動。

沈傲推車過去，一名官員施施然地過來，在駕前行禮，先有人敲了銅鑼，官員三跪九叩，朗聲道：「微臣迎駕來遲，吾皇萬歲萬萬歲！」

趙佶想用盡所有的氣力叫一聲免禮，可是不待他說話，道旁的人群便轟隆隆地一起拜倒，紛紛道：

「吾皇萬歲萬萬歲！」

這排山倒海的聲音氣勢駭人，連早有準備的沈傲也給嚇了一跳，心裏說：果然是術業有專精，這些官員玩這個就是不一樣，夠雷！

趙佶的臉上生出緋紅之色，他平生最好的就是這個，要的就是夠排場，夠宏大，嘴唇哆嗦了幾下，眼中放出一許光亮。

沈傲繼續推著他走，前方的街道上，兩旁都是黑壓壓的人，都穿著新衣，像是早有預演一般，沈傲推著趙佶所過之處，便都是呼啦啦的拜倒，萬歲之聲不絕於耳。

五里長街，走過去足足花費了半個時辰，雖然沾了趙佶的光，頭頂華蓋遮陽，可是沈傲仍然是大汗淋漓，不斷地用手擦汗，楊戩也生怕趙佶吃不消，弓著腰邊走邊給趙佶消暑。

趙佶卻顯得興致盎然，幾次掙扎著想從椅上站起來，卻是有心無力，激動地低聲喃喃道：「好……好……很好……」

過了五里長街，眼前豁然開朗，出現在眼簾的，是一處占地數百畝的中央廣場，這廣場因爲營造新城時就已有規模，所以占地極大，四面八方也都站著各色人等，彷彿等待校閱的軍隊一般，都是屏氣凝神，等著趙佶過來。

最醒目的，便是廣場中央的雕像，石像高三十丈，從下往上看，似乎高聳入雲一般。只不過……

沈傲呆住了，他忍不住喃喃道：「陛下……我震驚了……」

趙佶的眼睛有些模糊，可是看到這麼大的石像，也不禁道：「朕也震驚了。」

沈傲繼續道：「我真的震驚了……」

讓沈傲震驚之處，是這石像中的人居然盤膝坐在蓮花墊上，雙手擺出一種很妖豔的姿勢，頭像隱約可以看出趙佶的一點風采，比如那巨大的通天冠和垂下的珠簾，至於其他，就很難尋得到神似的地方了。

更嚴重的是，石像的前胸，居然多了兩團豐滿的乳房，挺拔而噴薄欲出，宛若紅杏出牆的桃花，讓人垂涎三尺……

「馬應龍這混蛋！」沈傲想要殺人，虧得這傢伙還信誓旦旦地保證，說什麼絕無差錯，居然拿這麼個東西糊弄到自己頭上，簡直豈有此理。

馬應龍就在不遠處的地方迎駕，一看到沈傲的臉色不好，便自己乖乖地小跑過來，一臉苦兮兮的樣子先給趙佶行了禮，拐到沈傲身後擠眉弄眼地低聲道：「殿下……」

沈傲不好拿他怎麼辦，狠狠瞪了他一眼，道：「消失！」馬應龍立馬抱頭鼠竄，一刻也不敢停留。

沈傲又苦兮兮地對趙佶諂笑道：「陛下……」

趙佶卻問：「這石像是誰？」

沈傲不禁問：「陛下難道不知道？」

趙佶有氣無力地道：「朕眼花了，看不甚清。」

沈傲長出了一口氣，沒法子了，馬應龍那混帳糊弄自己，自己這時也只好糊弄糊弄皇上了，於是便乾笑道：

「這石像雕塑的正是陛下，陛下，這是泉州百姓們的一點心意，將來這座石像將永遠矗立在泉州，俯瞰外海，腳踏我大宋海疆，天下的臣民途經於此，紛紛瞻仰陛下風采，如此，心中便甘之如飴，免不得要緬懷這國泰民安盡皆陛下所賜也。」

沈傲心裏很陰暗地想，若是天下臣民看到的陛下是這般人面妖身，與那暹羅國的特產居然雷同，不知會有什麼想法？

趙佶聞之欣然大悅，道：「朕何德何能，何德何能……」

沈傲乘勝追擊，連忙道：「陛下允文允武，賢明純孝，是後世帝王楷模，若陛下無德無能，誰敢言德？誰敢稱能？」

趙佶悅色更濃，激動地道：「好……你說的有些道理。」

正在這時，吳文彩戴著梁冠、穿著紫衣，踏著方步，帶著一干官員徐徐過來，一齊拜倒，稱頌道：「微臣吳文彩，恭迎聖駕，吾皇萬歲……」

接著，廣場四周黑壓壓的人一齊拜倒，宛若波浪一般，一齊稱頌：「吾皇萬

歲……」

趙佶艱難地轉動著腦袋，看著一片片拜倒的人群，臉色更顯紅潤，在人潮之中，連道好字。

待聲潮落下，吳文彩領著大小官員站到一旁，沈傲繼續推著趙佶往廣場中央走去，真正的好戲也即將開幕了。

趙佶最喜愛的就是這種大場面，此時來了精神，雖是帶著病體，一雙眼睛卻是四處打量，有時低喚沈傲一句，和沈傲說話，沈傲也樂呵呵地回答他。

沈傲現在想通了，能蒙就蒙，權當是善意的謊言，反正沈傲已是債多不愁，所謂說瞎話不難，難的是一輩子說瞎話，沈傲掐指一算，自己這輩子似乎還真沒有說過一句真話，既然如此，那就索性堅持自己的原則到底，將瞎話說到底吧。

如此一想，沈傲反而沒有了什麼精神負擔，對趙佶極盡吹捧之能事，趙佶不斷笑著頷首。

這時，廣場上開始湧出無數人來，這些人頭上插著鳥毛，身上穿著彩色獸鳥大袍，很是怪異，吳文彩小跑過來，低聲介紹：「陛下、殿下，泉州最多的便是藩人，藩人欽慕我大宋殷富，深感陛下恩德，因此願獻舞一曲，請陛下御覽。」

沈傲不禁好笑，插根鳥毛就成了藩人？這倒是有意思，問吳文彩道：「這是什麼舞？」

吳文彩道：「百鳥朝鳳……」

沈傲嘻嘻一笑，道：「好名兒，他們是鳥人，陛下是龍鳳，有意思，可以開始了。」

霎時間，撥兒、鼓兒、銅鑼一陣亂響，「鳥人」們開始動了，整齊劃一，還一起嘰里呱啦呼喝著不知什麼語言，又是伸臂、又是抬腿，很是熱鬧。

「我又震驚了……」沈傲直勾勾地看著鳥人們鶯歌燕舞，不自覺地道。

趙佶的眼珠子都快要掉出來了，也喃喃道：「朕也震驚了。」

吳文彩倒是隨舞搖頭捋鬚，十分投入，多半覺得這舞蹈很是不錯，甚至覺得有幾分驕傲了。

沈傲震驚之處在於，鳥人們的舞蹈實在與後世的學校體操有幾分相似，只要把那撥兒、鼓兒、嗩吶換成一二三四、二二三四就成了，天知道這是誰編出來的舞蹈。

趙佶的震驚則在於，他閱遍天下的歌舞，世上居然還有如此的舞蹈，這模樣倒像是武場校閱三軍，哪裡看得到什麼鶯歌燕舞的影子？

沈傲的臉色陰沉下來，他一直想安排一個喜劇來著，誰知竟是這個樣子。

好不容易捱過鳥人們的舞蹈，沈傲長吐一口氣。

一名官員笑嘻嘻地小跑過來，給趙佶行禮道：「陛下駕臨泉州，泉州百姓特獻歌一曲，請陛下過目。」

趙佶一開始覺得鳥人們跳舞難看，可是看到最後，也不禁啞然失笑，這時聽到還有歌聽，臉色更加紅潤，不過他沒有氣力說話，只是頷首點頭。沈傲不由地鬆了一口氣，接下來是他的拿手好戲了，這歌是他親自草擬的，總不會出差錯。

那鳥人們如潮水一般退出去，接著又是無數戲子聚攏出來，熙熙攘攘，人數竟有數千之多，在廣場的角落已有不少敲鑼打鼓的做好準備，隨即，天空中瀰漫著一種悲涼的二胡聲響，那曲調抑揚淒婉，如深山中老猿的長嘯，如靜夜中孤雁的哀鳴，又如閨中怨女的隱泣一般飄蕩開來，霎時令人聞之落淚。

「我他娘的又震驚了！」

這一下，沈傲的臉色已如鍋底，這是辦喜事，是要逗皇上樂一樂，怎麼被這些人一操弄，就變成了喪事？這二胡是哪個混帳的主意？

還沒等沈傲跳腳，下頭的戲子們便一起莊嚴肅穆地隨著二胡聲引吭高歌：

「上天保佑吾皇，祝他萬壽無疆。上天佑吾皇，常勝利，沐榮光；孚民望，心歡暢；治國家，天命長；上天保佑吾皇……使民心齊歸向……」

這詞兒是沈傲寫的，只是曲調實在令人受不了，尤其是戲子們拉著腔唱出來，不知道的，還當是哪家的人死了。

沈傲這一下是真的嚇到了，連忙拉來吳文彩，連罵人的興致都沒有了，忙道：「快，叫他們換曲兒。」

「換曲兒?殿下，這不是挺好嗎？」吳文彩的欣賞能力顯然與沈傲有些差異。

沈傲怒道：「好個屁，這麼幽怨，喊喪嗎？」

吳文彩不敢再反駁，道：「殿下要換什麼曲兒？」

沈傲對這些官僚已經不抱什麼期望，只好道：「只要喜慶的就成，唱戲子們拿手的。」

吳文彩二話不說，飛快地跑去與下頭的官吏們商量，幾個胥吏連忙趕到合唱的戲子這邊，與這些戲班子的班主商量：「殿下有令，這曲兒立即換了，不要耽誤。」

「換什麼？」

「什麼喜慶換什麼，平時唱什麼就唱什麼。」

「這……這只怕有辱聖聽……」

胥吏眼睛一瞪，道：「哪有這麼多廢話！惹惱了輔政王，都吃不了兜著走。」

於是各家班主再無二話，紛紛制止大家繼續唱下去，與幾個領唱的人商量了一會兒，又跑去向鼓樂手們吩咐，果然那拉二胡的閃離人群，奏出歡快的曲子來。

沈傲聽了那曲子中的歡快，連自己都受到了感染，渾身頓時覺得舒暢起來。

只聽戲子們一起唱著：「兩體相親成合抱，圓融奇妙，交加上下互扳掾，親罷嘴兒低叫。湊著中央圈套，樂何須道！滋花雨露灑清涼，出腰間孔竅……」

沈傲不知道自己是如何逃之夭夭的，把趙佶拉回行宮後，腦子仍然嗡嗡作響，那當著天子面前唱交歡淫詞的場面，實在讓他心肝兒顫得慌，什麼合抱、圓融、低叫，沈傲震驚了，原來戲子們平時唱的就是這個詞兒，真真是有傷風化，世風日下。

偏偏這詞兒居然還是三教九流們耳熟能詳，可見那些逛青樓的下流胚不在少數，居然也跟著一起唱，整個汴京一時排山倒海唱著這合歡曲兒。

官老爺和胥吏們一開始還沒反應，等反應過來時已經彈壓不住了，吳文彩嚇得臉都綠了，咬牙對沈傲道：「殿下護駕先走，下官在此抵擋。」

「老淫蟲，不知羞恥。」沈傲心裏大罵了一句，也覺得把趙佶晾在這裏不合適，推了輪椅車，飛快地帶著鑾駕打道回府。

驚魂未定時，沈傲才發現趙佶居然在輪椅車上睡著了，吁了口氣，叫人把趙佶送回寢殿，親自攙扶著他上了床榻。

趙佶突然被驚醒，張眸看了沈傲一眼，露出笑容道：「唱完了？」

沈傲道：「是，完了，陛下高興嗎？」

趙佶躺在軟榻上，抓住沈傲的手，目光柔和，勉強笑道：「朕高興，高興得很，朕高興的不是什麼唱啊跳的，是你的心意，朕一直視你爲自己的子侄，你是朕的駙馬，朕這麼多皇子，也未必有這個心意。」

沈傲聽得不禁心酸，道：「我錯了，其實那座雕塑原本是媽祖娘娘，是臣臨時讓人改的，那石像一點也不像陛下。」

趙佶笑得更從容，長長吁了口氣，才道：「朕豈會不知道？那石像的前胸都要包羅萬象了。」

「包羅萬象」四個字換作是平時，沈傲一定會覺得趙佶是在刻意諷刺自己，可是沈傲知道，趙佶這時候說出來，其實不過是苦中作樂，驚訝地道：「陛下原來並沒有眼花……」

趙佶道：「朕的眼睛沒有花，心也沒有花，你心中所想，朕都知道，所以朕高興，那座石像待朕撒手之後不必撤出，永遠矗立在那裏吧，不管那座石像像不像朕，朕知道，你會一直都當它是朕的，是不是？」

沈傲這時終於遏制不住了，伏在趙佶身上號啕大哭，他從前深陷牢獄時沒有哭，身處政敵包圍時滿面從容，面對強悍的女真鐵騎時指揮若定，可是此時此刻，那深藏心中的淚水終於抑制不住地噴薄而出。

這一哭，便無論如何也止不住了，一旁的楊戩勸也勸不住，惹得趙佶也是心中悲涼，不禁淚眼模糊。

自從牙牙學語之後，沈傲就自詡自己是個堅強的人，他自幼是個孤兒，知道自己要活下去，要活得精彩，就要笑；高興時要笑，悲傷時也要笑，刀山火海也要笑著走過去。可是今天，這一哭便一發不可收拾，昏天暗地的淚水像永遠止不住一樣。

足足過了一炷香，沈傲才回過神來，仰起臉時，才發現趙佶的錦被上已濕了一大片，抹抹紅腫的眼睛，略顯幾分不好意思，乾咳道：「哭著玩的，陛下不要介意。」

趙佶也笑了，拉住沈傲的手，道：「朕知道。」

沈傲已經覺得在這裏待不下去了，再待下去，只怕自己的臉皮也擱不下了，趕緊尋了個由頭，便告辭出去。

從行宮出來，吳文彩等泉州官員一個個苦著個臉，見沈傲出了行宮，一個個將頭埋下，大氣不敢出。

其實他們倒是並非刻意把事兒弄砸，只是時間太倉促，再加上沈傲所想的東西和他們想的完全不一樣，可以說是代溝，也可以說是精神上還沒有昇華到這境界，反正事情是砸了，而且砸得很徹底，多半從明日起，這滿大宋都要流傳泉州的笑話了。

沈傲看到他們，連搭理都不肯搭理，負著手要錯身過去，吳文彩知道這一下，輔政王氣得不輕，可是又不敢說什麼，倒是身後的馬應龍低喚一聲：「陛下，吳大人與下官人等是來認錯的，請殿下責罰。」

沈傲只好回過頭去，其實他不搭理這些人，實在是自己的眼睛太過紅腫，怕被人瞧著不太好意思，這時候馬應龍都說話了，若是再若無其事地過去，只怕就要讓人心寒了，只好旋身駐足，刻意與他們保持距離，道：

「這件事……有你們的錯，也有本王的錯，千不該萬不該本王沒有親自把關，現在事情都過去了，陛下也沒有怪罪，責罰就免了吧。」

眾人吁了一口氣，馬應龍不由乾笑道：「殿下不責罰，我等就更心中不安了，不瞞殿下，當時看到那亂糟糟的場面，下官都要哭了。」

眾人都點頭：「是，是，那時的樣子，讓人看得欲哭無淚。」

沈傲聽到哭字，如受驚的山貓一樣，所有的汗毛都豎立起來，立即激動地道：

「哭？哭什麼？你們看，本王就沒有哭，你們別看本王眼睛紅腫，告訴你們也無妨，這是被風吹的，男兒有淚不輕彈，豈能學女子惺惺作態？本王言盡於此，你們各自回去，都不許哭，要笑。」

沈傲呵斥完了，旋身便帶著護衛們走。

眾人見了他的背影，都是滿頭霧水，馬應龍不禁拉拉吳文彩的袖子，問：「吳大人，方才輔政王殿下的話裏莫非有什麼深意？」

吳文彩深有同感地頷首點頭道：「極有可能，殿下神機莫測，或許是借機敲打我等也是未必。」

馬應龍繼續問道：「可是殿下方才的話裏到底是什麼意思？」

吳文彩兩眼一瞪，道：「老夫如何知曉？都散了吧，殿下說了，既往不咎，大家悉心做事就是。」

轉眼到了初夏，泉州的天氣越來越熱，一些大戶人家已經開始從冰窖中取了冰出來祛暑了。沈傲這幾日睡得較遲，到了正午起來熱得不行，叫人從冰窖中拿出西瓜來吃了幾片，才覺得清涼了一些。

他幾乎是每日都會去行宮，從沒有例外。不過外頭的應酬也是不少，女真人圍遼都時，大批王公南下，現在戰事結束，原本早該回京了，只可惜皇上病體久治不癒，自然誰也不敢走，便都在泉州耗著。

再者說泉州比汴京更增繁華，這裏雖然熱，日子卻過得逍遙，不少人已是樂不思蜀了。

待輔政王到了泉州，前來拜謁的絡繹不絕，有些是沈傲記得的，有些腦海裏沒有印象，不過管他是誰，沈傲一應款待就是。

其實這些王公除了拜謁，也有不少人心中另有心思，眼下陛下駕崩在即，新君登基，又有傳言會廢黜海政，王公之中已有不少人提心吊膽了。

泉州這邊未必只是商賈的生意，其實汴京的王公哪家沒有投點錢出來補貼家用，畢竟朝廷對王公督促甚嚴，大家就那麼點兒死俸祿，不做點別的營生，哪裡有錢揮霍？況且這些人消息本是靈通，早在幾年前就聽說泉州、蘇杭黃金遍地，心裏頭早已垂涎不已，都是叫了家奴先去看看，若是覺得可行，便先撒出一些銀子出去看看成效。

他們試水的時候，恰是蘇杭、泉州大肆發展時期，可謂是百業待興，最缺的就是有人投銀子，所以不出半年功夫，一千貫進去，往往利潤能翻到三四倍，到了這份上，這些人也就瘋了，世上哪裡有穩賺不賠的買賣？可是蘇杭和泉州的奇蹟他們是親身實踐過的，這麼好的生意豈能不做，不少人甚至把家底都拿出來，幾萬、幾十萬的往裏頭投，辦工坊的、跑船的、採石開礦的或是大肆買賣土地、房屋的，只要是賺錢的勾當，都有這些人的身影。

還有人自家的本錢不夠，就向親眷去籌借，將身家性命都投了進去。

據說參與泉州生意的不止有公侯，就是齊王、趙王這些宗室親王，也都或多或少的參與其中。

這也是難免，大宋對爵位最是苛刻，施行的是爵位遞減的制度，今日你是齊王，身分顯貴，可若是你生了十個八個兒子，除了嫡長子將來封個郡王之外，其餘的子嗣朝廷是不管的，若是再過個三兩代，那就更加不值錢了，有個小郡公做都還要看皇家願不願意賞這個臉，這麼大家子人，若是不趁現在置辦些產業，將來子嗣們怎麼活？

廢黜海政，挖的是商賈的命根子，其實也是在剜王公們的肉，這些王公消息靈通，聽說太子非議海政的事，不管太子出於何種目的，是藉以來打擊輔政王還是當真認爲海政誤國，太子的這個態度，也引起了極大多數王公的反感。

大家生活都不容易，家裏都有成群的奴僕要養著呢，你說廢黜就廢黜，真當大家是你案板上的肉嗎？

所以這些王公拜謁沈傲，除了敘舊，更多的是發牢騷，無非是說自家攤子鋪的如何如何大，逢年過節來往送禮要錢，豪門大族擺排場要錢，家裏不肖子也要錢，好不容易在泉州做點生意，眼看這模樣，太子登基之後便要廢黜，這還教人活嗎？

這番話說得真是動情極了，連沈傲都不禁唏噓，恨不得臨走的時候叫人拿個十貫八貫打發一下，可是看到這些傢伙往往倒完了苦水，要嘛拿出價值幾十上百貫的玉骨描金扇子扇著風，要嘛就拿著上好的玉在手中盤玩，這個主意立即打消。

沈傲當然知道，這些人的意思是想叫自己做出頭鳥，等將來太子登基之後做愣頭青去維持海政，他們呢，仍舊是看戲，海政維持住了，他們叫一聲好，若是海政失敗了，他們也絕不敢站出來反對。

「一群投機取巧的王八蛋。」沈傲心裏大罵。不過話說回來，至少這些人心裏還是向著他沈傲的；這就是說，將來不管發生什麼事，只要他們的利益得到保證，他們都不至於瘋狂的反對。

既是有人暗中支持，沈傲何樂而不為，難得擺出一副很和善的面孔，與他們親切會談。

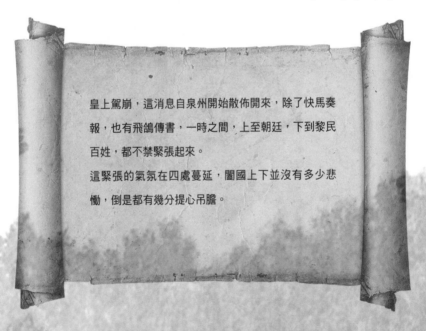

第一九九章 皇上駕崩

皇上駕崩，這消息自泉州開始散佈開來，除了快馬奏報，也有飛鴿傳書，一時之間，上至朝廷，下到黎民百姓，都不禁緊張起來。

這緊張的氣氛在四處蔓延，闔國上下並沒有多少悲慟，倒是都有幾分提心吊膽。

到了五月初九。夜裏，沈傲與安寧同榻睡下，沈駿已被奶娘抱走了，二人都是心力交瘁，睡到了深處。外頭突然發出急促的腳步，有個下人急促促的道：

「王爺……王爺……」

沈傲驚醒，看了臉龐消瘦的安寧一眼，應了一聲，連忙趿鞋起來，返身爲安寧掖好了薄衾，憐惜的看了她一眼，才返身出去。

今夜的月色極好，狡黠的月光伴隨著夜風拂在面上，帶來一股沁人心脾的清涼。來拍門的是個門子，一見沈傲出來，壓低聲音道：「行宮來人，陛下急召殿下去。」

沈傲心裏咯登一下，心知該來的終究來了，腦子已是嗡嗡作響，差點要昏厥過去。好在他是經過大風大浪的人，立即道：「快，備馬……」

到了行宮，已經來了不少人，晉王、齊王、趙王爲首，下頭是一群王公和官員，都是哭喪著臉，一見沈傲過來，如見了主心骨紛紛圍攏過來，七嘴八舌的道：「殿下速速入宮……陛下只怕不行了……」

沈傲點點頭，快步進去，一路辨不清道路，走得又急，踉蹌了幾下，差點兒絆倒，給他打燈籠的太監追不上他，生怕沈傲出了什麼意外，不斷的道：「殿下，慢些……慢些……」

沈傲不去理會，飛快到了寢殿，渾身已濺了不少泥星了，楊戩就在寢殿外守著，見是沈傲過來，道：「快……」

沈傲沒有功夫與楊戩寒暄，忙不迭的進了寢殿，只見寢殿之中已站了幾個隨行的后妃，正拭著淚側立在榻前。

榻上的趙佶居然臉色不錯，不知是不是迴光返照的緣故，一見到沈傲來了，便招手：「來……」

沈傲這時候沒有哭，該笑的也笑了，該哭的也哭了，事到臨頭，他發現自己一點情緒都沒有，或許是根本還沒有分辨出自己該擺出什麼樣的情緒。

沈傲快步過去，跪在榻前，道：「陛下……微臣來遲……」

「不遲……不遲……」趙佶顯得很安詳，眼中隱隱似乎含著一股滿足的笑容，道：「本來是想叫安寧一起來的，朕也想見見皇外孫，可是深更半夜，還是不要吵到她們母子了，朕怎麼來，就怎麼去，勞動這麼多人，朕心難安。」

「是……是……」沈傲腦子一片空白，真不知該說什麼。

趙佶像是舒了一口氣一樣，道：「那就讓晉王他們進來吧。」

楊戩快步出去，過了一會兒，整個寢殿都跪滿了王公大臣。

晉王最是傷心，號啕大哭道：「皇兄……皇弟來了……」

趙佶氣若游絲的道：「好，你來了便好，來，到榻前來，讓朕再見你最後一面。」

明明最怕死的皇帝，此時此刻居然說不出的淡然，口吻之中沒有一絲的恐懼。

趙宗哭哭啼啼的挨著身子過去，趙佶看著他，挽住他的手，長嘆道：「你太胡鬧了，要收斂……朕……朕護不住你了……」

「我……我……」趙宗再說不下去，哇哇大哭。

幾個親王依次過去，趙佶都和他們說了話，語氣才變得嚴肅起來：「可以起遺詔了……」

所有人都重重埋下頭去，已有太監拿出了紙筆，開始記錄。

趙佶似乎早已打好了腹稿，慢悠悠的道：

「從來帝王之治天下，未嘗不以敬天法祖爲首務。敬天法祖之實在柔遠能邇、休養蒼生，共四海之利爲利、一天下之心爲心，保邦於未危、致治於未亂，夙夜孜孜，寤寐不遑，爲久遠之國計，庶乎近之。今朕年屆五旬，在位二十年，實賴天地宗社之默佑，非朕涼德之所至也……太子趙恆，人品貴重，深肖朕躬，必能克承大統。欽命繼朕登基，即皇帝位，即遵輿制，持服二十七日，釋服佈告中外，咸使聞知。」

遺詔並沒有出人意料，太子登基其實從監國之日起就已成了定局，眾人一起道：

「臣遵旨。」

趙佶顯然已經耗盡了最後的氣力，淡淡道：「所有人全部退下，獨留輔政王沈傲在側。」

所有人都悄然退下，連幾個后妃也都被內侍們攙扶出去。

沈傲仍然跪下榻前，一動不動，從始至終，他都沒有回過神來，明明知道這一日遲早要來，可是偏偏真的來了，卻如五雷轟頂。原以爲他能表現的灑脫一些，可是那平日的灑脫勁兒一點兒蹤影也無，至不濟以爲會號啕大哭，偏偏那眼淚總是不見出來。只是一種從身到心的難以置信，直入心脾的不捨，彷彿死死的堵住了沈傲的喉頭，連說話都變得艱難。

趙佶的眼中現出恐懼，突然雙目之中閃出淚花，道：「其實……朕也怕死……」

這句話並不出奇，趙佶追求長生，四處尋訪仙藥，爲的就是長生不死，若說他不怕死，那才是世上最好笑的事。最出奇的是，他居然直言不諱的說出來，或許是因爲這寢殿中只剩下了沈傲，而沈傲在他心中摯友的份量更多，才沒有隱晦。

沈傲跪著伸長身子，雙手握住了趙佶的手，看到這被病情折磨之後變得滄桑老邁的臉，仍舊在沉默。

趙佶深深吸了口氣，道：「可是人終究要死，朕這天子也不能免俗，天下的富貴榮華，朕享用不盡，這一世也不枉費了……」趙佶的聲音越來越微弱，道：「你答應朕的事，一定要記得，朕……朕……」

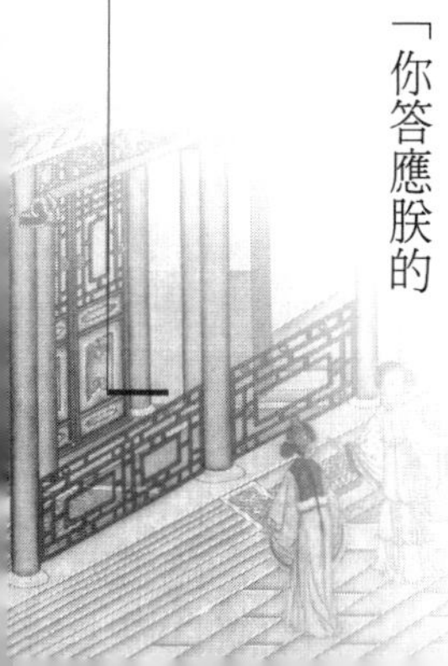

趙佶的雙眸已經開始有些渙散。

沈傲不禁站起來，俯過身去，心知這已是趙佶最後一句話了，道：「請陛下明示。」

趙佶用盡了最後一點氣力，道：「萬……壽……綱……」

這曾是世上最尊貴的老人，終於沒有了呼吸，安然的閉上了眼睛，陷入長眠。

寢殿之中空無一人，沈傲呆滯的站起來，看著榻上的摯友，臉色蒼白如紙，淚花終於閃動在他的眼眶裏。

「陛下……」

從寢殿裏發出聲音，月夜之下，王公大臣們面面相覷，隨即明白了什麼，蜂擁衝進去，哀聲四起。

行宮之中，許多事都已做好了準備，眾人連忙換上了孝服，戴上孝帽，跪在榻前，隨即有個背著藥箱的太醫進來，分開榻前的沈傲，俯身去檢視，良久之後，太醫深深吸口氣，臉色莊肅的道：

「陛下殯天了……」

哭聲更大，驚嚇的這行宮園林中的鳥兒飛出枝頭。

趙宗已成了淚人，捶胸頓足，幾次要衝到御榻上去，被幾個內侍拉住，其餘人不管真情假意，也都是慟哭不止。

恰恰相反，這個時候的沈傲卻清醒了，他看了榻上的人一眼，緩緩站起來，行了注目禮，心裏默默道：「陛下安心的去吧，一切後事，由臣料理。」

他旋身出去，消失在黑暗之中。

陛下駕崩，整個泉州的王公大臣們徹夜未眠，沈傲一人在偏殿中坐了兩個時辰，眾人該哭的也哭了，以趙宗為首，數十人尋到沈傲，分別落座，眼下當務之急，是治理喪事，頒佈遺詔。

在座的，有真切悲痛的，也有心懷鬼胎的，可是不論懷著何種心思，也都知道整個大宋從即日起會發生翻天覆地的變化。

趙宗的悲慟勁兒還沒有過去，整個人恍恍惚惚的，倒是齊王幾個總算回過神來，知道還有後事要料理，齊王喝了口茶，向沈傲問：

「陛下臨終之時獨留殿下在側，不知可有遺言？」

在眾人看來，陛下既然留下沈傲，一定有要事囑咐，所以齊王一問，已有不少人豎起了耳朵。

沈傲心裏卻是叫苦，總不能告訴齊王，陛下臨終說的是「萬壽綱」三字吧！

沈傲沉默了一下，吸了口氣，正色道：

「陛下臨終時說：太子趙恆天性仁厚孝順，聰明瀟灑。應當遵從祖宗的教誨，順應大家的願望，即皇帝位。讓他行德政，不要批評他。朕的喪禮遵循老規矩，二十七天後就脫掉喪服，祭拜我用素菜，不要禁止民間娛樂、嫁娶。自我繼位到現在，因爲進諫獲罪的眾位大臣，還活著的就找來做官，死的給撫恤，關在牢裏的釋放且官復原職。那些方士、道士，要查清他們的罪過，都依法處置，求神等荒誕勞民的事都停辦。天下的百姓，有富貴也有困頓，富貴的要節制，困頓的要撫恤，若是出現災情，朝廷要克日鎮撫，不可貽誤……」

沈傲一下子說出一大番話，其實連他自己都不知道在說什麼，話說到一半，齊王等人又是低聲哭泣起來，紛紛道：「陛下病入膏肓，尚且還能惦記百姓，聖明仁德，我等不及萬一也。」

說罷又是滔滔大哭，事情到這份上，治喪的事也來不及談了，倒是那角落裏的吳文彩，不斷給沈傲使著眼色。

沈傲瞥了他一眼，知道他有私話要說，便出了偏殿，吳文彩也緊跟著出去，沈傲叫楊戩安排了一個安靜的小殿，和吳文彩一同進去。

吳文彩急不可耐地道：「陛下駕崩，請殿下節哀，是否要開始謀劃後事了……」

沈傲淡淡地道：「什麼後事？」

吳文彩道：「下官倒是有個主意……」他緊盯著沈傲，一字一句地道：「若是現在傳出遺詔，宣告陛下駕崩，太子遠在汴京，必然及早登基。到了那時，太子是天子，殿下只是親王，只怕就勝負難以預料了，何不如秘不發喪，一面調動天下大軍四面出擊，圍定汴京，逼迫太子……」

沈傲面如死灰，不等吳文彩說完，呵斥一聲：「胡鬧！」沈傲顯然是氣極了，忍不住拿起桌几上的茶盞朝吳文彩的腳下擲去。

吳文彩嚇了一跳，魂不附體地道：「下官死罪。」

沈傲冷冷地看著吳文彩，道：「陛下駕崩，秘不發喪，他的屍骨怎麼辦？喪禮斷不可廢，應速速將陛下的屍骨送去汴京，入帝陵安葬，這是其一。其二，調動西夏、契丹、水師軍馬逼宮，天下必然陷入戰火，你我於心何忍？難道是要效仿八王之亂嗎？事情不到最後地步，絕不可妄動刀兵，尤其是妄動西夏、契丹軍馬……」

沈傲的話並非沒有理由，一旦動手，不管他占了多大冠冕堂皇的理由，都是謀反，是將所有人逼到太子那邊去。更何況西夏、契丹軍馬一出，必然引起天下人的反感，到了那時，時局只會一發不可收拾。

最重要的是，宮闈之亂是宮闈之亂，可是要讓趙佶的屍骨陪著遭罪，也是沈傲斷不

可接受的，這是沈傲的底線，觸及了這個底線，沈傲決不答應。

至於別人說自己是迂腐也好，是愚蠢也罷，沈傲才顧不得這麼多。

吳文彩原以爲以沈傲的睿智，不會不明白這麼做的好處，也以爲自己提出的意見，一定能換得沈傲的認同，誰知沈傲竟是斷然拒絕，讓他一時失神，只好苦笑道：「殿下說的也有道理，只是一旦發喪，太子擇日便要登基，只怕……」

沈傲淡淡道：「由著他去，本王只管扶棺入京，他便是皇帝又如何？本王不怕他。」

吳文彩驚訝地道：「殿下打算帶多少軍馬扶棺入京？」

沈傲道：「三千足夠。」

吳文彩跌足道：「萬萬不可，入了京城就是龍潭虎穴，殿下豈能做這等親者痛仇者快的事？就算不調動契丹、西夏軍馬，何不如集結水師，再與童貫童公公相互呼應，由泉州籌措調撥糧草，引軍陳於汴京城下，逼太子就範。」

沈傲黯然搖頭，突然嘆了口氣，才道：

「吳大人，方才本王對你發火，是本王克制不住。吳大人是爲了本王好，可是本王也有自己的考量。三邊和水師有軍馬四十萬固然沒有錯，可是不要忘了，汴京有禁軍十餘萬，大名府等地也有邊軍三十萬，再加上各地廂軍足足數十萬眾。這麼多人，本王並非是說以水師之威不能令他們就範。只是一旦起了戰事，我大宋就會立即分崩離析。你我於心何忍？更何況一旦動兵，太子就占了大義，到了那時，你我皆是大宋的罪人。與其如此，這件事還是讓本王一人處置吧，你或許可以說本王愚鈍，可是君子有所爲有所不爲，有所爲的事，便是刀山火海也要做一做，有所不爲的事，便是刀架在脖子上也不能去做。現在的局面，就讓本王去了汴京，與太子決一高下吧。」

吳文彩再不好說什麼，只是擔心地道：「怕就怕太子先動手爲強，到了汴京，就未必是殿下說的算了。」

沈傲淡淡一笑，道：「到了汴京，也不是他一個人說的算。好啦，吳大人，現在當務之急，還是立即收殮陛下屍骨，三日之後，本王就要扶棺去汴京，治喪之事，還要拜託吳大人。」

吳文彩應了，沈傲又回到偏殿去，趙宗等人這時候總算回過神，見沈傲回來，紛紛提出治喪的事，沈傲一一應答了，安撫大家道：「本王已命人發遺詔去了汴京，三日之後大家隨我一道扶棺入京，陛下的喪事自然要大辦不可。」

趙宗點頭，難得地正襟危坐著道：「好，就這麼辦，我與沈傲一道扶棺，其餘的事暫時都放到一邊。」

倒是有不少王公聽到沈傲居然已經發出了遺詔，都是好奇地看了沈傲一眼，覺得很

是不可思議。這些人都是老狐狸，當然知道輔政王與太子的爭端已到了白熱化的階段，對輔政王來說，秘不發喪才能得到最大的好處，而沈傲的行動無異於宣佈他並沒有異心，這倒是讓人摸不清頭腦了，難道輔政王不知道，就算他沒有異心，太子也非除他而後快不可嗎？

沈傲一直熬到天明，才在行宮中睡了一會兒，醒來時，安寧等人已經到了，正在臨時搭設的靈堂處垂淚。

沈傲過去，跪在安寧身側，低聲安慰，心裏卻是在想，安寧有人安慰，可是有誰來安慰我呢？心裏便更加惆悵，想到那亡人的音容笑貌，也不禁悲從心生，陪著安寧哭了一場，才抹了淚扶著安寧出去。

一連三天，沈傲都沒有離開行宮，衣物都是叫人回去取來，雖然發喪的事自然有楊戩等人張羅，可是這幾日沈傲渾身上下都覺得沒有精神，總覺得心裏空蕩蕩的，似乎少了些什麼。渾渾噩噩的三天過去，棺槨已經準備好了，棺槨巨大無比，裏外共九重，足足千斤之重，因此還特製了車馬，以備拉運，至於入京的護衛也都挑擇好，王公大臣們都準備好啓程。

沈傲在第四日醒來的時候，才記得今日要動身，終於打起了幾分精神，先去了靈堂又呆呆地跪了一會兒，終於披著孝服開始出發。

天子靈柩出現在長街上時，泉州也是一片哀鴻，不少百姓跪於道旁，竟是熙熙攘攘，讓沈傲很是安慰，沈傲心裏想：若是陛下當真泉下有知，知道還有這麼多人緬懷，也能含笑了。

趙佶即位以來，政治糜爛，奸臣當道，此後各地起事不斷，尤其是方臘起義，更是浩蕩之極。可是對蘇杭和泉州來說，趙佶確實是個好皇帝，他任用了沈傲，厘清了海政，擴大了海貿，使得蘇杭與泉州一日繁盛一日，受益者何止百萬？

蔡京的所作所爲，天下的百姓都記在趙佶頭上，可是沈傲的所作所爲，泉州和蘇杭的百姓難道不是記在趙佶身上？正是因爲有這聖明的天子，委任了賢臣厘清海事，才有大家今日的生活，再加上當今皇帝駕崩之後，海政之事懸而未決，新君隱隱有廢黜之意，大家才更加緬懷起趙佶來。

長街遙遙，四處都是難掩的慟哭之聲，沈傲打馬在前，更增傷感。

皇上駕崩，這消息自泉州開始散佈開來，除了快馬奏報，也有飛鴿傳書，一時之間，上至朝廷，下到黎民百姓，都不禁緊張起來。

這緊張的氣氛在四處蔓延，闔國上下並沒有多少悲慟，倒是都有幾分提心吊膽。

這時局，再看不明白就是蠢貨了，周刊裏大肆在鼓噪，就差沒有跳上桌去咒罵太子昏庸無能，這些言論，可都是堂而皇之地發出來的，而太子的種種態度，也是一副與輔政王誓不干休的姿態，誰都知道，大宋朝只怕要鬧一鬧了。

現在的問題是怎麼鬧，鬧成什麼樣子。是單純的權爭？還是如暴風驟雨一般的發兵裂國？前者倒還好些，可要是後者，只怕承平了百年的大宋非生靈塗炭不可。

眼下忠心於輔政王的軍馬足足七八十萬，其中能出戰的至少五十萬之多，而太子登基，一聲號令之下，調動百萬軍馬也是常理。雖說太子這邊魚目混雜的多，尤其是戰力低下的廂軍就占了七成。可畢竟占著大義，占著天命。

仗真要打起來，就是大宋全境陷入戰火，泉州、西夏、契丹方面的大軍向內陸挺進，又或者是朝廷的大軍向北、向南進剿，除了交州、瓊州、蜀地，幾乎任何路府都不能倖免。

西夏、契丹故地那邊，早已磨刀霍霍，都是一副躍躍欲試的樣子。泉州、蘇杭也在鼓噪，其中不少商人甚至大膽放言，要籌集軍資，犒勞輔政王王師。商人本是不好鬥的，可是一旦涉及到利益，能獲取到利潤，立即變得無比好戰起來，巴不得在這渾水之中摸摸魚。

現在所有人都在等，等輔政王的動作，天下的目光都注視著泉州，彷彿刑場上的囚徒等待著判決。

在從前，女真人要南下，西夏人要打仗，大家還可以攜妻帶子地南逃，可是現在，幾乎連逃都沒有了地方，天下人的命運，都維繫在輔政王的一念之間。

戰還是和……

三天之後，又一個消息傳出來，才讓所有人鬆了一口氣，輔政王扶著陛下的靈柩，帶領三千護衛與諸位王公已經啓程，一路北上，奔赴京師。

這消息在所有人放鬆的同時，也讓無數人爲輔政王的行動而心存感激。輔政王弭平女真，契丹人畏之如虎，戰功赫赫，又手握天下精兵，若真要以武逼宮，至少占了八成的勝算。可是這時候，他寧願孤身帶三千護衛扶著陛下靈柩入京，也絕不肯發動叛亂，可見此人確實是大大的忠臣。

與此同時，周刊大肆鼓噪，雖然沒有直言，可是言語之中，卻將沈傲的心思傳諸天下，殿下勝劵在握，只是爲大宋江山，爲萬千百姓，才不肯發動這場戰亂。明知此去汴京凶多吉少，也要扶著先帝的靈柩，安葬先帝，以示先帝生前拳拳祖護之情。

這一去汴京，倒是給人增加了不少風蕭蕭兮易水寒、壯士一去兮不復還的悲劇色彩，「忠君愛民」這四字居然成了沈楞子閃閃發光的招牌，一時之間，竟是不少讀書人攔於泉州入京的道路上，勸說沈傲萬萬不可入京，更有不少商賈沿途帶著食物犒勞，沿

途所過之處，不少百姓遙遙見到皇帝的靈駕，紛紛跪於道旁，口呼千歲。

每過一城，都是萬人空巷，官吏、士紳、商賈紛紛謁見，熱鬧非凡。不過沈傲深居簡出，所過之處並沒有召見本地的士紳官員，只是說陛下新喪，心中沉痛，不願見人。

他的這番舉止，倒也能讓人理解，眾人都不覺得傲慢，反而覺得輔政王仁義無雙，於是威望更重。

太子這邊，此消彼長，天下人同情輔政王，是因爲輔政王冒著性命危險弭平了一場即將到來的戰火。而同情輔政王的同時，自然對太子的怨言也是越來越多，先前還只是周刊鼓噪，到後來，天下到處都是太子不堪當國的哀嘆。更有甚者，甚至連大逆不道的話都說出來了。

人心不知不覺地開始偏向了沈傲。

第二〇〇章 媒體亂象

李邦彥原本是想勸諫趙恆以其人之道還治其人之身，

也辦些周刊出來引導輿論。

可是也不知今日的周刊到底寫了些什麼，

竟然讓趙恆怒不可遏到這個地步，他忍不住道：

「陛下能否借閱一份周刊給微臣看看。」

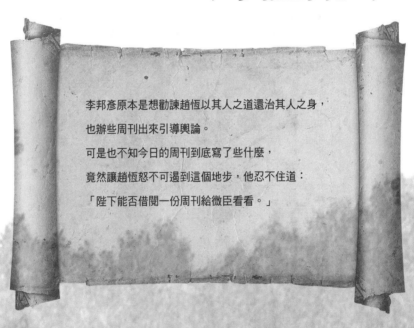

熙河。

雖是入了夏，可是這裏的天氣卻仍是冷颼颼的，熙河這軍鎮要塞，如今大致已經荒廢，也看不到鎮守的邊軍有什麼緊張氣氛，防了幾十年的西夏人不必再防了，西夏人突然成了自己人，總是讓人有點難以置信。

不過今日的氣氛卻是不同，一匹匹健馬直入童貫的府邸，府邸的大堂裏，不少將佐已是議論紛紛，面帶駭色。

童貫坐在上首，整個人木然不動，看著一份份急報，默然無語。

西林坡出現西夏軍馬，足足八萬餘人，熙河以東恆山山麓處出現大量西夏騎軍，安營紮寨，不與邊軍通報，人數至少在十萬上下。宋軍斥候前去交涉，對方的態度也是冰冷，只是丟了一句話：「攝政王若有不測，西夏三十萬大軍殺入汴京，雞犬不留。」

其實不止是三邊，就是靠近契丹那邊，同樣也是陳兵數十萬，契丹水師磨刀霍霍，只要一旦有壞消息傳出，已做好了南下的打算。

好不容易太平了幾日，突然之間又變得撲朔迷離了，這三邊的軍將一向以童貫馬首是瞻，偏偏童貫到現在還一語不發，讓所有人一頭霧水。

終於有人忍不住起來，站出來道：「童相公，西夏人擺出這個姿態，我們若是沒有動作，豈不是示弱於人？要不要調集邊鎮的軍馬，在熙河附近集結一下，震懾震懾西夏人。」

也有人提出反對：「西夏人乃是顧全輔政王的安危，若是我等調集軍馬擺出敵對姿態，豈不是告訴輔政王，我等與他爲敵？此事萬萬不可。」

「可是若是置之不理，太子即將登基，將來如何交代？」

「童虎也在武備學堂，在太子心裏，童相公早已是輔政王的人了，就算是給了太子交代，童相公難道還能倖免嗎？」

「陛下已有遺詔，太子克日登基，趙指揮，你這話莫不是要謀反嗎？」

那叫趙指揮的齜牙冷笑連連，道：「咱們都是童相公的腹心之人，童相公要完了，你們真當能有好果子吃嗎？到時候尋了個由頭，罷黜都是輕的，說不準捏個罪名，早晚都要獲罪，趙某人別的不知道，只知道這西夏大軍是輔政王的軍馬，輔政王也是天潢貴胄，與咱們童相公相交莫逆，咱們無論如何也是站在輔政王的一邊。怎麼？劉參將是什麼意思？你可莫要忘了，是童相公一手將你提拔出來的，你父親戰死在西林坡的時候，是童相公把你養育成人，請了教習教你武藝，才有你的今日。」

那姓劉的參將霎時語塞，道：「我並不是這個意思，只是說……」

「好啦，不要爭了……」童貫淡淡一笑，撫案笑呵呵地看著那姓趙的指揮道：「正和，你少說些過激的話，劉成的秉性，咱家知道；他是個很敦厚的孩子，平時很是孝

順，你這般說，倒像是他要賣了咱家這義父求榮一樣。」

童貫一句輕描淡寫的話，惹得大家都笑了，那參將和指揮也都不好意思地笑起來，堂中的氣氛一下子變得輕鬆起來。

童貫吁了口氣，才淡淡地道：「其實方才咱家也在想，咱家眼下該怎麼做？太子早與咱家交惡，只怕一登基，收拾掉了輔政王，就要把咱家收拾掉的。可是另一面，太子是太子，就是將來的皇上，咱家就是有天大的膽子，難道能和他去對抗？」

童貫先是慢吞吞地說，隨即語氣變得激烈起來：「咱家活了這麼一大把年紀，也沒幾年好活了，咱家倒不怕將來太子來算賬，說句難聽的話，什麼大風大浪，咱家沒見過？無非是一死謝罪而已，怕個什麼？」

眾人一陣默然。

童貫繼續道：「可是咱家真正放心不下的是你們。你們呢，有的是咱家的義子，有的是追隨了咱家十幾年的老兄弟，說得直接一些，咱們在這三邊，在這熙河，都是自家人。這事兒，咱家心裏知道，太子會不知道？將來太子登基了，還肯讓咱家和你們繼續帶兵嗎？只怕做夢都想著給咱家和你們捏造一個罪名，咱家只有一個侄兒，你們呢？都是上有老下有小的，好不容易靠著刀槍拼來的富貴沒了也就沒了，怕就怕太子要斬草除根，連帶著還有性命之憂哪。」

童貫說到這裏，已經不肯再說了，慢吞吞地拿起桌上的茶盞低頭去吹著茶沫。

該說的也說盡了，童貫的話十分直白，堂中的人紛紛露出激憤之色，涉及到了身家性命，丘八和讀書人是不同的，讀書人總還要遮掩一下，還要有個忠孝仁義，可是丘八們什麼話都敢說，什麼事都敢做，殺人舔血的勾當本就是他們的事業，誰怕誰！

「義父說得對，太子要除咱們，咱們真要束手就擒嗎？依我看，輔政王也是天潢貴胄，也有過問軍政大權，咱們鐵了心跟著輔政王，也比跟著那昏聵的太子強上十倍、百倍……」

「索性咱們邊軍和西夏人一道，向汴京那邊傳話，誰敢對輔政王不利，邊軍便殺到汴京去，向太子討個公道。」

「咱們只效忠先帝，至於這太子，哼哼，依我看來，也不是什麼賢明的天子，三皇子賢明，索性擁了三皇子做皇帝，輔政王做監國。」

……

這一陣鼓噪，真是駭人得很，只怕全天下的忤逆之詞都被這些人說盡了。

童貫卻仍含著笑，並不說話，讓下頭的人都罵痛快了，才咳嗽一聲，將吹涼了一些的茶喝下去，道：「好啦，這等話就不必說了，不管怎麼說，咱們還是宋軍，效忠的還是天子。若是這些話傳出去，不知道的，還當咱們邊軍圖謀不軌要扯旗造反呢。現在輔政王已經扶著陛下的靈柩前往京師，咱家也不能閒著，來人，叫人準備好車駕，咱家明日啓程入京，至於三邊，大家也要沉住氣，若是太子不與輔政王爲難就罷了，真要動真格的，也不必客氣。」

「遵命！」

眾人哄然應命，也有幾個軍將道：「相公去汴京，若是太子要對相公不利，只怕……」

童貫發出一聲冷笑，輕蔑地道：「咱家去那裏，就是要告訴太子，邊軍是和輔政王穿一條褲子的，太子若真有膽子，就動輔政王和咱家一根毫毛看看，誰要是少了一根毫毛，立即就是天下烽火四起，看誰來給他收拾這爛攤子……」

汴京城裏比不得其他，國喪之內查禁甚嚴，幾乎家家帶著孝帽，一應娛樂悉數取消，便是那酒肆、茶樓的生意也蕭條起來，青樓更是紛紛休息，不敢有絲毫僥倖。各家的大人，都是戴著孝服到部院中去辦公，平素一些私下間的往來娛樂也都禁止。這股壓抑的氣氛纏繞在每一個人頭上，不過更讓人關心的是太子登基的事。

遺詔已經傳到了宮裏，太后命太子與百官入見，在講武殿上，太后難得的出現在金殿上，先是叫內侍宣讀了遺詔，忠臣紛紛慟哭，趙恆更是哭得死去活來，幾欲暈死過去。

太后這時候反而顯得十分鎮定，雖是眼角的魚尾紋處還閃動著淚痕，卻是鎮定自若的道：「國不可一日無君，遺詔敕命太子爲君，登基大典不可怠慢，三日之後即可登基，待迎來先帝靈柩，再下葬處置喪事。太子，祖宗的社稷就交給你了。」

其實太后說的話，無非是一個過場，都是按部就班來的。太子聽了，痛哭流涕道：「孫臣謹遵遺詔。」

太后又抬起眸，掃視眾臣一眼：「卿等身爲國之柱梁，需兢兢業業輔佐太子。」

眾臣含淚道：「先帝之恩斷不敢往，臣等一定盡心竭力。」

商議定了，眾人也紛紛散去，這裏頭最忙的自然是禮部，先是老皇帝駕崩，葬禮要先籌措，新君又要登基，大典自然不能懈怠，雖然經驗都是現成的，按著程序走就不會出差錯，可是這麼大事一點疏漏都不能出，當然要謹慎對待。

而其他的大老已將注意力放在了輔政王身上，一匹匹快馬夾帶著輔政王的消息送入京城，這靈柩只能走陸路，速度又是極慢，沒有一個月功夫是別想入京了，可是輔政王到京之後，就是新皇帝與輔政王對決的時候，這一場對決，決定了無數人的榮辱，自然也牽動了無數人的心。

李邦彥這邊已經開始活絡，整個大宋從來不缺乏牆頭草，畢竟太子登基只在兩三天

的功夫，現在再不改換門庭，到時候就是想做這門下走狗也來不及了。

有人喜來有人愁，這楊真便是最愁的一個，他雖是門下首輔，可是眼看著一朝天子行將登基，自然也知道自己已經無力回天了，能否堅持到輔政王到京還是未知數，就算是輔政王到了京城，能不能力挽狂瀾又是一個未知數，他心裏有萬般的苦悶，可是這門下的事卻是堆積如山，容不得他有絲毫怠慢，尤其是這些天，各地慶賀太子登基的陳表和哀思先帝的奏疏紛紛上來，如雪片一樣，讓楊真幾乎沒有空閒思考的餘地。

而且這各地的官員遞來的奏疏也有許多名堂，楊真不得不小心的梳理，比如有的官員，奏疏裏只一味哀思先帝的，這必然是支持輔政王的力量，可要是奏疏中將哀思先帝刻意淡化，只一筆帶過去而著重於慶賀太子登基的，這自然是支持太子的。至於那些渾水摸魚，一面痛定思痛哀思先帝又歡天喜地去慶賀太子登基的，這就是風吹兩邊倒的牆頭草了。

總結歸納了一下，楊真大致算是有了印象，暗中支持輔政王的官員大多是蘇杭、廣南、福建以及邊鎮等地的官員，至於其他各路則是支持太子的多，當然，像京畿附近是左右參半，大致算下來，不管是太子還是輔政王，大致是平分秋色，誰也不遑多讓。

楊真心裏苦笑，鬧到這個局面，他也不願意。楊真好歹是個頗有抱負的人，只希望天下承平，誰知道大宋會到這個田地。只不過現在他身處漩渦的中心，知道眼下的局面不可能維持下去，這一龍一虎非要分出高下來不可。

過了三日，新君大典在講武殿進行，穿著孝服的趙恆登基爲君，改元靖康，群臣在這講武殿下，三跪九叩，口呼萬歲。

原本新君登基，汴京城中多有爆竹聲出來，雖是國喪期間，可是喜憂參半，雖然不能大肆慶祝，可是放個爆竹只當是期待這新君能給百姓們帶來些福氣和庇護，卻也成了習俗。當年趙佶登基的時候，那炮仗之聲可謂傳遍全城，震天作響。可是到了今日，除了寥寥有人放個炮仗，卻是一點動靜都沒有。

坐在御座上的趙恆顯得很是不安，可是明知如此，卻又不能下旨意令禁軍逼人放炮仗，他的臉色已經越來越難看，匆匆結束了這大典。

打發走了群臣，獨獨留下李邦彥之後，臉色驟然變得鐵青，惡狠狠的向李邦彥道：「事先爲何不做準備？你看看，朕新君登基，居然無人放炮，他們這是要做什麼？」

李邦彥心裏苦笑，這種事如何做準備，難道叫京兆府事先逼著大家準備炮仗？若真是如此，又要被人淪爲笑柄了。可是趙恆大發雷霆卻也能理解，好端端的登基，鬧出這麼個么蛾子出來，擺出這麼一個烏龍，哪裡還會有什麼好脾氣。

李邦彥硬著頭皮道：「陛下，百姓們哀思先帝，一時……」

「先帝……」趙恆冷笑連連，看著李邦彥道：「先帝已經駕崩了，哀思是朕的事，哪裡輪得到他們哀思。依朕看，他們這是刻意要給朕難堪，給那沈傲擂鼓助威才是。」

李邦彥立即住口，對趙恆的話倒也有幾分認同，從前新君登基的時候，不也是先帝駕崩了的嗎？那時候這般熱鬧，今日卻是冷冷清清，不必說也能猜出其中的緣由。

「你……說話……」趙恆冷冷的注視著李邦彥。

李邦彥才慢悠悠的道：「輔政王平素最擅借用周刊鼓惑人心，不知近來的周刊陛下可曾御覽過沒有，其中就有不少犯禁之詞，可謂大膽至極，現在全天下的人都以周刊自娛，這些周刊卻都是向著輔政王說話，陛下，只要周刊一日繼續任人兜售，天下的輿論就都掌握在輔政王手裏了。」

趙恆奇怪道：「周刊有這麼大的能力？」

他對這些周刊一知半解，只知道沈傲曾辦過一個邃雅周刊，連帶的，自然對周刊也頗爲憎惡，平素根本不去湊這熱鬧，這時候聽李邦彥這般說先是不信，可是又勾起了好奇，便道：「去，叫個人，出宮去買些周刊來。」

新皇帝發話，內侍們當然不敢怠慢，飛快出宮，只一炷香時間便帶著一遝新近的周刊來，趙恆坐在御案上隨手翻閱，不看還好，乍看之下，頓時龍顏大怒，齜牙冷笑道：「李舍人說的一點也沒有錯，真是豈有此理，這些人還有王法嗎？」

李邦彥肅然道：「陛下可以想見，這周刊若是再縱容下去，人心還會向著陛下嗎？汴京共發行周刊四十餘種，每日發售量高達三十萬之多，其他路府也多是如此，有的多一些，有的少一些，再加上借閱的，也即是說，這些蠱惑之詞，單這汴京就可影響四十萬人，這些人又口耳相傳，將周刊中的違禁之詞放肆議論，那些聽到耳中的人就更多了。」

趙恆氣得臉都白了：「朕知道了，若非李舍人提醒，朕竟不知道還有人這般大膽，下旨意……所有周刊全部查抄，牽涉的人悉數獲罪，刺配流放，往後再有人敢胡言亂語，殺無赦。」

李邦彥原本是想讓趙恆明白周刊的巨大效果，想勸諫趙恆以其人之道還治其人之身，也辦些周刊出來引導輿論。可是也不知今日的周刊到底寫了些什麼，竟然讓趙恆怒不可遏到這個地步，他忍不住道：「陛下能否借閱一份周刊給微臣看看。」

趙恆直接從金殿上拋下一份周刊下來，道：「你自己看。」

李邦彥拿起周刊，也是大驚失色，這一份周刊取名「東城」二字，裏頭第一篇文章，便是妄言政事，且大膽之極，暗暗隱晦的指出今日新君登基，可是天下人都哀思陛下，又陳說陛下在位時的赫赫功績，暗指新君行爲不檢云云。

這裏頭雖是暗指，卻是昭然若揭，李邦彥深吸一口氣，偷偷看了趙恆一眼，心中

想，也難怪陛下如此生氣，若換作是老夫，只怕也要暴跳如雷。心裏這般想，便再不敢提創辦周刊的事，雖然他總覺得查抄報刊似乎不妥，可是依著趙恆的性子，現在又在氣頭上，只怕也未必肯聽從勸阻。

李邦彥將這周刊丟開，勉強作出一副怒氣沖沖的樣子道：「真是大逆不道，這定是那沈傲背後搗的鬼。」

趙恆在李邦彥看那本周刊的時候，也在拿著另一份周刊閱讀，聽到李邦彥的聲音，抬起眸來，一雙眼眸變得很是銳利，殺氣騰騰。

趙恆淡淡道：「你再來看看這份周刊。」

李邦彥接過來一看，又是深吸一口氣，這周刊倒是沒有隱喻抨擊太子，而是大肆讚賞三皇子趙楷，說趙楷性子溫和，有容人之量，知書達理，學識過人云云，這周刊叫「錦衣周刊」，名字有些古怪，可是文章卻是十分大膽。

話說回來，吹捧三皇子也不算什麼大罪，可是在趙恆聽來，卻不啻是說他這皇上沒有容人之量，不夠知書達理，學識比起他那皇弟更是差得十萬八千里。

裡面每一個字都如針一樣扎著趙恆的心，霎時間，從前與趙楷之間的仇怨都湧上頭來。趙恆哈哈大笑：「好，好，原來朕剛剛即位就成了昏君，他們是想要擁立我這皇弟來做天子，朕擋了某些人的道兒，讓他們恨不能要除朕而後快了！」

他的臉色越來越猙獰，原以爲登基之後，一切都大大不同，幾十年的委屈終於得以舒展，父皇寵幸老三而疏遠自己，他忍了；父皇庇護沈傲，對他冷言冷語，他也忍了，可是現在，他才是皇上，是天子，難道還要忍下去?

趙恆拍案而起，殺氣騰騰的朝李邦彥道：「李舍人還記得從前朕對你說過的話嗎?」

李邦彥心中一凜，道：「陛下的意思是……」

趙恆淡淡地道：「朕的心意很明白，這件事自然是由李舍人去做，如何編排，都看李舍人的了，事情辦好之後，朕自會賜去酒水。」

李邦彥心中似在猶豫，隨即咬咬牙道：「遵旨。」

趙恆吁了口氣，總算變得輕鬆起來，一手將御案上的周刊統統摺開，才又道：「不管如何，朕現在是天子，是皇上，姓沈的多則二十天，遲則一個月就要入京，趁著這個功夫，把該做的事都做了吧，省得朕的輔政王到了汴京，還有人爲他張目。」

李邦彥露出詭異的笑容，深望著趙恆，道：「殿下的意思是?」

趙恆登基之後，李邦彥對趙恆的態度更加恭敬，不再輕易發表自己的意見，反而處處詢問趙恆的意思之後才肯說出自己的想法。關於這一點，趙恆顯得很是滿意，從某種程度來說，李邦彥滿足了趙恆的虛榮心，至少在李邦彥面前，他真真切切地感覺到了自已是手持生殺大權的君王。

趙恆躺在御座上，慢吞吞地道：「武備學堂就是沈傲的巢穴，我大宋以孝義儒法治天下，這沈傲當真可笑，竟然教讀書人習武，去做粗鄙的武夫，這像什麼話？傳旨出去，立即廢黜武備學堂，一應校尉悉數解散回鄉，不得滋事。」

武備學堂可謂沈傲力量的源泉，正是因爲武備學堂，才讓沈傲控制住了不少軍馬，若是斬斷這一隻手，沈傲還能有什麼用？更何況這汴京中的校尉足足有七千餘人，這般大的力量留在京城，對趙恆自然是如鯁在喉，現在趁著沈傲未至，先剪除掉武備學堂，再慢慢地收拾沈傲的爪牙，事情就好辦多了。

李邦彥想不到趙恆竟有如此魄力，隨即又想，陛下想必也是被逼急了，否則何至於如此大刀闊斧？不過裁撤武備學堂是早晚的事，宜早不宜遲，還是快刀斬亂麻的好。

趙恆繼續道：「除此之外，朕還是太子的時候，就聽不少大儒進言，說是海政誤國誤民，使天下人人逐利，斯文掃地、道德敗壞、禮法皆無。更聽說自從海政實施之後，不少農人竟是拋了土地不事生產，而去泉州、蘇杭操弄些華而不實的東西，哼……士農工商，如今是士不如商，農不如工，常此以往，國將不國。下旨意，裁撤海政，沿岸各處船若無憑引，盡皆不得出海，至於海政衙門盡皆廢黜。還有在南洋各國的總督府也悉數撤出，土地原數奉還。」

對海政，趙恆和李邦彥都是一竅不通，也不想去懂，對他們來說，海政無論好壞，只要是輔政王弄出來的東西，自然是要狠狠踩上一腳才好。

李邦彥原本覺得這皇上是否太過激了一些，可是隨即一想，眼下正好趁著沈傲扶靈北行、尚未入京的時機動作，若是錯失了這良機，豈不可惜？連忙躬身道：「陛下聖明。」

趙恆顯得有些累了，揮揮手，道：「這件事你去辦，朕歇一歇，明日再進宮吧。」

「微臣告退。」李邦彥躬身一禮，便要退出去。

趙恆似乎又想起什麼，又道：「回來，朕還有一件事要說。」

李邦彥道：「請陛下明示。」

趙恆朝李邦彥笑了笑道：「朕聽說中書省離了石英手忙腳亂的，竟是屢屢出岔子，中書省干係重大，這般下去可是不成。石大人是三朝老臣，有他在自然是好，可是現在他不在汴京，朕只好暫時另行委任一個中書令了。」

趙恆深望了李邦彥一眼，見李邦彥一副榮辱不驚的樣子，滿意地道：「這中書令就由李舍人來做吧，你從前是門下令，獲罪才罷了官，想必現在也痛定思痛了，這樣很好，知錯能改善莫大焉嘛，這中書省就拜託李舍人了。」

李邦彥畢竟是經過大起大落的人，先是入門下，隨即又廢黜為民，如今又是一飛沖

天，心中還是免不了有幾分激動，跪下三拜道：「臣謝陛下恩典。」

趙恆這一次竟是親自下了金殿將李邦彥扶起，語重心長地道：「李中書不必多禮。」

李邦彥從宮中出來的時候，臉上卻浮出一絲冷意，廢黜海政，查辦周刊都讓自己動手，這新皇帝也不簡單哪。

可是雖是這般想，李邦彥卻又不禁嘆氣，事到如今，他已無路可走，蔡攸尚可以逃去海外，可是到了他這般年紀，還有退路嗎?雖是心有不甘，他李邦彥也得乖乖地給趙恆做這馬前卒。

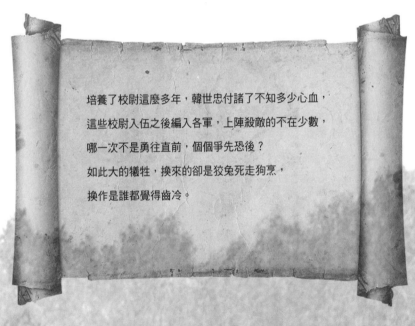

第二〇一章 兔死狗烹

培養了校尉這麼多年，韓世忠付諸了不知多少心血，
這些校尉入伍之後編入各軍，上陣殺敵的不在少數，
哪一次不是勇往直前，個個爭先恐後？
如此大的犧牲，換來的卻是狡兔死走狗烹，
換作是誰都覺得齒冷。

第二日，旨意便下來了，李邦彥升任中書令，還未去中書省，又是一份旨意過來，立即拿辦各家周刊，李邦彥不敢大意，立即下條子去京兆府，調集步軍禁衛，開始在全城搗毀各處周刊刊館，查沒印刷器械，拿辦主要人員，一時之間，整個汴京雞飛狗跳，人人自危。

可是很快，士林之中便生出了極大的反彈，士林之人與周刊之間早到了如漆似膠的地步，若說那些名士是拿筆桿子做武器，這周刊就是他們的戰場，現在新君剛剛登基，就直接抄沒報刊，這不啻是發送一個信號，意味著這新君並沒有廣開言路的打算。

於是非議四起，不止是如此，這報刊居然也是屢禁不絕，印刷的器械抄沒了，就用手去抄錄，太學院幾乎都沒有了讀書的心思，有人不知從哪裡找了一份周刊範本來，於是數百數千人一起抄錄，再送出去。

原先大家還遮遮掩掩，可是現在反有點兒光腳不怕穿鞋的氣魄了，抨擊更加猛烈，甚至到了指名道姓的地步。

京兆府眼見事情鬧到這個地步，只能繼續拿人，結果拿的人越來越多，那一夜之間貼遍全城的各種所謂「周刊」反而有增無減。

其實士林原本只是習慣了找人來攻訐，偶爾寫一點牢騷話，周刊編輯看了覺得好便拿去刊載，又有潤筆費拿，何樂而不爲？說來說去，汴京士林對太子並沒有太多成見，可是現在鬧到這個地步，新皇帝不想著大赦天下，不想著去告祭天地，卻是以言治罪，這就捅了馬蜂窩，結果大家自然要鬧。

大家都是有功名的讀書人，是天子驕子，從前平西王在的時候，也不曾這般過分，現在居然查抄、拿人，這就太不像話了。李邦彥不懂這裏頭夾雜著多少利益干係，結果這麼一捅，非議更盛，甚至一發不可收拾。

眼看事情越來越糟，宮裏叫了李邦彥進去一次，趙恆劈頭蓋臉對李邦彥一陣痛斥，結果卻也是無可奈何，可是這時候已經沒有了臺階可下，新皇帝第一份旨意頒發出去，總沒有收回的道理，否則這天子的威信就蕩然無存了。

趙恆咬咬牙，道：「這些讀書人成日鼓噪，喋喋不休，現在敢妄議宮闈之事，若不好好教訓，如何能讓他們安心讀書授業？彈壓下去，用盡一切辦法。」

李邦彥也知道此時是騎虎難下，出宮之後立即帶著殿前衛四處搜人，抓了不少張貼大字報的太學生，悉數送去京兆府革了功名，又三令五申，命各部堂協同辦理，該革籍的革籍，該刺配的刺配。

原先還只是對報刊背後的商人和工匠們動手，現在直接把刀架在了脖子上，殺雞儆猴，效果倒是顯著，雖然還有一些不要命的，大多數讀書人卻都老實下來。

李邦彥不禁鬆了口氣，可是隱隱之間，又覺得機會來了。他擺出了一副辣手姿態，

直接到京兆府提了那些太學生開始一一審問，嚴刑逼供之下，終於得來了供詞。

太學生周甫供認字報之舉乃是三皇子趙楷授意，其餘幾名太學生的供詞也都是如此。這一下，事情就真正嚴重了。

一個意氣之爭，到現在已經成了謀逆的鐵證。讀書人可以胡說八道，可是涉及到宗室的陰謀就全然不一樣了。

當日，李邦彥直接去宗令府，叫人請了三皇子趙楷來問，趙楷自然是不肯承認，李邦彥冷笑連連，當即拍出供狀，怒斥道：「殿下還要狡辯嗎？正是因爲殿下是天潢貴胄，下官才如此客氣，若是將這供狀報入宮中，你我就該在大理寺中說話了。」

趙楷自然不將李邦彥放在眼裏，硬氣得很，道：「欲加之罪何患無辭，何必要勞心去編纂供詞？」

李邦彥不能將趙楷怎麼樣，只是剜了他一眼，冷笑道：「既是如此，老夫這便入宮奏陳。」

供詞報入宮中，旨意也隨之下來，軟禁三皇子趙楷，不得出王府一步。到了次日清晨，趙楷服毒「自盡」而亡。

整個汴京被這麼一鬧，一下子鴉雀無聲了，從前鼓噪的人也不見了響動，所有人都沉默起來。

汴京城的一處院落，這裏顯得很不起眼，從前曾是一個富戶的住處，後來富戶搬去了泉州也就荒廢下來，也就在這幾日，突然有人搬了進來，從此有了點兒人氣。

一個打扮普通的壯漢騎馬到了院落前，拍門進去，門房打量他一眼，與他低聲說了幾句話，隨即便閃身讓這壯漢進去。

壯漢一路到了正堂，跨入檻去納頭便拜：「京師內城百戶所周濤見過先生。」

這先生自是陳濟，陳濟一雙咄咄逼人的眼眸抬起來，眼中的血絲密佈，他淡淡道：「有什麼消息？」

「三皇子昨夜午時的時候服毒自盡了。」

陳濟並沒有現出意外之色，淡淡道：「當真是服毒的？」

「這就不清楚了。」周濤露出慚愧之色，道：「原本在三皇子的府邸裏也安插了人，可是昨日夜裏，三皇子關在殿中，後來李邦彥進去與他說了話，今日清早的時候才得知三皇子已是服毒死了。」

陳濟呵呵一笑，道：「其實三皇子是畏罪自殺還是被人殺死並沒有什麼干係，重要的是別人相信什麼。周濤，換作是你，你會相信什麼？」

周濤毫不猶豫地道：「三皇子是被當今天子殺死的。」

陳濟頷首正色道：「不錯，這樣的皇帝何以服眾？不能廣開言路，剛剛登基便迫不及待地弒殺自己的兄弟，與那夏桀、商紂又有什麼區別？」

周濤道：「先生的意思是……」

陳濟依然淡淡道：「沒有什麼意思，咱們錦衣周刊也被查抄了吧？事先安排好了嗎？」

周濤道：「安排好了，宮裏動手之前，上上下下的人都撤了出去，沒有留下什麼痕跡。」

陳濟的眼眸閃過一絲冷色，道：「告訴他們，該他們動手了，沒有刊館，就躲在院落裏排版，印刷的機器用具由內城的百戶所想辦法去弄，這錦衣周刊還要辦下去，老夫要這汴京在明日的時候，大街小巷上都有錦衣周刊，明日就著重寫三皇子，多寫一些秦二世和隋煬帝的典故。」

周濤抱拳道：「卑下明白了。」

陳濟這才哂然一笑，道：「武備學堂去通個氣，沒有輔政王的詔令，他們就永遠是天子親師，是忠於先帝還是忠於新君，就看他們自己了。」

次日清晨，驚恐不安的人們從夢中醒來，立即發現整個汴京又是一個模樣，大街小巷，有人打開門，便看到地上擺著一份周刊，這周刊的紙質有些低劣，不過字跡都很清楚，不止是如此，就是許多牆上也都貼了文章，已經有不少人圍看了。

京兆府也是嚇了一跳，哪裡想到好不容易彈壓下去的非議，一夜之間又捲土重來，於是連忙派出差役，四處將牆上的違禁文章全部撕下。可是已經遲了，坊間又是一陣議論，要管住人的嘴、管住人的心，哪裡有這般容易？

事情傳到李邦彥的府邸，李邦彥不禁打了個冷戰，這一切似乎都是有預謀的，他連忙對下人吩咐：「錦衣周刊！快去，將近來幾期的錦衣周刊全部拿來給老夫看。」

只消一盞茶功夫，便有主事給他尋了錦衣周刊來，那主事道：「這錦衣周刊是新近辦出來的，名不見經傳，不過勝在價格低廉，其他周刊是四十文，錦衣周刊只要十文就足夠，從起刊至抄沒，大致也就三期。」

李邦彥蒼白著臉，一邊聽這主事的話，一邊拿起周刊翻閱，裏頭的內容都是與三皇子有關，不禁吸了口涼氣道：「老夫明白了。」

這本周刊本就是用來誘導殺三皇子的，若是沒有這周刊，三皇子或許還能有一線生機，可是新皇帝看到文章中將三皇子幾乎吹捧成了聖賢的化身，再聯繫各家周刊的影射，以趙恆隱忍多年的性子，對三皇子動手就會成了必然。

也即是說，殺三皇子的人看上去是趙恆，是他李邦彥，而真正的幕後黑手，卻是這

錦衣周刊，可是錦衣周刊之後又是誰呢？

李邦彥長吸了一口氣，終於發覺這汴京之中隱藏著一個更大的對手，此人定是沈傲的心腹，正如一個棋手，舉止之間，影響著整個大局。

此人借著趙恆的手殺了三皇子，而現在卻又拿三皇子的死來做文章，直指新君，言辭激烈到了極點，此人如此做，難道……

或許在從前，李邦彥以爲沈傲要做的，無非是擁立三皇子而已，可是現在這背後之人的目的卻讓李邦彥明白，一切都不如他想像中這般簡單，逼新君殺三皇子，再借此將矛頭指向新君，他們這是要謀朝篡位……

李邦彥打了個冷戰，以他的智慧都被此人玩弄於鼓掌之中，心裏立即生出一種朝不保夕的恐懼之感。忍不住喃喃念道：「所圖甚大……所圖甚大啊……老夫該怎麼辦？」

李邦彥沒有意識到那主事還站在一旁，一雙眸子閃爍著驚慌，隨即又長嘆了口氣。

他沒有選擇了，普天之下莫非王土，他能逃到哪裡去？自己與輔政王的仇怨也絕不是說化解就能化解，一旦輔政王入京，自己非死不可，既然如此，只能放手一搏了。

李邦彥鎮定下來，抬起眸才發現主事一頭霧水地看著他，李邦彥的臉上立即露出不喜之色，怒道：「滾出去知會門房，就說老夫這就要入宮。」

坐在轎子裏，李邦彥的思緒紛遝而至，怎麼辦，如何應對？人心已經偏向了沈傲，要力挽狂瀾，人心是暫時不能動了。

李邦彥闔著目，整個人努力地思索著，最後咬咬牙，用手拍在膝蓋上，喃喃道：「那就廢掉姓沈的左膀右臂。」

到了宮中，趙恆在暖閣裏剛剛適應了新皇帝的感覺，今日清早的時候，他原本是想如往常一樣去景泰宮問安，可是隨即，他突然想到自己如今已成了天子，那老太婆平素與自己並不親近，何必與她有什麼瓜葛？索性便不再去了，在這暖閣裏看了會奏疏，已是覺得昏昏沉沉，這時外頭有人稟告：「李邦彥李大人求見。」

「叫他進來。」

李邦彥進入暖閣，躬身一禮，也不提錦衣周刊的事，趙恆先是呵呵笑道：「朕那皇弟畏罪自殺了？」

李邦彥道：「是。」

趙恆便露出一副感嘆的模樣，道：「朕與嘉王乃是同胞兄弟，他做出這等事，實在讓朕想不到，可既是兄弟，便是天大的罪過，朕難道還不能容他嗎？卻又爲何要畏罪自盡？傳個話給門下，讓門下省擬旨，敕封嘉王嫡子承襲王爵，准予王禮厚葬。」

李邦彥道：「陛下仁厚，嘉王若是泉下有知，必然感激涕零。」

趙恆淡淡一笑，倒是真覺得自己仁厚了，轉而道：「周刊都查辦了嗎？」

李邦彥道：「都查辦了。微臣入宮，是請陛下定奪武備學堂的事。」

趙恆目光一厲，道：「裁撤武備學堂的旨意已經擬定好了，隨時可以發出去。」

李邦彥搖頭道：「陛下，武備學堂是天子親師，不容小覷，若是逆旨，又當如何？」

趙恆目光幽幽，瞳孔中閃過一絲懼意，是人都知道，這武備學堂的戰力不容小覷，一旦逼反，可不是好玩的，可是武備學堂在一日，趙恆便如鯁在喉，沈傲進京之期已是越來越近，若是再不裁撤，必然會引起軒然大波。

趙恆惡聲惡氣地道：「他們敢！」

李邦彥悄悄地用鄙夷之色看了趙恆一眼，道：「有何不敢？所以微臣以爲，要裁撤武備學堂，非借助一人。」

趙恆看著李邦彥，道：「你說。」

李邦彥道：「瑞國公方啖。」

趙恆一頭霧水，瑞國公方啖，他最熟識不過，乃是太子妃的親兄弟，和他趙恆也是姻親，從前在殿前衛裏做事，趙恆監國之後，敕他去了樞密院，也算是提攜了一把，可是趙恆心裏也清楚，這瑞國公平素並沒有多少本事，裁撤武備學堂這般大的事，怎麼可能靠他？

李邦彥含笑道：「請陛下立即下旨意，敕命瑞國公爲馬軍司指揮使，接掌馬軍司，隨即再命瑞國公帶馬軍司前去武備學堂頒佈旨意，若是武備學堂敢妄動，可立即命馬軍司彈壓。」

趙恒眼眸一亮，今日算是體會到了李邦彥的高明，馬軍司是沈傲的人，可同時也是禁軍，沈傲雖然對馬軍司影響不小，可畢竟馬軍司還是得乖乖效忠皇上，瑞國公是趙恒的心腹，讓他接掌馬軍司，誰敢滋生非議？到時候三下五除二，帶著一幫親信安插進去，再用來對付武備學堂，就算武備學堂反抗，也是馬軍司彈壓，自然是讓他們狗咬狗去。可要是武備學堂順從了，馬軍司就成了彈壓武備學堂的元凶，當然對趙恒死心塌地。

三大禁軍，以馬軍司戰力最強，一旦武備學堂裁撤，那麼整個汴京之中，趙恒就占了絕對的優勢，只要沈傲敢來惹事，趙恒一聲令下，定讓他死無葬身之地。

趙恒打起精神，深望著李邦彥，目中露出期許，道：「好，朕這便下旨意，敕命瑞國公爲馬軍司指揮使，李愛卿從旁協助一下，與瑞國公一道辦好這件事，朕不會忘了你的好處。」

李邦彥的目中閃過一絲冷色，心裏卻在想，你們既然爭了民心，那麼我們便死死抓住軍權，錦衣周刊背後之人便是再厲害，又能翻騰起什麼浪來？

李邦彥誠惶誠恐地朝趙恆行了個禮，道：「若非陛下庇護，微臣又豈有今日？微臣萬萬不敢居功。」

馬軍司身爲禁軍三司之一，其重要程度不言自明，尤其是整編之後，整個馬軍司已是煥然一新，編額三萬人，其實力隱隱在殿前司之上。

其實汴京的禁軍編額都是三萬人，可是吃空餉的事屢禁不絕，殿前司還好，還只有兩萬人的架子，可是步軍司就更狠了，能有個半數就算不錯。不過馬軍司卻是不同，人數足額，一點剋扣都沒有。所以無論在樞密院在兵部還是三司衙門，馬軍司的分量越來越重，便是有時候殿前司也要相讓幾分。

只是今日馬軍司衙門卻大是不同，一大清早，瑞國公方啖便帶著一隊人馬到了衙門口，直接宣讀旨意，隨即接掌馬軍司指揮使一職。晌午不到，又召馬軍司營官以上武官來見，當即來了個下馬威，罷黜了十幾個武官。

這些武官多是校尉出身，如此一來，倒是收到了不少的效用。雖然下頭怨聲載道，可是畢竟維持住了局面。

這瑞國公方啖是趙恆的小舅子，如今趙恆登基，他這瑞國公也水漲船高起來，其實方啖生得頗爲英俊，又蓄著美鬚，身材魁梧，穿著一身紫袍，戴著梁冠往馬軍司衙堂一坐，還真有幾分讓人心折的氣度。

兩班的武官站在一旁，個個默不做聲，朝廷突然換了指揮使，而這新上任的瑞國公一來就整治了不少校尉，明眼人都知道皇上要做什麼，瑞國公要做什麼。

查封報刊，令讀書人齒冷。而三皇子的死，也讓武官們心中發寒，這時候許多人突然念叨起輔政王來，若是輔政王在，會由得皇上這般胡作非為嗎？會由得一個瑞國公在馬軍司耀武揚威嗎？可是輔政王不在，聖旨已下，身為禁軍武官，誰也沒有抗旨的膽子，心中雖然個個不忿，卻還是忍下了這口氣。

方唉神氣地看了兩班的武官一眼，這些武官是什麼心思，他心裏跟明鏡似的，好歹也曾在殿前衛和樞密院裏待過，豈會不知道馬軍司是出了名的沈黨？沈傲一句話甚至比皇上都管用。他心裏冷冷一笑，想：那又如何？現在輔政王遠在千里之外，待會兒就讓你們去捅輔政王的心窩子，到了那時，你們還不都乖乖地給陛下效力盡忠？

方唉咳嗽一聲，四顧一眼，才道：「眼下陛下剛剛登基，百廢待興，京畿防務是重中之重，本公爺聽說，這汴京城裏居然有人心懷不軌，嘿嘿……亂臣賊子歷來能有什麼好下場的？你們來說說看？」

眾人鴉雀無聲。

方唉繼續道：「陛下命我掌握馬軍司，就是來糾察亂黨、安定社稷的，今日本公爺

有言在先，你們肯忠心效命的，將來自是飛黃騰達，少不得一身富貴，可要有人心裏頭懷著不測之心，那就是抄家滅族，好好想著這干係，可不要一時失足而誤了一家老小。」

方啖的這些話幾乎是開門見山的警告了，武官們個個不語，既沒有人反對，也沒有人支持。

方啖見狀，長身而起：「接旨意……」

誰也不曾想，這公爺手裏還有一份旨意，聽了方啖的話，大家無奈地拜倒道：「臣等接旨。」

方啖的臉上露出一絲冷笑，隨即展開聖旨宣讀起來。這旨意念到一半，武官們的背脊上都流了一身的冷汗，真正是驚駭到了極點，裁撤武備學堂，學堂之中所有校尉悉數解散，還命馬軍司隨同協辦。

要知道，校尉二字在大宋的地位比讀書人更加高上一些，不止是因爲天子親軍的身分，這些年大宋四處征戰，每每都是校尉衝在最前，退在最後。這些人在武人之中早已成了模範的化身，尤其是馬軍司裏，由於大量的校尉補充進來，大家對校尉更是又敬又畏，敬的是他們的品德，畏的是他們的威嚴。現在命馬軍司去協同方啖裁撤武備學堂，武官們哪裡肯願意？

可是聖旨已下，新任指揮使也立下了下馬威，汴京之中更沒有人爲他們做主，此時若是搖頭便是抗旨，抗旨就意味著圖謀不軌，這麼大的罪壓在身上，誰又敢說什麼？

其中一個武官終於鼓足了勇氣，道：「方大人，武備學堂乃是天子親師，先帝在的時候，更是欽點他們爲天子門生，如今先帝屍骨未寒，豈能說廢黜就廢黜？請大人陳情陛下，望陛下三思後行。」

有人打了頭，其他武官紛紛道：「請大人入宮勸諫陛下。」

方咳心裏冷笑，板著臉道：「哼，怎麼？你們這是要抗旨？」

眾人只好道：「不敢。」

方咳臉色才舒展了一些，道：「既然不是抗旨，那便立即調撥軍馬，隨本大人前去武備學堂宣讀旨意。」

眾人不肯，只是跪著不說話。

方咳大怒道：「再有人敢輕慢聖心，立即以抗旨罪論處。」

武官們才動彈起來，不情願地各自回營調撥軍馬。

方咳心中霎時得意起來，什麼校尉，什麼輔政王，原來也不過一紙聖旨就能令他們乖乖俯首貼耳，那李邦彥果然是個老狐狸，些許手段，這汴京就可以固若金湯了。

這些武官出去，紛紛交頭接耳，其中幾個叫來自己的親兵吩咐幾句，便又裝模作樣

去調集軍馬了。

那些親兵紛紛向武備學堂快馬過去，韓世忠接了消息，愁眉不展起來，就在明武堂裏，幾十個教頭、博士一個個面面相覷，一時之間都陷入了沉默。

韓世忠突然拍案而起，怒罵道：「天子門生說撤就撤，那咱們這些年的心血豈不都付諸東流？從邊鎮到水師，從水師到禁軍、廂軍，三軍的將士哪個不心寒？先帝這才駕崩多久，就要一朝天子一朝臣了，這是什麼道理？還說什麼純孝，純孝個屁，如此倒行逆施，異日再有外患，誰還肯盡忠效力？」

韓世忠的火氣也是有來由的，培養了校尉這麼多年，韓世忠付諸了不知多少心血，這些校尉入伍之後編入各軍，上陣殺敵的不在少數，哪一次不是勇往直前，個個爭先恐後？就說女真一戰，校尉就戰死了四百多人，如此大的犧牲，換來的卻是狡兔死走狗烹，換作是誰都覺得齒冷。

再者說，校尉的地位是先帝給的，先帝剛剛駕崩，就撤了校尉。撤了學堂，這是什麼意思？自古以來，孝義都是大節，新皇帝剛剛登基，就迫不及待地拿先帝的人開刀，還講個屁的孝字。

韓世忠這般怒氣沖沖地一罵，馬軍科的童虎也不禁道：「就是，咱們在外頭流血，現在說撤就撤，豈能服眾？今日我童虎偏偏不撤，你們要撤自管撤去。」

博士們倒是有幾分耐心，紛紛勸阻：「韓教頭、童教官，慎言……」

童虎火冒三丈地道：「慎言個屁，武備學堂都要沒了，要慎言又有什麼用？」

眾人苦笑，紛紛搖頭。

韓世忠這時反而冷靜了，目中露出堅毅之色，道：「不管聖旨如何，我韓世忠今日與武備學堂共存亡，皇上要撤，就先取了我韓某人的性命再說。」

童虎立即回應道：「算上我童虎一個。」

其餘的教頭教官紛紛道：「好，要鬧就鬧個痛快。」

明武堂裏一陣激憤，連外頭的校尉也聽到了風聲，許多人聚攏過來。大家為了進武備學堂，不知歷經了多少考驗，錄取的那一刻，又何等的榮光。此後日夜操練，可謂盡心竭力，上陣殺敵更是拋去性命不顧，多少袍澤戰死在沙場，多少同窗血撒異鄉。現在突然間，從前的榮譽，從前的付出，還有未來的前程一下子沒了，天子門生成了宮中眼裏不安分的叛逆，無論是誰，此刻心裏既是難受又是憤怒。

「我不走……死也留在這裏。」

「我也不走，生是校尉，死是校尉……」

大家七嘴八舌，突然間有人道：「若是沈司業在這裏給我們做主，又豈會到這般地步。」

聽了這句話，所有人默然。

若說天子在他們眼裏是尊師，那沈傲對校尉們來說便是教父，現在所有人都心神不寧，不知該如何是好的時候，再想到沈傲，心情不由地複雜無比。

正在這時候，卻有一個訪客到了武備學堂，轎子穩穩地停落在學堂正門，門口的校尉攔住，可是細細辨認，卻都驚訝了，不禁道：「陳博士。」

來人便是陳濟，武備學堂剛剛起創的時候，陳濟曾在這裏充任過博士，倒也有不少人認得，陳濟淡淡一笑，莞爾道：「去通報一聲，就說陳濟拜訪。」

門口的校尉不敢怠慢，飛快入內稟告，隨即請陳濟入內。

陳濟出現在明武堂外頭，立即引來一陣轟動，許多認識他的校尉紛紛湧過來，誰都知道，這位陳博士是輔政王的尊師，地位非同凡響，此時他突然來了，說不準是輔政王授意安排的。

陳濟含笑著從人群中走過，直接進入明武堂，這明武堂裏的氣氛很是沉抑，陳濟呵呵一笑道：「怎麼都苦著個臉？韓教官，你這般怒視著老夫做什麼？」

韓世忠見了陳濟，只好勉強地擠出一點笑容，道：「陳先生好。」說罷將馬軍司那邊探來的消息說了，最後不平道：「陳先生，事情到這個地步，輔政王又不在京師，無人爲我們做主，我韓世忠已經想好了，這武備學堂絕不能裁撤。」

陳濟哈哈一笑，道：「有句話不是說嗎？天將降大任於斯人也，必先苦其心志勞其筋骨。這麼點兒波折，韓教官就吃不消了？現在聖旨馬上就要到了，誰若是抗旨，那就是謀反，謀反之罪，韓教官能擔當得起嗎？」

韓世忠語塞，道：「難道就讓他們得逞？」

陳濟尋了個位置隨意坐下，才又道：「得逞又如何？不得逞又如何？沒了武備學堂，校尉還是校尉，大家散了出去，輔政王一句召喚，還不是又聚在一起？眼下不可力敵，那就索性讓他們撤了學堂，一切事情，都等輔政王到京之後再說。現在若是抗命，反而讓有些人求之不得，正好尋了這藉口，讓咱們自相殘殺。撤就撤吧，不出半月，輔政王一聲令下，自有用你們的地方。」

陳濟的一番話令人豁然開朗，可是也有人不肯的，畢竟這學堂正如圖騰一樣，一下子沒了，心裏當然不自在，韓世忠道：「就沒有其他辦法保全住學堂嗎？」

陳濟搖頭，道：「今日可以撤，明日就可以起，一個學堂的得失有什麼干係？」

明武堂中又都是黯然之色，韓世忠咬咬牙，只好道：「既然陳先生這般說，那我韓世忠也無話可說，但願殿下入京之時，學堂還能重建吧。」他吁了口氣，便出了明武堂，多半是向校尉們解釋去了。

外頭傳出許多哭聲，都有不捨。

過了半個時辰，一隊隊馬軍司便圍了武備學堂，馬軍司的軍卒士氣低沉，幾乎不敢去直視學堂，而裏頭的校尉也是一陣沉默，整個汴京的天氣都彷彿陰暗了一些，有一種悲涼之意。

附近已有不少人圍看，這些尋常的百姓不知發生了什麼事，紛紛交頭接耳，後來有人隱隱透露，說是有欽命要來查撤武備學堂，一時之間又是譁然，在尋常百姓心中，武備學堂便如心中的平安符一樣，現在突然一下就裁撤，所有人都沒有轉過彎來。

隨即也有人醒悟，在人群中竊竊私語道：「天子更替，這等一朝天子一朝臣的事也是常有的事，想起來這些校尉也是令人唏噓，日夜操練，上陣殺敵，竟是落得這個下場。」

「不是說校尉是天子門生嗎？先帝在的時候對校尉萬般優渥，怎麼太子一登基就成了這個模樣？」

「嘿……」聲音已經刻意壓低：「連兄弟都不能相容，還能容得了誰？」

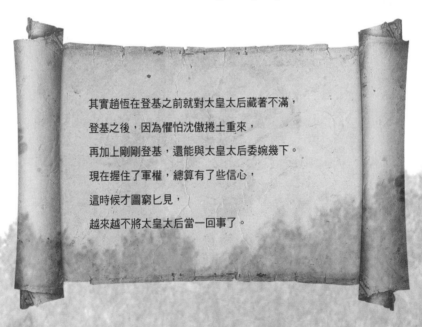

第二〇二章 圖窮匕見

其實趙恆在登基之前就對太皇太后藏著不滿，

登基之後，因為懼怕沈傲捲土重來，

再加上剛剛登基，還能與太皇太后委婉幾下。

現在握住了軍權，總算有了些信心，

這時候才圖窮匕見，

越來越不將太皇太后當一回事了。

趾高氣昂的方啖在一隊親衛的簇擁下開始宣讀旨意，旨意一下，學堂中傳出哭聲，接著有人大喝道：「哭什麼？天子門生豈可向人示弱？豈可哭哭啼啼做婦人？列隊……」

無數的人影在竄動，不消半炷香功夫，居然列出了一列列的隊伍，各營、各隊曲徑分明，整齊劃一。

「記著，咱們今日雖不再是校尉，卻仍是先帝門生，一日爲師終身爲師，記著這句話，現在，去收拾行囊，各家各奔東西。」

校尉們解散，掠過一絲悲壯，強壓著眼眶中的淚水，各自散開。

半個時辰之後，背著行囊的校尉魚貫出了學堂，負著手在一旁冷眼看著的方啖卻是冷冷一笑，道：「且慢！」

方啖身後的親衛都是他親自從府中點選出來的親信，聽到方啖的命令，立即挺著長矛，將出來的校尉攔住。

矛尖閃動著寒芒，攔住校尉們的去路。這一舉動，立即讓整個氣氛更加緊張起來，校尉們紛紛抬眸，惡狠狠地看著方啖。

方啖嘿嘿一笑，慢慢地踱步過去，幽幽道：「從即日起，你們便是草民，要離開這學堂，先摘下自己的范陽帽，解下鎧甲，放下佩刀，否則一群草民帶著違禁之物招搖過市，卻是什麼道理？」

當前的一個校尉忍不住攥起拳頭，怒道：「我要是不解下衣帽又如何？」

衣甲倒也罷了，這刀卻是儒刀，是校尉的象徵，輔政王親授的信物，對校尉來說，放下這刀，不啻是剝下他們最後的尊嚴。

方啖臉色一冷，道：「你們是要造反嗎？來人……」

馬軍司這邊裏三重外三重軍卒卻都是稀稀落落的，一點兒也沒有候命的意思。

方啖心裏有點兒發急，一方面怕馬軍司抗命，另一方面他心裏也明白，這些校尉有相當多的人是各家王公的子侄，真要他格殺勿論，到時候未必能收得了場。

倒是韓世忠爲方啖解了圍，只聽韓世忠一聲令下道：「解下衣甲，放下佩刀！」

不少校尉的眼睛又都濕潤起來，有人終於開始去摘下范陽帽，也有人死死攥著腰間的刀柄，如此羞辱，莫說是他們承受不起，便是一旁圍看的百姓也都不忍起來。武備校尉曾經何等榮耀，在百姓的心目之中，這些秋毫無犯，日夜操練的後備武官，幾乎是忠義的化身。天一教作亂，京師遭受威脅，是他們奉命彈壓。女真人虎視眈眈，也是由他們組成的水師出戰，戰功赫赫，高山仰止。

可是現在……不少人暗暗搖頭，眼中紛紛落下淚來。

方啖卻只是冷笑，心裏鬆了口氣，這一場差事總算是順利辦成了，馬軍司圍了武備學堂，也算是爲皇上做了一回馬前卒，到時候還不乖乖地給皇上效力？否則輔政王回來，說不準第一個收拾的就是他們。這京中又再沒有了校尉，整個汴京的禁軍都落入皇上之手，那姓沈的帶著三千軍馬入京，到時候有他好瞧的。

足足耽誤了兩個時辰，校尉們才紛紛從學堂出來，有的散去，也有不肯散的，站在一旁看著武備學堂發呆。方咴一聲令下，便有人去緊鎖了武備學堂的大門，貼上了封條，又有人搬了梯子將那燙金的匾額取下來，方咴這才收了兵，直入宮中覆命。

趙恆正在暖閣裏焦灼不安地等著消息，他心裏當然清楚，動武備學堂和動周刊不一樣，若是惹急了，說不準是要鬧嘩變的，可是明知是在鋌而走險，趙恆卻不得不這般做，因爲一旦沈傲入京，留著這麼多校尉在京中，到時只會更加棘手。

聽到內侍說方咴求見，趙恆不禁鬆了口氣，若是當真發生了嘩變，這瑞國公豈會這般早來覆命？想必事情已經辦妥帖了，趙恆便換上一副笑容，道：「宣他進來。」

片刻功夫，方咴入了暖閣，納頭便拜，道：「臣方咴見過陛下。」

趙恆高高地坐在龍榻上，雙目微微一閃，故作漫不經心地問：「怎麼？事情辦成了？」

方咴道：「武備學堂已然裁撤，校尉們統統打發走了。」

「哦？」趙恆眼中閃動著喜悅的光芒，問道：「可帶了馬軍司去？」

「正是帶了馬軍司去。」

「馬軍司那邊如何？」

「回稟陛下，馬軍司雖有怨言，可是微臣總算還鎮得住，現在他們隨微臣彈壓了武備學堂，便是想要首鼠兩端也不成了。」

趙恆呵呵一笑，道：「你說的對，馬軍司這邊，你還要盡盡心力，傳朕的旨意出去，馬軍司有功，司中武官各有封賞。往後這馬軍司就交給你了，你好好做事，務必要給朕練出一支強軍來。」

趙恆的喜悅可想而知，禁軍三司如今已經全部都在掌握中，再加上城門司以及汴京廂軍，整個京城已是固若金湯，雖說坊間非議極多，可是自己手掌汴京附近軍馬，又是名正言順的天子，沈傲便是真想翻起浪來又能如何？

這般一想，那從前對沈傲的恐懼之心不由地驅散了一些，趙恆的心情也不由地豁然開朗起來。

方咴也是心中歡喜，這一次事情辦得漂亮，自己又是皇親國戚，飛黃騰達已是指日可待了，笑吟吟地道：「謝陛下恩典。」

二人正說著話，外頭有內侍來稟告，道：「陛下，太皇太后在景泰宮請陛下過去，

說是有話要說。」

趙恆臉色一冷，道：「她有什麼話要說？朕沒有功夫。」

內侍被趙恆的態度嚇了一跳，平時陛下對太皇太后一向是敬重的，怎麼今日突然態度如此惡劣？

其實這內侍哪裡知道，趙恆在登基之前就對太皇太后藏著不滿，登基之後，因爲懼怕沈傲捲土重來，再加上剛剛登基，還能與太皇太后委婉幾下。現在握住了軍權，總算有了些信心，這時候才圖窮匕見，越來越不將太皇太后當一回事了。

內侍嚇得面如土色，連忙跪在地上，道：「太后說有極大的事要和陛下商量，陛下若是不去，奴才只怕不好覆命。」

趙恆更怒，道：「你是聽朕的話還是聽她的話？狗東西，這宮裏難道不是朕做主嗎？」

內侍連道不敢。

倒是方啖含笑道：「陛下，太皇太后既然說有大事商量，不如去看看就是，好歹也是太皇太后……」

「朕知道了。」趙恆不耐煩地打斷方啖，猶豫了一下，道：「也罷，那便去看看吧。」

趙恆整了衣冠，昂首挺胸出了暖閣，坐上龍輦，直接往後宮過去。

如今太后成了太皇太后，可是仍然住在景泰宮中，對這景泰宮，趙恆有一種心底深處的厭惡，想到從前自己在這兒誠惶誠恐地請安，太皇太后對他的冷淡以及對沈傲的熱絡，再想到太皇太后當著楊真、石英的面逼迫自己封賞沈傲，心裏便有一種躁動。

等到了景泰宮，趙恆下了步輦，再不像從前那樣乖乖在外頭叫一聲孫臣問安了，而是直接叫來一個內侍，道：「太皇太后在嗎？」

「在。」

趙恆便直接跨檻進去，景泰宮中的內侍和宮人見陛下駕到，紛紛拜倒，口呼萬歲。

「太皇太后……」趙恆跨入景泰宮，冷冷的抖動了袞服的袖擺，頗具威嚴的直視著帷幔之後的太皇太后身影，臉色冷漠。

想起從前的唯唯諾諾，再對比今日的揚眉吐氣，趙恆的心突然生出一絲快感。

太皇太后坐在軟榻上，專等他來，只不過趙恆進了景泰宮之後所表現出來的冷漠讓太皇太后不禁微微一愣，心中大怒，卻壓抑著火氣道：「皇上來了？坐吧。」

敬德搬來一個椅子，趙恆大喇喇的坐下，冷淡的道：「太皇太后請朕來，不知所爲何事？」

若是在從前，趙恆的口吻一定是「太后召孫臣前來，不知有什麼教誨？」幾個詞語

的改變，也暗示著趙恆地位及心態的變化。

太皇太后更是不悅，卻又無可奈何，沉默片刻，換了一副冷淡的口吻，道：「哀家聽說你的皇弟趙楷死了？」

太皇太后叫趙恆來，爲的就是趙楷的事，畢竟是龍子龍孫，趙楷也頗受太皇太后的喜愛，現在死的不明不白，還加了一條畏罪自殺四字，太皇太后當然要過問。三皇子心懷不軌，若說別人相信，可是太皇太后卻萬萬不信，趙楷性子醇和，很是乖巧，這麼一個人，怎麼可能心懷不軌？再者說趙恆已然登基，再在背後唆使人鼓噪反對當今皇帝，這是何其愚蠢的事？

太皇太后召趙恆過來，便是來興師問罪的，原以爲趙恆會像從前那樣態度恭謹，向她解釋。可是只看趙恆進殿時的冷漠態度，太皇太后突然察覺事情並非如她所想。

趙恆果然只是淡淡一笑，道：「哦，是老三的事？老三也太大膽了，竟敢圖謀不軌，好在李中書及時察覺，原本朕倒也不想爲難他，畢竟是自家的兄弟，朕還能殺了他不成？誰知他竟有幾分羞恥之心，許是無顏再來面對朕，又畏懼宗令府處罰，畏罪自殺。」

太皇太后怒容滿面，語氣變得刺耳幾分：「畏罪自殺？是畏罪自殺還是自家的兄弟不能相容？皇上，先帝在的時候，你一向敦厚，與衆兄弟也和睦得很，先帝頒發遺詔之時，也誇耀你人品持重，深肖先帝之躬，為何剛剛登基，便這般對自家兄弟？」

太皇太后似乎覺得還不解氣，趙佶在的時候，從未這般和自己說過話，現在自己的孫子竟是如此冷漠，怒氣也累積到了極點，繼續道：

「再者說，我大宋以孝義治天下，先帝屍骨未寒，陛下便改弦更張，又是裁撤武備學堂，又是廢黜海政，皇上難道不知道海政與武備學堂都是先帝的心血？哀家還聽說，京兆府居然四處搗毀刊館，你可莫要忘了，刊館雖然言辭犀利，可便是先帝，也絕沒有加罪，暖閣之中，還留著不少先帝曾閱覽過的周刊，這般做，難道不怕天下非議嗎？」

趙恆想不到太皇太后動這麼大的火氣，心裏已經虛了，畢竟低了這麼多年的頭，心裏早就養成了一種本能的畏懼，可是隨即一想，便是勃然大怒起來，這老嫗，竟敢來管朕！冷著臉道：「三皇子畏罪自殺，與朕何干，太皇太后這是什麼意思？」

太皇太后冷冷一笑，抓起榻上桌几的一份周刊投擲於地，道：「你自己看吧，這裏頭說的，難道都是空穴來風？趙楷自盡的當夜，李邦彥是否進過王府，又是否帶著你的密旨？還有那鴆酒又是從哪兒來的？」

趙恆眼中閃過一絲疑色，去撿了那周刊，眼睛掃了一眼，更是怒不可遏。這份周刊便是今早出現在大街小巷的錦衣周刊，裏頭的內容放肆到了極點，幾乎就差指著趙恆的鼻子罵他是殺死自己兄弟的劊子手了。

趙恆想不到搗毀了各家周刊，竟還有人如此放肆，更流到了宮中，不禁怒道：「好大的膽子，朕若是不殺幾個以儆效尤，他們只當朕好欺了。」

太皇太后冷笑道：「皇上好大的威風，莫不是說中了皇上的心事？」

這兩個宮中最有權勢之人，如今已是到了勢同水火的地步，太皇太后驚駭於趙恆竟如此對待自己的兄弟，更驚駭於趙恆登基之後竟是如此一反常態，心中憎惡到了極點。可是趙恆此刻見太皇太后竟還敢對他頤指氣使，新仇舊恨湧上心頭，眼眸中閃過一絲厲色，突然將周刊拋到一邊，揚起手來，狠狠的一巴掌甩在一旁的敬德身上。

啪……這一巴掌下手極重，敬德避之不及，硬生生的承受，隨即發出一聲慘呼，整個人要癱倒下去。

「混帳，這等妖言惑眾的東西，也敢帶入宮裏來，這周刊，不是你帶來的還有誰？」趙恆呵斥一句，道：「若是再敢將這些污七八糟的東西拿給太皇太后看，小心你的狗頭。」

敬德臉上火辣辣的，兩眼冒星，可是這時候不敢爭辯，連忙跪倒：「奴才萬死。」

趙恆的動作出乎了太皇太后的意料之外，太皇太后沒有想到，趙恆竟當著自己面打自己的心腹，這般做，自然是敲山震虎，是回避自己的問話而故意給自己擺臉，也是告訴她，外頭的事還輪不到她插嘴。

太皇太后氣得發抖，聲音嘶啞的道：「皇上，你這是要做什麼？」

趙恆冷然，不再去理會跪在腳下的敬德，拂了袞服的大袖擺，負著手道：「朕是要告訴太皇太后，太皇太后年紀大了，好生的頤養天年才是正道，外朝的事自有朕來處置，我大宋開國至今，也不曾有過婦人問政的道理，這是太祖皇帝的遺訓。」

他跨前一步，聲色俱厲的道：「朕才是天子，乾坤獨斷，豈能婦人干預外朝之事，太皇太后還是好好歇養。」說罷，旋身出去。

從景泰宮中出來，趙恆有一種說不出的暢快，太子和天子雖只是一步之遙，可是跨過了這一步，人生就是大不相同，自己忍讓了二十年，唯唯諾諾，人盡可欺，而現在，終於有了揚眉吐氣的一天，尤其是想起方才太皇太后一臉詫異之色，趙恆更有一種說不出的痛快。

他一路出了後宮，身後的內侍遠遠尾隨著，等回到暖閣的時候，發現方咴還在候著，趙恆的心情立時大好起來，道：「馬軍司的事，朕已經吩咐過，你盡心竭力去籠絡。不過……」

趙恆又想起太后丟給自己的錦衣周刊，也生出警覺：「不是說周刊都已經搗毀了嗎？為何還有人散播？哼，真是越發不像話了，真不知道李邦彥是如何做事的。」

方啖連忙道：「陛下說的是錦衣周刊？」

趙恆道：「你也知道？」

方啖道：「這件事整個汴京人盡皆知，那周刊幾乎流傳得到處都是，屢禁不絕，可是又查不到源頭，京兆府雖然四處搜索，卻總是查不出蛛絲馬跡，陛下，這些人只怕並不簡單，看來不是尋常的亂黨。」

趙恆雙目沉起，眼底閃過一絲冷意：「這件事爲何李中書沒有稟報？是怕朕怪罪嗎？」隨即，趙恆便不多問了，李邦彥現在是他的左右臂膀，這時候還不能怪罪，只好道：「馬軍司來查吧，四處搜索，但凡形跡可疑的，都拿起來，朕就不信，一個周刊，竟敢在朕面前放肆。」

方啖拜倒：「臣遵旨。」

趙恆顯得有些倦了，揮揮手：「你告退吧，朕還有事要想。」

趙恆大咧咧的離開，使太皇太后氣得渾身發抖，她如何也想不到，太子的態度竟是如此剛硬，那三皇子多半便是他弑殺的，到了現在，卻又口口聲聲稱自己做婦人，這才登基了幾時，就變成了這個樣子。

敬德挨了打，此時小心翼翼的抬起眸來，與太皇太后對視一眼，小心站起，道：

「太皇太后不必生氣，陛下……」

「哀家不必你勸慰……」在短暫的恍神之後，太皇太后又清醒過來，趙恆的轉變，讓她嗅到了一絲危機，今日趙恆能除三皇子，難保不會有一天將屠刀落到晉王身上。

太皇太后雙目闔起，變得無比冷靜起來，彷彿護犢的母虎，充滿警覺。她淡淡道：「哀家真是瞎了眼睛，早知如此，當初無論如何也不會教他登基。事已至此，別無它法了。」

敬德嚇得不輕，太皇太后平素看上去和藹可親，可是真要惹起來卻不是好玩的，他想說什麼，咽咽口水，卻又把話吞回肚中去。

太皇太后淡淡的道：「景泰宮裏還有哀家信得過的人嗎？」

敬德連忙道：「宮裏上下都是太皇太后的人，唯太皇太后馬首是瞻。」

太皇太后道：「這便好，哀家有件事要人去辦，你尋個信得過的人，去給輔政王帶句話。」

敬德倒是一時爲難了，內侍雖然可以出宮，可是一個太監要出汴京卻談何容易，只怕還未出城，就被皇上的人盯住了。可要是讓宮外的人去，又未必放心。

敬德想了想，眼下太皇太后要送去給輔政王的話一定是極爲重要，自家眼下也是新皇帝的眼中釘，這件事同樣關乎自家的身家性命，索性就拼一拼吧。

敬德正色道：「奴才有個外侄，可以信重。」

太皇太后猶豫了一下，道：「好，這件事就讓他去辦，告訴他，這件事做的好，哀家自有厚賜。」

敬德道：「不知太皇太后要傳的是什麼話？」

太皇太后幽幽道：「去問輔政王，趙氏的宗社可以保存嗎？」

這是一句很簡單的話，可是這句問話卻教所有聽了的人都不禁吃驚，敬德不敢多問，道：「奴才知道了，奴才這便去辦。」

從泉州到汴京，先是經過福建路山巒起伏的林莽，隨即又要面對蘇杭的水網，待過了蘇杭，前方的道路總算寬闊起來。

帶著巨大的棺槨，又是熙熙攘攘的王公，這麼多人馬走得十分緩慢，用了二十多天的功夫，扶靈的隊伍才到了淮南西路的光州府，過了光州便是京畿路，汴京就遙遙在望了。

這一路過來，天氣越來越熱，酷暑當頭，長途的跋涉令所有人都汗流浹背，好不容易迎來了一場暴雨，起先隊伍發出一陣歡呼，在雨中雀躍了幾下，爽是爽了，可是麻煩也隨之而來。

馬路雖然已經在各大城鎮開始慢慢普及，可是還沒有奢侈到鋪展到各處官道的地步，這官道仍是用泥土填成，尋常時候還好，可是一旦遇到了大雨，地上立即變得稀爛。扶靈的隊伍這麼多人，車馬更是不少，在泥濘之中前行艱難無比。

護衛們還吃得消，畢竟是當兵出身，這麼多年的操練早已練就了一身銅皮鐵骨，莫說只是下一場雨，道路泥濘，便是下冰雹的天氣出去長跑操練也是常有的事。可是那些王公貴族們就吃不消了，一個個怨聲載道，見沈傲不下令歇息，便推舉了晉王趙宗去遊說。

趙宗也是第一次吃這麼大的苦，一張好好的臉又黑又瘦，再加上皇兄的死對他打擊沉重，精神顯得很是鬆垮，對沈傲道：

「這樣的天氣，只怕是再不能趕路了，咱們這些人倒還好說，可是先帝的棺槨這般顛簸下去，只怕也吃不消，倒不如索性就地安營，待雨停之後再做打算。」

沈傲心裏暗笑，想不到這岳丈大人也有心機，居然還知道拿先帝出來做擋箭牌，可見趙佶這兄長做得不錯，生前百般庇護，便是駕崩了，也讓趙宗多了一個免於吃苦頭的理由。

想到趙佶，沈傲又變得黯然起來，心裏想，雖說棺槨有重重保護，又貼了氈布，頂了華蓋，可是也不必急於一時，還是歇一歇的好。於是便道：「光州城距離這裏只有十

里之遙，大家再加把勁，直接進城歇了吧。」

趙宗如釋重負，見沈傲一臉黯然的樣子，反倒勸慰起他來，道：「你也不必太過哀慟，人死不能復生。」

沈傲勉強笑起來，道：「是，泰山大人教訓的是。」

趙宗也變得陰鬱起來，嘆口氣道：「皇兄在的時候還不覺得什麼，現在不在了，世上少了這麼個兄長，真教人難受。」

這時候又輪到沈傲勸慰趙宗了，說了幾句寬慰的話，趙宗才含淚而去。

其實從這裏到光州並不止是十里，而是足足三十里的路，沈傲這般說，無非是望梅止渴的意思，那些清貴的王公最是散漫，教他們趕路，不是這個受了風寒走不快，就是那個腳脖子歪了，現在聽到光州只有十里，只要一個時辰便可住進溫暖舒適的房屋裏沐浴更衣，立即打起精神。

可是越走越發覺有些不對，可是這時候也顧不得了，都走了這麼遠，總不能前功盡棄，於是只能硬著頭皮跟上護衛們的步伐。

光州府已經有斥候先行抵達，光州知府何文在此刻有點兒手忙腳亂，迎接先帝靈柩以及輔政王等人倒也罷了，真正的問題是怎麼個迎法，光州距離汴京不遠，朝廷裏的消息一兩天就可到達，何文在又豈會不知道這輔政王與新皇帝之間的仇怨，現在若是隆重迎接輔政王入城，就等於得罪了皇帝。可是要是冷淡，難免又得罪輔政王。

何文在做了這麼多年的官，此時卻覺得難以取捨，皇帝自不必說，一言斷人生死。可是輔政王呢，也不是輕易能惹的角色。

猶豫再三，終於做了決定，還是應付一下的好，不管怎麼說，皇上才是天下的正主兒，輔政王再厲害，能比得過皇上？歷來的權臣，又有哪幾個有好下場的？

於是何文在召集了本地的官員，把自己的吩咐傳出去，只教了個押司帶著人去城門迎候，至於犒勞之物，當然是能免就免，他們要入城就宿，那就尋些客棧給他們歇下，自己還是不要去見輔政王的好，避避嫌疑。

其實做這打算的官員也不是一個兩個，尤其是蘇杭以北的路府，對這輔政王都是敬而遠之的多，也怪不得何文在。

不過何文在的態度卻教人看不慣了，當地的廂軍指揮朱盛便是其中一個。

這朱盛是個武人，原本一個武官在當地知府面前算不得什麼，就算同是五品官，何文在一樣可以不給他臉色看。可是朱盛這幾日聽到武備學堂解散，心裏本就積了一肚子的怨氣，朱盛雖然不算什麼沙場老將，當年也是在西夏打過仗的，而校尉在武人心中地位極高，當年朱盛就曾想讓自己的兒子去武備學堂報考，只可惜被人篩選下來，雖是遺憾，朱盛仍舊對學堂懷著一種敬意。

武備學堂解散了，輔政王到了光州，朱盛心裏當然歡喜，不管怎麼說，這輔政王是傳說中的人物，關於他的傳言便是一天一夜也未必說得完，既然輔政王來了，自然該好好的熱鬧一下，可是誰知知府衙門卻是這個態度。

朱盛氣得跺腳，便親自跑到何文在這兒來問，何文在心裏本就鄙夷他是個粗人，不知道汴京中的龍爭虎鬥，再加上以文制武是大宋的規矩，便也沒有給他好臉色，直接叫人將朱盛趕了出去。

換作是從前，朱盛忍忍也就算了，可是今日卻不知發了什麼火，在知府衙門外頭大罵一通，直接帶著自己的親兵前去城門迎接。

這雖只是一個小小插曲，可是皇帝與輔政王之間的恩怨波及程度可見一斑。

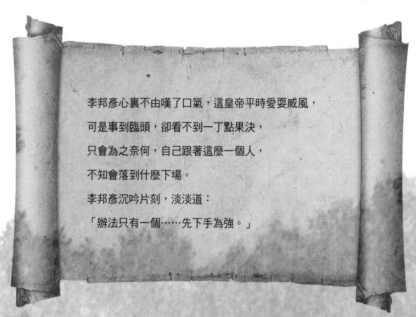

第二〇三章 先下手為強

李邦彥心裏不由嘆了口氣，這皇帝平時愛耍威風，
可是事到臨頭，卻看不到一丁點果決，
只會為之奈何，自己跟著這麼一個人，
不知會落到什麼下場。
李邦彥沉吟片刻，淡淡道：
「辦法只有一個……先下手為強。」

沈傲扶棺打馬入城，朱盛立即來迎了，俱言知府不肯來迎見先帝靈柩的事，若換作是從前的沈傲，只怕早已帶兵殺入知府衙門，非要狠狠治一治這狗屁知府不可。可是現在的沈傲彷彿更加捉摸不定，坐在馬上呆了呆，只是道：

「本王知道了，收拾一些地方給我們歇腳吧。」

便不作理會，在這光州安歇下來。

與此同時，一名騎士騎著快馬抵達光州，當夜拜謁沈傲，沈傲聽到敬德二字，隨即愕然，接著便道：「去，把人叫進來。」

來人是個瘦弱的漢子，蓄著山羊鬍，身上濕噠噠的，和敬德竟有幾分相像，沈傲不禁問他：「你與敬德什麼關係？」

這人道：「小人吳中，是敬德公公的內侄。」

沈傲不禁哂然一笑，道：「難怪這麼相像，本王還當是敬德偷偷在外頭生了個兒子呢。」

這句話若是別人說出來，那肯定是諷刺敬德一個閹人怎麼可能生子，可是沈傲脫口而出，吳中卻是一點兒脾氣都沒有，人家肯開你的玩笑，那也是抬舉你。

吳中開門見山道：「小人這一次並不是奉叔父之命前來，而是奉了太皇太后的口諭，想問殿下一句話。」

「哦？」先帝駕崩，太后變成了太皇太后，聽到這四個字，沈傲不敢怠慢，收斂了笑容，正色道：「你說。」

吳中道：「太皇太后問：趙氏的宗社可以保全嗎？」

沈傲稍許猶豫都沒有，正色道：「可以。」

吳中才鬆了口氣，笑道：「若是殿下回答不可以，太皇太后說了，這句話只當白問了；可是殿下說可以，太皇太后還有話要問。」

這種啞謎沈傲當然清楚，正襟危坐道：「但問無妨。」

吳中道：「太皇太后還要問：那麼誰可以繼承大統？」

這種話居然出自太皇太后之口，實在教人不可思議，可是沈傲卻知道，太皇太后已經下定了決心，也不知那趙恆做了什麼缺德的事，以至於連太皇太后都不得不出來站隊。

他猶豫一下，道：「皇八子益王趙棫素有才情，性格寬厚，可以嗎？」

吳中卻是搖搖頭：「太皇太后以爲不可以。」

沈傲只好繼續道：「那麼皇九子康王趙構聰穎仁孝，可以繼承大統嗎？」

吳中仍是搖頭：「太皇太后說不可以。」

沈傲不禁笑了，道：「不必出啞謎了，太皇太后認爲誰可以？」

吳中道出了名字，出乎了沈傲的意料之外：「兄終弟及，晉王趙宗可以。」

沈傲不禁目瞪口呆，他素來知道太皇太后寵溺次子，可是不曾想到，居然連這麼大的事都偏頗的如此明顯，看來這太皇太后對誰都不信任，這麼多孫兒，竟沒有一個敢託付的。

沈傲吸了口氣，道：「好，太皇太后說晉王可以，那麼晉王就可以。」

吳中便笑了，道：「太皇太后吩咐，若是殿下認同她老人家的話，便送一樣厚禮給殿下。」他小心翼翼的抽出了自己腰間的錦帶，隨即將錦帶一撕，一份懿旨便入目眼簾。

吳中將懿旨奉上，道：「請殿下過目。」

沈傲接過懿旨，只見懿旨中太皇太后親書的字跡，又加蓋了太皇太后的印璽，這一份懿旨，讓沈傲不禁眼前一亮。

有了懿旨，許多事做起來就方便了許多，雖然只是一個名目，可是這歷朝歷代做任何事都講究一個名正言順，現在有了懿旨，雖然不至於對沈傲與趙恆的對決起到多少關鍵的影響，可是至少能對沈傲有所助益。

「今新君不仁……以至朝中宵小密佈，善善者不能用，惡惡者不能去，大宋江山，已危在旦夕之間。爲大宋江山社稷計，哀家傳詔四方……」

沈傲一字字看下去，眼中閃露著一絲光澤，隨即口吻篤定的道：「回去告訴太皇太后娘娘，微臣已有九成把握。」

吳中聽了，笑嘻嘻的道：「殿下，那小人這便回去覆命。」

沈傲待他倒是客氣，難得的將他送出去，臨末囑咐道：「回去也告訴敬德公公，楊公公不在宮中，宮裏的事只怕要他操持了。」

吳中當然知道這操持二字是什麼意思，無非是裏應外合而已，道：「殿下放心，叔父是鐵了心爲殿下鞍前馬後的。」他猶豫了一下又道：「殿下，汴京裏頭的軍馬都掌握在新皇手裏，如今武備學堂又解散了，小人來的時候聽人議論，說是殿下萬不可入京，否則……否則……」

沈傲哂然一笑：「否則就要身首異處是不是？」沈傲的笑容變得冷冽起來：「這世上能殺本王的人還沒有生出來呢，你不必擔心，好好回去傳話便是，將來少不得你的好處。」

吳中再不敢說什麼，躬身出去。

這一夜，捧著懿旨，沈傲反倒不能入眠了。懿旨雖只是隻言片語，可是無疑給了沈傲一個合法性，合法性這東西有時候不重要，可是有時候又非要不可。就像是遮羞布一

樣，人明明本就是赤裸裸地來赤裸裸地去，可是只要活在這世上，總要有個遮掩之物。

沈傲索性不睡了，一個人在屋外散步，外頭燈火黯淡，慘澹的月色下陰森森的，幾個守夜的護衛見了沈傲，也不敢上前去問話，誰都知道，近來輔政王的心情不是很好，所以是無人敢去撞這槍口的。

不知不覺，居然走到了正堂。正堂如今成了先帝停放靈柩的地方，沈傲尋了個蒲團坐下。注視著那描金的棺槨，整個人心事重重。

對著幽幽燭火發出來的光澤，沈傲慢吞吞地道：「陛下，事情到了如今這個地步，微臣已經無路可走，唯有一往無前，廢黜天子了。這一去汴京，凶險萬分，稍有疏漏，微臣就是粉身碎骨，若當真走到那一步，那微臣……」

沈傲舔了舔嘴，繼續道：「那微臣就下陰曹隨侍陛下吧。來之前，微臣已經做好了安排，一旦微臣輸了，二十萬水師便會偕同契丹軍馬立即南下，割據福建路，擁戴沈駿爲王，十萬西夏鐵騎則擁戴沈雅爲帝，至於報仇之事，微臣不敢想。」

「走到這一步，微臣所想的，無非是太子與微臣的事，讓我們面對面去解決，而不是發兵使大宋的江山陷於動盪。現在天下非議洶洶，太后頒來遺詔，士農工商到王公大臣都站在了微臣這邊。」沈傲長吐了口氣，語氣變得驕傲起來：「微臣願替天行道，匡正社稷。願陛下的英靈保佑微臣。」

沈傲在幽幽的靈堂中說罷，心裏卻想，若是此時趙佶當真有意識，他會作出何種選擇？是選擇太子，還是選擇自己？無論如何，太子仍是他的血統，或許……

只可惜，斯人已去，便是憑空想再多又有什麼用？

這一次，是沈傲最大的一次冒險，在從前，他肆意非爲，是因爲他知道，在他的身後，永遠站著一個皇帝，無論如何，這個皇帝都站在他的一邊，所以毫無忌憚，嘻笑怒罵，甚至是仗劍殺人。可是現在，一切都得靠自己了。

趙恆其實並不愚蠢，雖然做下了許多蠢事。廢黜海政，使得整個商賈階層爲了自己的利益，已經做好了魚死網破的準備。查撤報刊，讓民心逐漸朝向了沈傲，而廢黜武備學堂，更是推波助瀾，整個天下，都隱隱站到了趙恆的對立面。

可是沈傲知道，若自己是趙恆，他也無從選擇，這並不是趙恆蠢，也不是他不知道這些事做出來之後的後果。只是不管是海政、周刊、學堂，這些都是沈傲一手籌辦，這三者之中早已接連成一個全新的利益階層，這個階層正是依靠著沈傲才得以壯大，也正因爲如此，沈傲借助著他們，才能發揮出自己的力量。

所以設身處地地想，趙恆不得不儘快對海政、周刊、學堂動手，這個階層牽涉的人太多，力量也足夠巨大，從某種意義上來說，這已經不再是單純的爭權，而是一個培育起來的新興階層向一個舊有的階層發起的挑戰。

此戰若勝，則新興階層必然得以鞏固，一切依附於這個利益體系的人才能得到安全感。可是此戰一敗，這些人將隨著沈傲一起成爲歷史的塵埃，無非是一抹閃耀的流星，雖是壯麗，雖是炫目，卻終究只是一刹那而已。從前是沈傲推動了這個新興的階層，現在，是這龐然大物推動著沈傲前進，有進無退。

沈傲呆呆地胡思亂想，不禁苦笑一聲，隨即按住了腰間的劍柄，眼眸射出堅毅之色，朦朧之中射出一絲精芒，對著黑暗道：「陛下，後會有期！」說罷，毫不猶豫地離開。

第二日清晨，扶靈的隊伍繼續啓程，豪雨過後，官道仍是泥濘，可是豔陽高照，又歇了一日，大家都打起精神，兩個時辰之後，進入京畿路的地界。

進了這京畿路，又是大不相同起來，沿途迎接的百姓竟來了不少，甚至一些官員也肆無忌憚，帶著差役在道旁迎接，或獻上瓜果，或獻上酒食。

距離汴京，只剩下三兩天的功夫，而與此同時，一騎快馬也飛快地前往汴京，直入中書省。

李邦彥掌握住了中書，可是心裏仍是提心吊膽，汴京看上去已經掌握在趙恆的手裏，可是李邦彥感覺一切似乎都太過順利，而且汴京的地下似乎也湧動著一股暗潮，每每這個時候，李邦彥總會想到錦衣周刊，錦衣周刊到底是什麼？他們的背後，又到底站著些什麼人？

這幾日方唆將整個汴京幾乎翻了個轉，挖地三尺，仍然沒有一點線索，而錦衣周刊居然仍然按時發放，方唆無可奈何，既然找不到元凶，便乾脆去尋那些傳播錦衣周刊之人的晦氣，可是要知道，傳播周刊的人成千數萬，軍卒哪裡抓得過來？一夜之間，京兆府大牢與刑部大牢已經人滿爲患，可是錦衣周刊仍是屢禁不絕。

李邦彥見狀，立即制止方唆繼續株連下去，人心已經相背，再變本加厲，只會將民心推得更遠。方唆也是焦頭爛額，只好借坡下驢，索性不再理會了。

「沈傲終於要來了！」李邦彥的雙眸閃動著一絲期待，一絲畏懼，一絲複雜。正如他的眼眸，在他的內心深處，也同樣是複雜無比，一方面，他心中隱隱有著一種渴望，他和沈傲之間，已經有太多的恩怨要了斷，這一刻，他重新翻身，很是期待這一場新的對決。

可是同時，李邦彥又有著一種發自內心的恐懼，這個人……可以戰勝嗎？

不管如何，事情到了這個地步，李邦彥也沒有退縮的可能，就算要退，他能退到哪裡去？既然沒有退路，那麼就放手一搏吧。李邦彥的目光中，閃過了一絲冷冽……

遊戲要開始了！

「來人，備轎入宮。」李邦彥慢悠悠地說出一句話，他發現自己的聲音居然都是顫抖的，激動還是恐懼，連他自己都分辨不清。

坐上了轎子，李邦彥闔上了眼，這是他的一種習慣，幾十年的宦海，讓他明白做任何事都要處變不驚，都要冷靜，尤其是面對那樣可怕的對手，更不能一絲的疏忽。

李邦彥心中開始盤算，民心……軍馬……權力……

雙方的實力可謂旗鼓相當，而趙恆手裏最大的優勢就是禁軍。

「那麼……唯一的選擇只有……」李邦彥的眼眸乍然張開，閃動著殺機。

轎子到了正德殿，而在這時，同樣一頂轎子也落地了，站出來的自是方啖。

方啖同時也收到了消息，沈傲入京就在這幾日的功夫，他方啖也不是傻子，雖然明知自己必須堅定地站在趙恆這一邊，可是事到臨頭，同樣也有一種恐慌。

二人一齊下轎，相視一笑，隨即寒暄了幾句，不過兩個人像是早有默契一般，刻意不去提起沈傲入京的事。

「李中書……」方啖皺起眉，開始談起正事：「錦衣周刊的事似乎有了點眉目。」

「哦？」李邦彥心裏已經翻起了驚濤駭浪，可是面上卻表現出出奇的冷靜，他舔舔嘴，淡淡地道：「查出了幕後之人？」

方啖搖頭，道：「幕後之人還沒有查出來，倒是搗毀了一個窩點，不過等去的時候，那裏已是人去樓空了。方某人只有一點可以確信……」

李邦彥道：「瑞國公不必賣關子。」

方𢘿苦笑道：「在宮裏，在馬軍司，甚至是三省六部、京兆府都有他們的人，這些人組織非常嚴密，且馬軍司一有動作，他們往往提前知道訊息，所以才數次搜查總是發現不了他們的蹤跡。」

李邦彥吁了口氣，不由道：「還有一點也可以確信，這些人必然是沈傲的爪牙，姓沈的正是借著他們才穩穩控制住了汴京。」

方𢘿被說中了心事，帶著幾分畏色道：「李中書，咱們真能扳得倒那姓沈的嗎？」雖然此前還頗有信心，可是事到臨頭，方𢘿又猶豫了，他何嘗不怕？這是一場豪賭，輸了是要丟掉身家性命的。

李邦彥輕蔑地看了他一眼，負著手道：「捨命一搏就有勝算，敗，也無非一死而已。」

方𢘿微微地笑了笑，便不再說了。

二人一齊到了暖閣，叫內侍通報了一聲，卻聽說皇上還未起來，便在這暖閣外頭空等，等了半個時辰，從後宮過來的乘輦才姍姍來遲。

趙恆顯得有些疲憊地自乘輦上下來，二人過去行禮，趙恆頷首點頭道：「進暖閣說

話。」

這暖閣在宮中其實並不起眼，可是趙佶卻很喜歡，因此命人特意收拾出來，裝飾一番，很是雅致。

如今趙恆入主皇宮，原本按道理來說，是不會屈尊到這兒辦公的，可是正因爲趙佶喜歡，他覺得佔據這裏，心裏很是舒爽，所以雖然不喜這裏過於狹窄，卻每日都要過來。

至於牆壁上幾幅沈傲送給趙佶的字畫，如今已撕了下來，牆上空蕩蕩的，反而少了幾分精緻之感。

趙恆一進暖閣，臉色就沉了下來，道：「朕聽人說，沈傲就要入京了？」

李邦彥和方啖剛剛落座，這時候都站起來，李邦彥道：「不錯，已經進了京畿路，過了陳州。」

方啖道：「陛下，此人一到，會不會……」

趙恆勃然大怒，呵斥道：「會什麼？憑他一個親王？還是憑他那三千侍衛？哼，朕是太子時尚且不怕他，如今君臨天下，還會將他放在眼裏嗎？」

趙恆這般一通大吼，還真有幾分心虛，若說不怕沈傲，那是虛話，沈傲給趙恆的記憶太深刻，被他扳倒的人可謂數不勝數，而且往往出人意表，趙恆的內心深處何止是怕，簡直就是驚恐到了極點。

方啖聽了，唯唯諾諾地道：「陛下說的對，那沈傲不過是一個親王，生死榮辱都在陛下的一念之間，是臣胡說。」

趙恆的臉色才好看了一些，淡淡地道：「都坐下說話吧。」

李邦彥和方啖一起落座，內侍端來茶盞，李邦彥才道：「也就是說，沈傲至多三天就要入京了。陛下，眼下當務之急，是先穩固住汴京，再與沈傲周旋。」

趙恆頷首點頭，道：「朕也是這般想。」目光落在方啖身上，問道：「馬軍司是否籠絡住了？」

汴京無非就是這三司的軍馬，殿前衛不必說，步軍司素來是向著太子靠近的，最大的變數就是馬軍司，不但人數眾多而且訓練有素，從前又是在沈傲的轄下，一個不好，就可能反戈。只要能穩住馬軍司，其他的事也就好辦了。

方啖正色道：「馬軍司的營官如今都已經換上了微臣的人，微臣又許了許多賞賜出去，想必這些人是肯爲陛下效力的。」

趙恆的臉色漸漸有了些血氣，不由莞爾笑道：「這便好，穩住了馬軍司，朕就可以高枕無憂了。汴京城中禁軍爲數七八萬人，沈傲便是帶三千護衛入京又能如何？」

李邦彥卻沒有這麼樂觀，想了想道：「沈傲最會蠱惑人心，汴京城中上至士人，下

到商賈、百姓，盡皆稱頌他的功德，民心……已經在姓沈的身上了，陛下雖說掌握了軍馬，可沈傲若是出現，將那些人鼓動起來，只怕須臾之間便可翻轉時局。」

李邦彥苦笑一聲，繼續道：「豈止是這些人，便是朝中的文武百官，也大多與沈傲相互勾結，怕就怕沈傲登高一呼，到時陛下該當如何？」

方啖道：「李中書言重了，一群讀書人和商賈能鬧出多大的動靜？大不了彈壓下去就是。」

李邦彥卻反問道：「瑞國公說得輕巧，若是彈壓有效，爲何錦衣周刊總是彈壓不下？」

方啖不禁語塞，乾笑道：「這是兩回事。」

趙恆目視著李邦彥，道：「李中書到底想說什麼？」

李邦彥用手搭在雙膝上，恭謹欠身道：

「陛下，沈傲入京，就必然會鼓動汴京上下合力與陛下對抗，否則錦衣周刊爲何頻頻出現，屢禁不止？這周刊的背後之人，就是沈傲在汴京中布下的一顆棋子，當時機成熟，沈傲再出現的時候，便是汴京上下歸心的時刻，陛下想想看，若是朝中的文武、士人、商賈、百姓都成了沈傲的走卒，禁軍的軍心還穩得住嗎？」

趙恆的臉色變得蒼白起來，李邦彥的一番話，恰好說中了他的軟肋，禁軍是控制住了，可是說白了，這禁軍看上去殺氣騰騰，可是在沈傲手裏也可以變成紙糊一般。民心思變，難道禁軍就肯死心塌地地效忠自己？

趙恆幽幽地道：「既然如此，那朕該怎麼辦？」

李邦彥心裏不由嘆了口氣，這皇帝平時愛耍威風，不可一世，可是事到臨頭，卻看不到一丁點果決，只會爲之奈何，自己跟著這麼一個人，不知會落到什麼下場。

李邦彥沉吟片刻，淡淡道：「辦法只有一個……先下手爲強。」

趙恆和方唊俱都倒吸一口涼氣，沈傲可是扶著先帝靈柩來的，大庭廣眾之下動手，只怕……

三皇子趙楷與沈傲不一樣，畢竟趙楷可以搬弄出一個畏罪自殺來，可是沈傲卻不同，身邊三千侍衛，要動手就必須調撥大量軍馬，要掩人耳目絕不可能。

李邦彥繼續道：「只要沈傲到了城外，便讓瑞郡公帶著軍馬前去相迎，趁他不備之時，再結果了他的性命，若是有誰敢不服，格殺勿論。」

趙恆沉吟不決，滿是猶豫地道：「這樣做，只怕不妥。」

連那方唊也不禁道：「畢竟沈傲是扶著先帝靈柩來的……」

李邦彥卻是冷笑道：「事已至此，陛下還猶豫什麼？一旦沈傲入城，必然興起滔天大浪，只要徹底結果了他，才能讓他的那些走卒心灰意冷，留他在一日，便讓他多幾分

勝算，沈傲必須死，他不死……」李邦彥拋出了殺手鐧，道：「陛下就是階下囚了。」

趙恆的眼中掠過一絲恐慌，隨即冷笑道：「你說的對，他不死，便是朕死，朕還有什麼好猶豫的？沈傲必須死……」

方啖卻在猶豫，心裏想，你們在城中，卻是叫我去殺他，當然說得好聽。可是隨即一想，他與陛下是姻親，眼下到了這個局面，陛下若是勝了，自然是享用不盡的榮華富貴，可若是太子敗了，他還有命活嗎？

這般一想，也就不再胡思亂想，立即附和道：「陛下聖明。」

趙恆又冷靜了一些，道：「只是朕聽說契丹、泉州、西夏三面都已是蠢蠢欲動，揚言若是沈傲有不測，便立即扯旗殺入汴京，若是除掉了沈傲，這些人該如何應對？」

李邦彥淡淡道：「陛下，除掉沈傲，他們便是群龍無首，只要陛下聖旨一下，一方面安撫人心，一方面派人招討，又有何懼之有？那契丹人新降，自然不肯盡全力，若是陛下再下一道詔書，許諾他們重新建國，契丹人非但不會成爲陛下的敵人，或許還肯爲陛下效力也是未必。至於那些水師，倒也好辦，他們畢竟是宋人，陛下派人去安撫一下，他們真敢冒著全家老小被株連的危險造反？至於西夏倒是鐵了心與那沈傲同流合污的，可是小小西夏，又何懼之有？」

趙恆聽了李邦彥的分析，不禁精神一振，道：

「不錯，李中書說的不錯，就這麼辦。方啖，待沈傲一到了汴京城，你便立即點選領殿前衛與步軍司三萬人出城，明面上迎接先帝靈柩，一旦有機會，便斬下沈傲的人頭，那些王公護衛，誰要是不服，也一道斬了，至於其他的事，朕來料理便是。」

方啖滿不情願地道：「臣遵旨。」

趙佶又將目光落在李邦彥的身上，道：「李中書，錦衣周刊背後的人，朕總覺得放心不下，你再查查看吧。」

李邦彥道：「陛下放心，一定會有眉目。」

趙佶放下了心，又與李邦彥、方啖說了幾句細節，二人才告退出去。

與此同時，一名守在外頭的內侍嘻嘻哈哈地與身邊的同伴打了聲招呼，說是內急，說罷朝內宮飛快跑去。

這內侍到了景泰宮，迎面撞到一個宮人，急切問道：「敬德公公在不在？」

宮人道：「正在伺候太皇太后。」

內侍焦急地道：「快請他出來，就說咱家有大事要稟告。」

那宮人有些不情願，內侍索性到景泰宮外頭大叫了幾聲，這一下子，倒是把景泰宮中的內侍、宮人都驚動了，有幾個甚至已經捋了袖子要來拿人，敬德從殿中出來，卻是

呵斥一聲：「都退下。」說罷走過去，朝那內侍勾勾手指，將內侍、宮人們摒退，才道：「怎麼？出了什麼事？這般驚慌，連鳳駕都驚動了。」

內侍二話不說，附在敬德耳畔低語幾句。

敬德聽得大驚失色，道：「這些都是在暖閣裏聽來的？」

內侍道：「準沒錯，都是奴才親耳聽到的。」

敬德的臉色開始變幻起來，這個消息實在讓他有些吃驚，只怕天下人誰也想不到禁軍打算在出城迎接先帝靈柩的當口動手，不過現在想一想，倒也不是沒有可能，如此做非但可以出人意外，打沈傲一個措手不及；另一方面，只要除掉沈傲，固然是天下人個個義憤填膺，可是趙恆畢竟是皇上，又有誰敢加罪？

「快，去知會陳先生……」

敬德此時也急了，想要出宮去，可是隨即一想，自己的身分非同一般，一旦出了宮城，只怕太過招搖，目光落在這內侍身上，道：「咱家會去敏思殿給你弄個出宮的憑引，你去通報吧。記著，一路上小心一些，不要大意。」

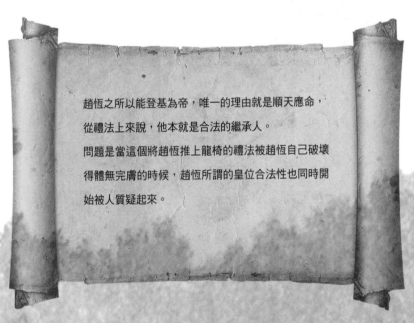

第二〇四章 合法繼承人

趙恆之所以能登基為帝，唯一的理由就是順天應命，從禮法上來說，他本就是合法的繼承人。

問題是當這個將趙恆推上龍椅的禮法被趙恆自己破壞得體無完膚的時候，趙恆所謂的皇位合法性也同時開始被人質疑起來。

汴京郊外，天空下著濛濛細雨，松林處白霧皚皚，林中一處茅屋，在霏霏細雨之中靜寂無聲。

陳濟手中提著筆，就在這茅屋之內，下筆疾書，偶爾抬起眼來，愣楞的看著豆大的燈火，似在思考。

有個人悄然推開竹門閃身進來，單膝跪下，行了個禮，聲音低沉著道：「先生，敬德公公送來了消息。」

陳濟並不抬頭，只是道：「念。」

來人將消息念了一通。陳濟才抬起頭來將筆擱下，他的臉上倒是沒有顯出多少驚愕，只是淡淡的道：「後日正午的時候，輔政王就能到了吧？」

「大致是這個時間。」

陳濟頷首點頭：「趙恆看來是鐵了心要除掉輔政王了。」臉上露出輕蔑之色。

「先生，是不是要知會輔政王一聲？」

陳濟搖頭：「不必了，輔政王只怕比你我還要清楚，那李邦彥最是狡猾，他不會不知道，只有在入城時才是最好的時機。」

「可是要不要預先做一些準備？」

「準備？」陳濟淡淡一笑，看著來人，道：「早已準備好了，你真當輔政王會冒險入京？實話告訴你，輔政王從來不會做沒有把握的事，這次入京雖是會冒幾分風險，可是……」陳濟語氣變得肯定起來：「入京這一日，也該讓他們見識見識輔政王的家底了。」

來人一頭霧水，卻不敢多問下去。

陳濟坐下，眼眸一張一合，繼續道：「老夫倒是聽說太皇太后叫了個心腹給輔政王傳了一份懿旨對不對？」

「是有這麼一回事，昨日輔政王就送來了消息。」

陳濟搖頭，道：「老夫說的不是這個，懿旨的內容老夫已經看過了，不過據說太皇太后在此前還有問話，說什麼晉王……」

「這個卑下就不知了。」

陳濟吁了口氣，淡淡道：「好了，你可以出去了。」

茅屋之中又只剩下了陳濟，陳濟凝眉，若有心事，口裏喃喃念了句：「晉王可以嗎？」隨即搖搖頭：「弟兄們不放心哪……」

沈傲即將抵達的日子已經越來越近，事實上，汴京城裏早已有人通報了，畢竟先帝的靈柩就要到了，京城裏頭得預先做好安排，所以禮部仍在議論下葬的事，陵寢是早已

修築好，就等填土了。不過要入葬，還有許多禮節要辦，要議好謚號，要準備好祭文，這些事看上去簡單，卻是一點兒也馬虎不得，多一個字少一個字都要禮部的官員們仔細推敲。

禮部這邊心懷鬼胎的議論著先帝入葬的事，可是其他各部也不能閒，輔政王終於要回來了，有人喜有人憂，幾乎每個人都在爲即將到來的事做準備。汴京城裏的風吹草動是藏不住的，諸位大人們都看得清清楚楚，比如昨天，禁軍調動頻繁，宮城的殿前衛加緊了衛戍，還有馬軍司在城中搜索，到底是搜索什麼？也有點兒讓人摸不透。

汴京的空氣已經緊張到了極點，甚至到了讓人驚駭的地步。一點兒小小的動作，也足以讓人睜大眼睛。

恰在這個時候，童貫卻入京了。

童貫是什麼人？三邊的監軍統領，在這個節骨眼上他突然入京，誰會不明白，這是來聲援輔政王的。

童貫不比其他人，此人在邊軍之中聲望極高，卻也是個不能輕易動彈的大人物，雖說這大宋朝的武官其實算不得什麼，可是在這個時期，童貫的身分就完全不同了。

這時候誰都不願意滋事，去挑逗邊軍，若是趙佶在的時候，要收拾童貫無非是一紙詔令的事，便是要了他的人頭，誰也不敢說什麼。可是現在新君登基，威信未立，邊軍那邊安撫都來不及，哪裡還敢去觸碰童貫。

所以童貫到京之後立即入宮，趙佶非但沒有對他威脅呵斥，反而好好的安撫了一番，又賞賜了不少御賜之物，才肯讓童貫出來。

童貫謝了恩，說了不少恭維話，才笑呵呵的出來，隨即便直赴兵部衙門。畢竟入京總是要找藉口的，總不能說咱家把京城當了客棧酒店，想來就來想走就走。

童貫的藉口是來催糧，兵部太壞了，四月的糧餉到了酷暑的時候都還沒有發，邊鎮的弟兄們太餓，幾次派軍需官過來追討都無疾而終，無奈何，咱家只好親自出馬，非要討個公道不可。

既然是來催糧餉，去兵部是理所應當的事。

童貫在兵部直截了當的朝兵部尚書拍桌子：「幾十萬大軍沒有發餉，還叫不叫人活？當兵的餓了肚子可是敢扯旗造反的，現在西夏陳兵數十萬在邊界上，逼得急了，邊軍若是鬧起來與夏軍同流合污，就是天大的事。」

兵部尚書只是賠著不是，好不容易把這位大爺打發走，仔細一回味童貫的話，才發現不對頭，扯旗造反……幾十萬……夏軍……同流合污……這些詞句組織起來，怎麼像是說給皇上聽的，這算不算威脅警告？

隨即，這位尚書大人露出一副很世故的笑容，當即就往楊真府裏鑽了。

楊真仍舊署理禮部，他和趙恆之間似乎形成了默契，你不動我，我也不折騰，乖乖做我的本份。但是，鑒於這位茅坑裏的硬石頭一向的表現，若真要以爲楊真是個乖乖孩子，那就大錯特錯了。

楊真坐在椅上喝著茶，一邊聽著兵部尚書的話，臉上看不出喜怒，良久才道：「童公公既是來催要軍餉，兵部也不必急著給，讓童公公多住些時候吧，邊鎮辛苦嘛，遲些回去就當多享享清福。」

兵部尚書笑起來，做了這麼久的官，當然明白楊真話中的意思，笑嘻嘻的道：「是，下官也是這意思。」

楊真含笑道：「童公公既是來催糧，想必帶來了不少運糧的兵吧？」

兵部尚書道：「不多，不多，暫時都住在甕城，不過五千餘人。」

楊真頷首點頭，端起茶來吹著茶沫，道：「五千……倒也沒有逾越規矩，好好招待吧，讓他們吃飽喝足了，將來好搬運糧餉。」

「下官知道了。」兵部尚書舔舔嘴，深望了楊真一眼，低聲道：「大人，說實在的，五千人運這些糧就怕不夠用。」

楊真笑了：「兵貴精不貴多，若是有氣力的，一個可以頂兩個，行伍的事老夫不知道，可是童公公是帶兵出身的，難道他會不知道？他既然只帶這五千兵來，自然心裏有數，何必我們爲他操心？再者說，就算不夠用，也自會有人幫襯，犯不著想這些，好好的辦自己的職事要緊。」

兵部尚書聽了，也覺得有理，肅容道：「楊大人，聽說輔政王明日正午就到？宮裏有了旨意，讓瑞國公前去迎接，這只怕不符規矩吧？」

楊真恬然一笑，道：「怎麼說？」

兵部尚書道：「這一次可不止是輔政王到京，同來的還有先帝的靈柩，父喪子哀，這是禮也是孝，爲何陛下不親自出宮迎接？」

楊真心裏頭跟明鏡似的，趙恆當然不會出宮，可是這時候擺出了一副不悅的樣子，搖頭道：「大宋以孝治國，你說的也對，這件事，咱們做臣子的非要好好的勸諫不可。」

兵部尚書微微一笑：「其實下官的奏疏已經早就寫好了，楊大人要不要過目？」

楊真露出老狐狸一般的笑容，也道：「不必看了，其實老夫這邊也有份草稿，既然如此，咱們索性就好好做一回諍臣吧。」

二人寒暄一陣，分道揚鑣。

很快，汴京就譁然了，門下省楊真上疏，請陛下明日出城恭迎先帝，以全骨肉之情。這奏疏並不出彩，可是裏頭的每句話卻讓人過目不忘。孝義二字，是大宋最大的道

理，百善孝爲先，若是天子不肯做表率，就算你有萬般的手段，也是人生最大的污點。更何況是趙恆這種早已人心喪盡的新君。

趙恆回絕的也很是乾脆，直接批了「不准」二字。

原本以爲只是尋常的奏疏，可是現在就不尋常了，就是普通百姓家若是親人被人抬回來，也要出去恭迎痛哭，做天子的竟如此無情，可見一斑。

真正精彩的還在後頭，楊真的奏疏是回絕了，可是很快，三省六部除了李邦彥和刑部尚書二人，也紛紛上疏，裏頭所言之事竟出奇一致的默契，都是恭請趙恆爲天下作出表率，非要出城恭迎先帝不可。

這一下事情算是真正鬧大了，這些人上疏，所言的都是冠冕堂皇，可謂是天衣無縫，就是想挑錯都挑不出來，若是尋了這個由子治他們的罪，只會惹來更大的風波。

趙恆這一下不敢回絕了，卻又不能出城，他畢竟是皇帝，本來對沈傲就懷有恐懼，現在定好了計畫，要調遣禁軍在城外圍殺沈傲，趙恆豈可輕臨險境？一旦出了城，他就必然要在先帝的靈柩旁痛哭，到時候莫不要沈傲沒除掉，倒讓那沈傲給揪住了。

所以，趙恆的態度很堅決，絕不出城。

事情越鬧越凶了，身爲皇帝，卻不遵守孝道，這就涉及到了原則問題。

傍晚的時候，天空一聲驚雷，滾滾烏雲陰沉沉的壓在每一個人的頭頂，這時候，一頂頂轎子到了宮外，數十上百個官員在正德門外跪下。守護宮門的殿前衛出來一看，嚇了一跳，一面來問發生了什麼事，一面入宮稟告。

「百善孝爲先，皇上若是不肯恭迎先帝靈柩，何以做天下人的表率？又何以治國？如此上行下效，到時禮崩樂壞，宗社崩塌之時便悔之莫及了。臣楊真身爲門下首輔，今日便跪在這正德門外，陛下若是不肯回心轉意，絕不離開！」

狂風捲起，天空悶雷陣陣，楊真話音落下，凜然不懼地捋起前襟直直跪下，朝正德門磕了個頭，又道：「臣恭請皇上行孝。」

身後百餘官員個個莊重，紛紛跪倒，一齊道：「請陛下迎先帝駕。」

殿前衛呆了，既不敢動粗趕人，又不知如何是好。

趙恆在裏頭聽到了動靜，也是一下子慌了神，原本以爲拒絕一下，大家各自相安無事，誰知楊真會鬧這麼一齣。他立即察覺出楊真的險惡用心，自己若是出城，輔政王便可安全無虞，或許這件事的背後本就是沈傲所策劃的。

「混帳的東西，這群亂臣賊子，無理太甚，他們當真以爲朕不敢收拾他們？當真以爲朕是病貓嗎？」

趙恆大發了一通脾氣，踢倒了一個屏風，眼眸中殺機重重。他當然明白，自己現在

拿楊真和跪在宮外的大臣還真的一點辦法都沒有，若是因爲這件事而懲戒他們，事情只會越鬧越大，說不準那跪在外頭的人還巴不得趙恆收拾他們，好成全他們的清名。

可是另一方面，趙恆已經打定了主意，明日是絕不能出城的，這是除掉沈傲的一次大好時機，豈能錯過？

可是……現在該怎麼辦？

趙恆煩躁地在暖閣中來回踱步，這時閣外閃出一道閃電，雷鳴之聲隆隆響起，瓢潑大雨霎時落下，趙恆不由打了個冷戰，臉色陰晴不定，最後他坐下來，朝內侍道：「拿書來，朕要看書。」

「由著他們去吧，朕就不信他們能一直跪著。」趙恆心中這般想著，眼看與沈傲的對決在即，趙恆實在不願意被其他事分了神，他必須隱忍下去。

大雨瓢潑而下，宮中一點兒消息都沒有，宮外的群臣淋成了落湯雞，不少年邁的或許是實在吃不消，只半個時辰功夫便暈倒在水漬之中，可是殿前衛無人攙扶，也無人過問。

楊真褶皺的臉上已是水淋淋的，眼睛被雨水滴答得睜不開，可是那一線的眼眸，卻閃動著一絲冷意，似乎一切都如自己的預料，趙恆絕不會退讓，那麼這個文章就更好做了。

一個時辰之後，又是一批人自覺地過來，宮外百官的落魄，激起了士人的同情，也激起了他們對趙恆不遵守禮法漠視大臣的痛恨，數百上千個士子紛紛湧過來，他們並沒有去和殿前衛交涉，也沒有交頭接耳，而是默契地出現在百官的身後，直挺挺地跪下。

殿前衛看到這烏壓壓的人，也是著了慌，又是進去通報。

趙恆開始意識到問題的嚴重性，事情太蹊蹺，像是商量好的一樣，一定是有人在背後鼓動，這是一場陰謀。

趙恆再蠢，也該想到這一點，畢竟身在皇家，什麼樣的陰謀詭計沒有見過？只是趙恆此刻已是騎虎難下，要打發宮外的人，就必須許諾明日出城，白白錯失掉殺死沈傲的最佳時機。可要是仍然僵持下去，這件事絕不會善了。

趙恆咬咬牙，明知是對方逼自己就範，不管自己做出何等選擇，他這皇帝都是輸家，可是他不得不選擇了繼續沉默下去。

正午的時候，來人已經越來越多，有士子、有商賈、有尋常的百姓，有人起了頭，更多人成群結隊而來，在大雨之中，人們自覺地跪倒，先是希冀，再是失望，最後是絕望，甚至有人痛恨地看著這朱漆的宮門。

君王你可以荒唐，可以放浪，甚至可以堵塞言路，可以狡兔死走狗烹。可是有一點，你萬萬不能做，你不能不孝，孝義是大宋立國的理論基礎，是千百年傳遞下來的禮

法根基，若是連這一點都做不到，這便是突破了所有人的底線，甚至是你自己挖掉了自己的根基，毀掉了你這真命天子的合法性。

可是現在，趙恆的行爲已經太過惡劣，此前種種，至多讓人產生非議，心中生出腹誹，但是現在不同了，先帝傳位於你，屍骨未寒，長途跋涉送到了汴京，你這身爲兒子的，卻不聞不問，是何道理？

這樣的人，可以爲君嗎？

幾乎所有人心裏都提出這個疑問。

狂風肆虐，大雨傾盆，年邁的人突然間便可栽倒在地，這蒼涼的場景，加深了所有人的印象，百般渴求，許多人無非是希望皇上回心轉意而已，甚至可以說，除了百官之外，來的這些書生、這些商賈、這些百姓，都是對趙恆還有幾分期望的人，當天下人都說皇上的壞話時，他們還在據理力爭，心裏殷殷期盼著皇上能振作精神，一鳴驚人。

趙恆之所以能登基爲帝，並不是因爲他賢明，也不是因爲他智慧高人一等，唯一的理由就是順天應命，從禮法上來說，他本就是合法的繼承人，這一點誰也不能質疑。問題是當這個將趙恆推上龍椅的禮法被趙恆自己破壞得體無完膚的時候，在所有人的心目中，趙恆所謂的皇位合法性也同時開始被人質疑起來。

大雨帶來了絲絲涼意，同時也把所有人的心澆涼了。

楊真已經有些支持不住了，他畢竟不是鐵打的身子，這般大的年紀本該是在溫暖的屋子裏，穿著乾爽的衣衫、喝著滾熱的茶水，此刻被大雨一打，這老頭兒執拗地堅持了兩個多時辰之後，開始搖搖欲墜，隨即歪倒在水泊之中。

昏倒前的一剎那，楊真想著：「殿下，老夫幸不辱命。」

楊真的昏厥，幾乎將氣氛推到了高潮，成千數萬人一起發出一聲絕望的吼叫：「請陛下開恩，出城迎先帝……」

宮裏仍然沒有動靜。

接著便有人拍打著袖子和膝上的水漬站起來，二話不說，消失在雨幕之中，離開的人越來越多，都是不發一言，事到如今，趙恆無疑是用行動表明了他的態度，現在也該是大家表態的時候，大家的表態很簡單……漠視……

你既然不能做好君王的本分，連基本的禮法都不遵守，難道還要讓大家遵從禮法，去忠誠你這無道的天子？

「走！」

呼啦啦的人全部站起來，稀稀落落地走開，像是躲避瘟疫一樣唯恐慢了一步。

趙恆坐臥不安地在暖閣裏等著消息，聽到楊真暈厥，也怕外頭突然出事，若是有人

鼓動，說不定事情會變得更加嚴重，因此當聽到所有人全部離開時，趙恆先是舒了一口氣，可是隨後他的眉頭又皺了起來。

他當然明白，那些前來請願之人，完全是在盡一個做臣子的本分，可是現在他們拍拍屁股走了，表現得卻像是一個路人一樣，自己則已經到了真正人心向背的地步。

「這又如何？只要殺了沈傲，剷除掉這些奸黨，一切還可以挽回。」趙恆咬咬牙，心裏這樣想著。

「明天，明天這個時候，就是勝負揭曉的時候，朕一定不會心慈手軟，沈傲……」趙恆的目光變得無比的嚴厲：「朕一定不會輸給你。」

這一夜，趙恆幾乎連後宮都沒有去，只是在暖閣中小憩了一會兒，隨即被噩夢驚醒，問明了時辰，才知道這長夜還沒有過去，可是他心煩意亂，卻是無論如何也不能安睡，只好焦灼不安地在這暖閣裏負手踱步。

一直熬到了天明，外頭終於有內侍匆匆過來，道：「陛下，李中書和瑞國公到了。」

趙恆打起精神，臉色漲得通紅，用著激動嘶啞的嗓音道：「快，請進來。」

李邦彥穿著簇新的紫袍，而瑞國公披掛著鎧甲，顯得很是威武，二人進來，一齊行禮：「臣參見陛下。」

趙恆虛手扶了扶手，道：「不必多禮，賜坐。」

李邦彥顯得有些沒有精神，昨天的事，他知道，也明白那楊真的居心，更知道趙恆的爲難，楊真這一手，足以稱之爲陽謀，明明知道這傢伙是在耍手段，可是偏偏對趙恆來說卻是一點破解之法都沒有，既不能對他們要打要殺，也不敢同意他們的請願，不管作出任何選擇，吃虧的永遠都是趙恆。

正是因爲如此，李邦彥才沒有入宮，在他看來，既然沒有破解之法，那就索性裝聾作啞，做個局外人。

不過，李邦彥不來並不代表他不關心，昨天收到消息的時候，他便孜孜的冒出冷汗，這一手實在太高明了，高明到連他都不得不佩服，以楊真的性子，是絕不可能想得出這個主意的，那麼楊真背後的人是誰？是沈傲，還是錦衣周刊背後那總令人摸不透的人影？

無論是趙恆還是李邦彥抑或是方啖，三人呆呆地坐著，居然一句話都沒有說。

時間一點點地過去，大家各懷著心事，誰也沒有提起興致去說些什麼。

沈傲今日會來嗎？三萬禁軍能否將他圍殺在城外？沈傲會不會有什麼後著？

今日就要揭曉了，趙恆不得不緊張起來，不安地坐在御榻上。這個座位，趙佶在時

坐得何等的安穩舒暢，可是輪到趙恆，卻是如坐針氈一樣。

「這一切都是父皇的錯，一切都是他的錯，若不是他養虎爲患，若不是他寧願相信一個外臣也不相信朕這嫡親的子嗣，又何至於到這個地步？何至於如此？」趙恆的心裏沒來由地生出一絲怨恨，焦躁地問身邊的內侍：「現在是什麼時辰？」

「辰時三刻。」

「還早。」趙恆顯得有些失魂落魄。

李邦彥張眸，終於說話了：「陛下不必著急，三萬禁軍以迎先帝靈柩的名義出城，只要瑞國公果決，應當不會出什麼紕漏。沈傲一死，他的餘黨也就分崩離析了，還能鬧出什麼亂子？」

趙恆嗯了一聲，目光落在方啖的身上，道：「方愛卿，朕的身家性命悉數託付於你了。」

瑞國公方啖心裏叫苦不迭，這麼大的擔子壓在他的身上，想到即將要去面對沈傲，面對那個凶神惡煞的殺神，方啖突然感覺有點兒驚慌失措了。不過事到臨頭，也由不得他不去，成了就是驚天富貴，不成就是全家死光，這一點，方啖比誰都明白。

方啖咬咬牙，道：「陛下放心便是。」

「好，好……」趙恆連說了幾個好字，總算打起了幾分精神，笑起來道：「方愛卿這便出宮準備吧，這裏有李中書相陪便是。」

方啖頷首點頭，帶著趙恆的旨意，飛快出宮準備不提。

整個汴京，似乎也都在期待著什麼，陳濟的住處幾乎每隔幾日就會變動一次，昨日就在城外的草廬，說不準第二日就在內城的高門府邸了。

陳濟昨夜睡得早，一大清早就起來了，換上了一件洗得有些破舊而漿白的儒衫，變得精神奕奕起來。

他負著手從屋中出來，這大宅子裏前庭寬闊，幾十個精壯的漢子列成一隊，這些漢子身前，則是穿著一身布衣的韓世忠。

韓世忠朝陳濟行了個禮，道：「先生，人手都準備好了。」

陳濟目光逡巡了這十幾個人一眼，頷首點頭，道：「好，現在時候還早，咱們現在就等著吧，輔政王正午就到，你們先歇一歇，這好戲，還在後頭呢。」

韓世忠笑了笑，沒有說什麼，對那些漢子道：「都去歇一歇，一個時辰之後，再來這裏集結。」

陳濟負著手繼續前走，過了片刻，一個錦衣衛快步過來，附在陳濟的耳邊低聲說著什麼，陳濟的眼中閃過一絲嘲弄之色，道：

「方啖已經到了步軍司？三萬禁軍，好大的陣仗啊。去，給童公公和楊真楊大人傳信吧，告訴他們，萬事俱備了。」

童府，這座宅院是童貫很早的時候購置的，不過童貫回京的時候不多，如今童貫回來，這宅院也就加緊修葺了一下。

童貫坐在廳堂裏，心神不寧地喝著茶，坐在他下首位置的自是童虎了，童虎就沒有自己叔父這般的定力了，每隔一下子功夫就忍不住出去看看天色，童貫不禁笑了，道：「虎兒，不要毛毛躁躁，你也老大不小了，性子還這般急躁做什麼？」

童虎不安地道：「那趙恆當真會對輔政王動手嗎？若是輔政王真有什麼閃失可怎麼辦？」

童貫笑了，漫不經心地道：「老夫這一輩子還沒見過世上有比輔政王的命更硬的，你放心便是，趙恆動手的一刻，就是他搬石頭砸自己的腳的時候，鹿死誰手，還未可知呢。」

童虎點點頭，卻還是覺得不妥，想說什麼，可是見童貫悠哉遊哉的樣子，卻又不知該怎麼說。

童貫安慰他道：「好啦，不要多問，好好坐下，待會兒你就知道輔政王要玩什麼花樣了，這一幕好戲，其實輔政王早就預備好了，你我只重在參與，哈哈……」

童貫大笑起來，饒有興趣地繼續道：「反正到時候你自然知道。」

昨夜的一場傾盆大雨，讓楊真病倒了，前來探病的大人自然不少，就在楊真臥房外頭的小廳裏，已經坐滿了各部堂特意趕來的袞袞諸公，大家一面喝茶，一面交頭接耳，有人面色沉重，坐直著身子。有人俯身與身邊的人說著悄悄話，可是不管是誰，這眼中都閃現出了一點兒的焦躁之色。

時間……過得真慢啊……

很明顯，這些傢伙都沒有去探視楊真病情的心思，楊大人老當益壯啊，怎麼可能一病不起？更何況馬上還有更重要的事要去做，相比起來，這楊大人的病就實在不值一提了。

與這裏一牆之隔的臥房裏，楊真還真沒有幾分病容，雖是坐在榻上，卻顯得精神奕奕，陪在榻下的也是一些老熟人，鐵杆的心腹。

楊真是急性子，已經催問了幾次現在是什麼時辰，眼看正午就要到了，他反倒變得漫不經心起來，幽幽道：

「老夫飽讀四書五經，二十三歲中第，此後步入朝堂，已有三十七年了。三十七

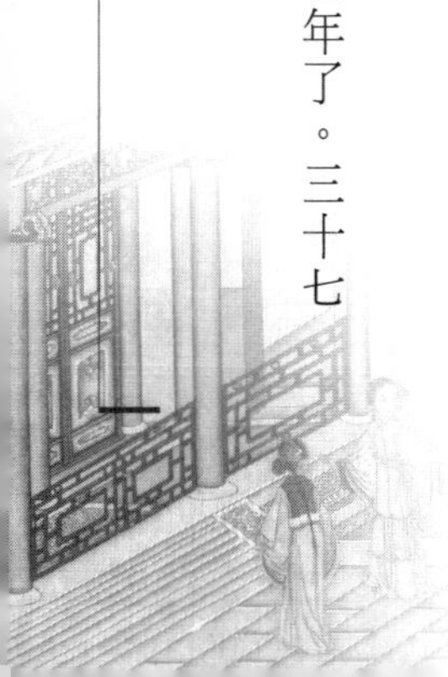

年……老夫沒有一日不是殫精竭力，沒有一日不是在爲這大宋的江山社稷操心。可是現在……老夫不得不去反對這個朝廷，去做一件從前連想都不敢想的事……」

榻下的眾人默然無語。

楊真繼續道：「可是這些事，老夫不得不做，非做不可。君之視臣如手足，則臣視君如腹心；君視臣如犬馬，則臣視君如國人；君視臣如土芥，則臣視君如寇仇。既是寇仇，老夫也不會姑息，諸公，昏君無道，爾等敢與老夫協力與共嗎？」

榻下之人一齊道：「有何不敢？」

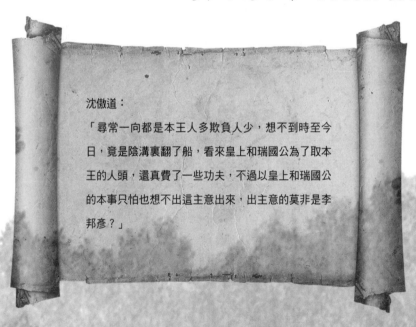

第二〇五章　陰溝裏翻船

沈傲道：

「尋常一向都是本王人多欺負人少，想不到時至今日，竟是陰溝裏翻了船，看來皇上和瑞國公為了取本王的人頭，還真費了一些功夫，不過以皇上和瑞國公的本事只怕也想不出這主意出來，出主意的莫非是李邦彥？」

太學、國子監。博士們如往常一樣開始授課，可是不管是博士還是下頭的監生、太學生，都表現出了一絲焦躁，許多人不斷地看向窗格，似乎在等待什麼。

商會裏，幾個大商賈的府邸也都來了不少客人。

整個汴京，似乎都陷入一種詭異的氣氛。時間……就在正午，正午之後，就要翻天覆地了。

而所有人所關注的一行隊伍，此刻已經距離汴京不過十里，長途的跋涉讓所有人的臉上都佈滿了風塵，可是汴京已經遙遙在望，也讓所有人精神一振。

沈傲打著馬，臉色冰冷，當看到汴京城牆輪廓的時候，目中掠過一絲精光。

「汴京，我沈傲又回來了。」沈傲大叫一聲，兩旁的叢林飛起一群驚鳥。沈傲摸了摸鼻子，不禁自嘲地笑了笑，又道：「居然能鬧出這麼大的動靜，看來這世道不太平啊。」

周恆打馬到沈傲跟前，不禁笑道：「若不是殿下，又怎麼會不太平……啊呀……」周恆露出驚慌之色，又道：「我說錯了，是因爲這汴京出了昏庸無道的小人才會不太平，和殿下一點關係都沒有。」

沈傲滿足地笑起來，道：「你看，我一路過來，領略了江山萬里，看過了名川大山，看到了急湍長河，你知道我是怎麼想的嗎？」

周恆心裏想，這傢伙還是一點都沒有變，明明已是輔政王了，還有這麼多的感慨，心裏雖然數落了幾句，口裏卻道：「不知殿下想什麼？」

沈傲抓著馬韁，淡淡地道：「江山如畫，這渾然天成的美畫，豈可讓宵小玷污。」

周恆不禁佩服，翹起大拇指，道：「看風景都能發出這般憂國憂民的感慨，殿下果然非同凡人，還要一個豈容宵小玷污?!」

沈傲嘻嘻一笑，很是滿足地道：「這也是沒有辦法的事，我是一個讀書人，更何況是個好畫的讀書人，一個愛惜畫的人，見到了一幅絕美的畫卷，總是小心翼翼，現在有人想糟踐了這畫，就是我不共戴天的仇人，你說我該怎麼辦？」

周恆豪氣萬丈地道：「何不割了他的那話兒，讓他做個死太監！」

周恆說話的時候，完全忘了後頭一輛載著楊戩的馬車在悠悠地走，車上的楊戩臉部肌肉抽搐，淚流滿面。

沈傲嘻嘻笑著朝楊戩揚手道：「泰山大人，周恆說的不是你老人家，不要誤會。」說罷才轉過頭看著周恆，用冰冷的口吻道：「本王會親自提著尚方寶劍，斬下他的頭顱，正本清源，還天下一個公道。」

正午的太陽帶來了絲絲酷暑的氣息，鳥蟲焦躁得鳴叫起來，而在東華門，烏壓壓的

禁軍如長蛇一般自門洞中出來，兩側的城門司差役見到這望不到頭的軍馬，紛紛咋舌。

這麼大的陣仗，已是許久沒有見過了。

那一隊隊肅容的禁軍執著長矛，戴著范陽帽，光鮮的鎧甲在陽光下煥發出光暈，一隊隊旌旗在前，如潮水一般的禁軍嘩啦啦地摩擦著身上的甲片前進，密密麻麻。

先是一隊步軍，隨即又是數千騎軍打馬出來，這些矯健的騎士勒馬慢行，腰間握著鞘中露出的刀柄，更顯得英武。

大隊大隊的禁軍，足足用了半個時辰才悉數出城，列成一隊隊方陣。不得不說，自從趙佶重視武備以來，禁軍確實比從前要訓練有素得多，城門之外，一望無際的人頭攢動，隊列分明，宛若人的海洋。

而這時候，方啖才姍姍來遲地騎著馬，帶著大隊的親衛，面色沉穩地從城中出來，他放眼一看，見到這般大的陣仗也有了幾分勇氣。

輔政王又如何？本官統領三萬禁軍，一樣要他身首異處！

方啖並沒有戴甲，而是穿著一件紫金官袍，帶著繫著紫帶的梁冠，規矩是規矩，這一次打著的是恭迎聖駕的名義，所以在他的梁冠上還挽著孝帶。

「瑞國公。」打馬在方啖身前的，是殿前衛新任指揮使吳永新，此人也算是太子的心腹，曾是東宮武官，如今一飛沖天，手掌殿前衛，權勢可謂一般。

不過現在方啖是主，他是副，再者說方啖有著皇親國戚的身分，吳永新的姿態不由地放得很低，笑吟吟地道：「再過一會兒功夫，那姓沈的就要來了，如何動手？是否要先有個準備？」

方啖頷首點頭，目視著地平線方向，道：「都看老夫的口令，若老夫喊一句殺字，便三軍齊動，將這些亂臣賊子盡皆掩殺，一個不留。」

吳永新乾笑一聲，拍了一句馬屁道：「國公爺好算計。」

二人正說著，地平線上，終於出現了幾個飛馬來的騎士，方啖打起精神。

來了……官道之上，迤邐而來的人馬如潮而來，足足有四千之多，隊伍越來越近，方啖幾乎已經可以看到打馬在最前的人了。

「就是他。」方啖低呼一聲，眼睛落在了隊前的沈傲身上，沈傲穿著尨服，披著孝帽，先行帶著一隊侍衛迎面過來，身後可以依稀看到許多車馬，不過這些都不是主要，方啖的目標只有一個。

「傳令下去，叫三軍做好準備。」方啖低聲朝吳永新吩咐了一聲。

吳永新朝傳令兵打了眼色，那騎著快馬的傳令兵在大隊的禁軍前高呼：「瑞國公有令，所有人打起精神，輔政王來了。」

這句口令談不上什麼陰謀成分，尋常人一聽，還只當是迎接的前奏，可是這些步軍司和殿前衛卻早受過指點，執著長矛微微地將長矛向前斜了斜，帶刀的禁衛也將手按在了刀柄上。

因爲是在一個時辰之前傳達的命令，這些受命的禁軍立即在方唊的監視下開始集結，所以在方唊看來，這個消息絕不可能透露出去，不過方唊還是覺得有些緊張，連同他坐下的駿馬似乎也感覺到主人的不安而變得有些躁動起來。

沈傲的隊伍之中，一名騎馬的護衛飛快過來，高聲大喊，道：「先帝靈駕已到，爲何不見皇上出城相迎？」

方唊打馬上前幾步，朗聲道：「本國公奉欽命特來迎駕，請輔政王速速來見。」

對方打馬回去，過了一會兒，又有騎士飛馬而來，道：「輔政王請國公出陣說話。」

方唊此時卻爲難了，若是不出陣，難道現在就動手？現在動手當然不妥，沈傲被三千護衛簇擁，只怕急切難下，可誰知對方會不會有什麼陰謀詭計？

他想了想，對吳永新道：「你在這兒看著，若是對方有什麼異動，立即帶著將士衝殺。」吩咐完，方唊才打馬出來，卻不肯走得太遠，只是在前方相隔扶靈隊伍百丈之外才停下。

沈傲打馬出來，朝方唊打量了一下，慢悠悠地道：「怎麼皇上不出來迎接先帝靈柩？」

沈傲的口氣自是咄咄逼人，方啖有些心虛了，可還是壯起膽子道：「陛下國事繁重，特命本國公來代勞也是一樣。」

沈傲冷冷一笑，道：「是嗎？既是迎先帝靈駕，國公爲何帶這麼多兵馬來？」

這件事，方啖早有托詞，道：「自是護衛靈柩。」

沈傲冷哼一聲，道：「大膽，這是天子腳下，難道這裏會有什麼亂臣賊子破壞先帝靈柩嗎？先帝屍骨未寒，也不見皇上出來迎接，這就是他做爲人子的本分？速速帶兵滾回城中去，這筆賬，本王再和皇上去算。」

沈傲這番話囂張到了極點，卻是理直氣壯。方啖聽了不禁一愣，退兵？你當本國公是傻子？此時若是當真退回城中就錯失了這大大的良機。

事已至此，已經沒有什麼猶豫了，方啖哈哈一笑，圖窮匕見，按住腰間的佩刀，大喝道：「誰說天子腳下沒有亂臣賊子？你沈傲便是，先帝在時，你便欺上瞞下，蠱惑天子，現在陛下登基，你又四處揑造謠言，誹謗聖上，更有甚者，竟是擁兵自重，與契丹人媾和，事到如今，本國公奉陛下密旨，特來取你人頭。」

沈傲的臉上看不出任何的驚慌，反而笑了，他的目光越過方啖，看到方啖身後成群的禁軍已經躍躍欲試，與此同時，沈傲身後的護衛也發覺了異常，紛紛拔刀相向。

沈傲笑道：「原來本王成了亂臣賊子？這倒是有意思了。」

方啖眼見自己這一方人數眾多，又見沈傲身後的護衛人少，氣勢更足，喝道：「本國公說你是你便是，今日在這些禁軍面前，看你還有什麼手段！」

沈傲道：「這麼說，瑞國公是人多欺負人少了……」

方啖大笑道：「就是人多欺你人少！」

沈傲嘆了口氣，道：「尋常一向都是本王人多欺負人少，想不到時至今日，竟是陰溝裏翻了船，這麼多禁軍真是駭人，看來皇上和瑞國公爲了取本王的人頭，還真費了一些功夫，不過以皇上和瑞國公的本事，只怕也想不出這主意出來，出主意的莫非是李邦彥？」

方啖訝然了，誰曾想到這傢伙死到臨頭，居然還有這麼多廢話。

正午，太陽當空。

廳中安坐的陳濟突然張眸，整個人變得無比精神起來，他站起來，大叫一聲：「來人。」

頃刻之間，便有一名錦衣衛閃身進來，躬身道：「在。」

陳濟道：「告訴韓世忠，可以開始了。」

「是。」

庭院裏，數十個勁裝的漢子各自牽著馬，他們戴著鐵殼范陽帽，身上穿著校尉鎧甲，昂首挺胸，胸前的儒章在太陽的光輝下閃閃生輝。

韓世忠已經翻身上了馬，目光在眾人的臉上逡巡一眼，隨即正色道：「輔政王已經回來了，校尉何在？」

數十個漢子同時翻身上馬，齊聲道：「校尉何在！」

以韓世忠為首的數十人打馬出了庭院，出現在長街上，他們的裝束立即引來許多人的注意，熟悉的鐵殼帽子，熟悉的鎧甲，熟悉的儒章，甚至連腰間的長刀都對汴京人再熟悉不過。

數十人沒有說話，手中握著一柄旌旗，隨即從四面八方沿著四通八達的街道飛馬馳騁出去。

汴京城的四處角落，到處都回蕩著一個聲音。

「校尉何在？」

「校尉何在……」

這麼大的動靜，驚動了汴京四處的角落，與此同時，有人從高門大宅裏，有人從客棧，有人從酒肆。有的穿著錦衣，有的穿著短裝，皆是飛奔到了街上。

「騎軍科三營四隊呂旭友奉命趕到。」

「水師科一營二隊潘鴻奉命趕到。」

……

四面八方響起了這個聲音，在外城的一處宅院的上空，陡然升起了一面巨大的旗旗，隨即，號聲從這宅院裏嗚嗚響起，這是校尉集結的信號，幾乎每一個校尉都是在這個聲音中起床，在這個號角聲中開始操練。

這聲音再熟悉不過，久違已久。

無數人開始向旌旗和號角的方向瘋狂奔去，更有甚者，便是城中的馬軍司軍營，那些低級的校尉武官，突然聽到這個聲音，先是內心掙扎，隨即有人突然摘下了新換上去的皮帽，連操練也不理會了，只朝著一個方向飛奔。

人已經越來越多，越來越密集，根本不必吩咐，就在宅院前，寬闊的街道上，趕到的人沒有交頭接耳，沒有去詢問發生了什麼，而是自覺地開始列隊。

烈陽當空，校尉們沒有武器，沒有頭盔，沒有甲衣，沒有漂亮的軍靴，穿著各色的衣衫，甚至有的剛剛午睡，連衣衫都來不及穿上，只穿著一條馬褲赤裸著上身出現在隊列裏。

「校尉何在……」此起彼伏的聲音久久不息。

在一處宅院裏，年輕的兒子丟了手中的碗筷，作勢要飛奔出去，被母親攔住，哭哭啼啼地苦勸：「外頭這麼亂，出去做什麼？學堂都沒了，你安安生生等你爹給你尋個事做，何必管顧這個？」

兒子的衣衫上不倫不類地別著一個儒章，毫不猶豫地道：「輔政王到京了，我的同伴和同窗都在等著我，我是校尉，豈能不去？」

母親只是哭，拉著兒子的衣袖不肯放他走。

反而那飯桌上喝了一口酒的父親站起來，道：「放他去吧，進了這麼多年的學堂，生是校尉，死也是校尉，學堂沒了，輔政王完了，那就是糟踐了一輩子；只要輔政王還在，學堂還在，他還是武備校尉，他才有前程。」

年輕的校尉憑的是一腔熱血和那賜予下來的榮譽而奮不顧身，可父親卻是抱著一種功利性的念頭，不管如何，至少他們此刻的立場是一致的。

「男兒大丈夫，理當建功封侯，若是怕，又何必要從武？去吧！」父親擺擺手，眼中雖是不捨，口吻卻很篤定。

校尉磕了頭，含淚飛奔出去，到了大街上，恰好一個戴著鐵殼范陽帽，配著儒刀、儒章的騎士飛馬而過，那嘶啞的聲音仍舊在高吼：「校尉何在？」

校尉不禁回了一句：「水師科一營二隊范成奉命趕到。」

他的眼睛落在那大大的旌旗方向，辨明了嗚嗚號角聲的來源，放足狂奔。

正是許多這樣的人，猶如一條條小溪流入了湖泊，一下子的功夫，在這大宅院的長街上已經列出了一個個的方陣，人數足足有萬餘之多，不止是那些學堂中的校尉，竟是連畢業之後的校尉也都來了不少。

各營的旌旗打了起來，營官們出現在了隊前。韓世忠打著馬，高呼一聲：「出發！」

「出發！」

各營開始慢跑分散開，營官們直接帶隊，奔向預定的地方，在那裏，一處處緊閉的店鋪和貨棧突然大張，露出幽深的門洞，隨即有商賈和夥計走出來，雙方都很陌生，誰也沒有說話，商賈只朝營官點了個頭，營官洗了個口，隨即大手一揮：「進去！」

潮水一般的校尉衝入各家貨棧，等他們出來時，已經換上了鎧甲，戴上了鐵殼范陽帽，佩戴上了手弩、儒刀、長矛。

這些武器，幾日之前就從泉州、蘇杭運來，各家商會協力打點，一直儲藏在貨棧之中，如今成了校尉們的全副武裝。

「迎駕！」營官們又重新翻身上馬，抽出腰間的長刀，刀尖指向了東華門方向，發出一聲低吼。

各條街道上，全副武裝的校尉嘩啦啦的前進，向著一個終點。

東華門外，聽到城中的嗚嗚號角聲，方啖大驚失色，他突然意識到，沈傲並非只是三千護衛這般簡單。時間緊迫，不管城中發生了什麼，方啖十分明白，眼下最緊要的是解決掉眼前的沈傲。

方啖撥馬回到了禁軍的隊列，開始發出大吼：「殺！」

傳令兵瘋狂的傳遞著方啖的命令：「瑞國公有令，討伐沈傲奸黨，拿下他人頭的，封侯爵，賜千金，斬殺沈黨一人者，賜金五十兩……」

巨大的賞額，讓滿山遍野的禁軍霎時氣勢如虹起來，前隊的禁軍架起了長矛，後隊的禁軍抽出了箭矢，禁軍之中開始響起鼓聲，這是進攻的信號。

方啖抿著嘴，勒馬坐在風暴的中心，卻有些焦躁，半個時辰，半個時辰之內一定要解決掉沈傲和他的護衛，否則一旦城中還有沈黨接應就來不及了。

「殺！」殿前指揮使吳永新已經在隊前抽出了佩刀，發出一聲大吼。

此起彼伏的喊殺聲響了起來，從吳永新的身後傳出，不過這聲音似乎……

吳永新回頭，卻發現在禁軍的身後出現了一隊旗甲並不鮮亮的邊軍，這些邊軍人人騎馬，手中執著馬刀，呼嘯著自門洞中飛奔出來，浩浩蕩蕩，人數至少在五千以上。

「怎麼回事?」吳永新慌了。

方啖也意識到了什麼，回頭看了一眼，在隊伍的後方出現一隊騎兵是極爲可怕的，更何況，這些邊軍個個彪悍無比，來意不善。

禁軍們一時也是啞了火，紛紛後顧，隊形開始出現了一絲紊亂。

邊軍們在百丈的距離紛紛駐馬，隨即有人撥馬從人群中排眾而出，只見童貫穿著一身紫衣官袍，頭戴梁冠，坐在馬上哈哈一笑，道：「原來這東華門竟這般熱鬧，有意思……有意思……」

童貫身後，是手提著長槍，一身鎖甲的童虎，童虎騎著駿馬隨侍在童貫左右，如狼似虎、威風凜凜。

方啖大怒，不禁撥馬朝童貫方向高聲喝罵道：「本官奉旨辦事，閒雜人等速速退開，童貫，你要謀反嗎?」

前有三千泉州軍馬，後有五千邊騎，雖說禁軍的人數優勢仍然不小，可是要速戰速決已經不可能，唯有嚇退童貫，方啖才有得手的可能。

童貫聞言，哈哈大笑，道：「咱家是個奴才，豈敢謀反?只是先帝靈柩在此，咱家深受先帝厚待，無以爲報，若是有人敢衝撞了先帝的靈柩，咱家自然不會和他客氣。」

他朝方啖大聲說罷，回頭看著身後駐馬而立的五千邊騎，道：「傳令，衝撞先帝靈柩者，殺無赦！」

邊軍發出一陣大喝：「殺無赦！」

一柄柄長矛架了出來，發出寒芒陣陣。

誰也不曾想到，童貫那五千運糧兵，轉眼之間就成了五千邊騎，五千鐵騎的力量足以抵得上一萬禁軍，事到如今，方唉就不得不好好權衡一下了。

吳永新勒馬到方唉身前，低聲道：「國公，咱們是不是……」

方唉看出了吳永新眼中的退縮之意，不由呵斥道：「我等奉旨行事，怕個什麼？」他冷冷道：「你帶著一支軍馬抵擋童貫狗賊的亂軍，老夫親自帶著人去取沈傲的人頭，如何？」

吳永新無奈，只好道：「遵命。」

一隊禁軍開始調轉方向，將長矛對準了邊軍，更多的禁軍在方唉的催促之下，開始集結成人流。

還未等方唉發出進攻的號令，東華門的門洞中又有了響動，無數的校尉快步長跑出來，越來越多，更加密集，宛若長龍一般擺出了陣勢。

又是一萬校尉……

到了這個時候，方唉的額頭上已經滲出了冷汗，校尉的實力，他雖然沒有親眼見過，可是事關他們的傳說卻是數不勝數，武備學堂不是已經解散了嗎？可是爲什麼這些校尉還會出現……

這個疑問自然沒有人回答他，眼下東華門外的實力對比已經發生了翻天的變化，方啖固然帶著三萬禁軍，可是沈傲這邊的人數也急劇增加到了兩萬，且囊括了騎軍與校尉，真要打起來，禁軍未必能勝。

韓世忠打著馬，在陣前大呼一聲：「迎駕！」

「迎駕！」校尉的方隊之中，爆發出一聲大吼。

方啖的臉色已變得蒼白，他無論如何也想不到，事情會變化成這個地步。

而此刻，遙遙數百丈之外的沈傲已經翻身下馬，扶著先帝的靈柩開始一步步前行，三千護衛簇擁著沈傲向前踏步，嘩啦啦的軍靴響動很有節奏。

「國公爺，現在怎麼辦？」吳永新傻眼了。

方啖的臉色陰晴不定，開始權衡起來。

第二〇六章 人心所向

這個道理，但凡只要有一點點智慧的人都應該明白，

歷來被廢黜的天子，哪一個能留下性命？

現在沈傲已是人心所向，

文武百官，天下軍馬都站在他的那一邊，

難道還會忌憚你這一個天子？

與此同時，整個汴京已經炸開了鍋，楊真府上的大人們聽到那一聲聲校尉何在的聲音，「抱病」的楊真居然精神奕奕地從臥房中走出小廳，目視著那些坐臥不安的官員，語氣篤定地道：「輔政王到了。」

衆官員紛紛站起，等待著楊真繼續說下去。

楊真繼續道：「先帝的靈柩也已經到了，我等身爲人臣，先帝之恩，豈能不報？諸公各回衙堂，帶著衙中差役，速速隨老夫前去東華門迎接先帝靈駕，皇上可以不孝，我們這些做臣下的豈可不忠？」

「遵命！」衆官員無人反對，紛紛散去。

三省六部，甚至是一些不入流的衙門裏，各家的大人們坐著轎子出現，隨即一大群的屬官、差役們出來，會聚成人流，浩浩蕩蕩向東華門湧去。

別看各家衙門的人並不多，可是這汴京的衙門多達上百，積少成多，只片刻功夫，官員、差役竟有上萬之人。

差役們帶著水火棍、有的配著刀，有的拿著戒尺，各自簇擁著自家的大人出現在街頭的時候，太學和國子監也同樣有了動作，博士們拋下了書，大呼一聲：「迎先帝靈駕！」

課堂裏立即歡呼雀躍，無數人拋掉了書本，蜂擁著從課堂中湧出去。

汴京的街道上，先是一隊隊校尉過去，隨即又出現許多差役，許多轎子，接著是士人，最後是蜂擁而至的百姓。

東華門已是圍得水泄不通，楊真的轎子落定，隨即楊真從轎中出來，撣了撣身上的灰塵，看到這無盡的人海，楊真面無表情，帶著百官浩浩蕩蕩地越過校尉、邊軍的隊列直接到了禁軍這邊，還要往前走，便被禁軍攔住了。

方咴快要氣昏了頭，看到這黑壓壓的人，心知這次的計畫已經失敗了，三萬禁軍士氣低迷，憑什麼去和如狼似虎的校尉、邊軍死戰？眼看文武百官都過來了，心裏更是大驚。

方咴連忙打馬攔住楊真的去路，呵道：「楊門下不在省中署理公事，來這東華門做什麼？」

楊真不屑地看了方咴一眼，朗聲道：「這天下最大的公事，便是先帝的靈柩到京。老夫恭迎先帝聖駕，何錯之有？」

一句話噎得方咴一時說不出話來，楊真對他不再理會，要繼續往前走，方咴沒有了攔住他們的藉口，只能無可奈何地任由他們過去。

文武百官們到了趙佶的棺槨前，個個已是泣不成聲，從城中出來的士農工商也紛紛跪拜於地，號啕大哭不已。

而這時，韓世忠已經打著馬，朝校尉大呼一聲：「列隊，前進！」

嘩啦啦……校尉如長蛇一般開始向靈柩移動，而阻在他們跟前的禁軍此刻也慌了，退又不是，攔又不是。

方啖心虛，朝韓世忠道：「大膽，聖旨已經撤除武備學堂，你們手執兵刃，衝撞禁軍，可是要造反嗎？」

韓世忠的話更理直氣壯，道：「天子門生恭迎聖駕，你是何人？竟敢在先帝門生前大呼小叫？快快滾開，否則殺無赦！」

方啖大怒，臉色陰晴不定，心裏開始權衡，他是奉了趙佶的旨意出來的，這次計畫失敗，趙佶有可能會責備於他；可是眼下這局面若是動粗，只怕連一成勝算都沒有。只是……眼下騎虎難下，真是不知該如何是好了。

韓世忠一聲令下，校尉們已列隊越來越近，禁軍們不得不緩緩後退，方啖猶豫了一會兒，最後咬咬牙，道：「放他們過去。」

禁軍們讓出了一條道路，吳永新連忙到了方啖身邊，道：「國公，現在該怎麼辦？」

方啖皺著眉頭道：「怎麼辦？當然是迎接先帝的聖駕。」

「迎駕……」

命令下達，禁軍們收回武器，方唊換上了笑臉，領著一隊人飛快地走向先帝的棺槨，隨著文武百官拜倒在地，一副悲慟的樣子道：「臣迎駕來遲。」

沈傲卻是闔著眼，一步步朝方唊走來，居高臨下地看著他，淡淡道：「瑞國公不是說要討伐沈黨，要本王的人頭嗎？」

方唊傻了，可是這時候不得不放低身段，苦笑道：「說笑而已。」

沈傲冷笑道：「只是說笑？」

方唊從地上爬起來，乾笑道：「自然是說笑，輔政王是國之柱石，陛下聽說王爺回京，恨不得出城相迎，只是無奈於國事纏身，才吩咐方某人代爲迎接輔政王，方某人與王爺親近都來不及，至於什麼討逆之事，都只是玩笑話，王爺不必當真。」

沈傲嘻嘻一笑，不冷不熱地問道：「是嗎？」

這時的方唊真真是有苦難言，直到現在才知道這沈傲竟是深藏不露，此時東華門那邊，還有大量的人從城裏湧出來，遮雲蔽日，一眼看不到盡頭，憑著自己這麼點兒禁軍，只怕還未動手，就給人碾死。

方唊明白，當務之急，是立即弭平此事，要除沈傲，只能另想辦法。

他正胡思亂想著，冷不防沈傲伸出手狠狠地一巴掌朝他臉上甩過來，方唊躲避不及，結結實實挨了一下。

「哎喲……」方啖下意識地吃痛捂著臉，頓時大怒。可是這時候，沈傲卻笑吟吟地道：「瑞國公，痛嗎？」

方啖咬咬牙，最終還是選擇忍氣吞聲，道：「殿下這是……」

沈傲恬然一笑，道：「玩笑而已，瑞國公與本王開玩笑，難道本王開不得瑞國公的玩笑嗎？」

方啖詞窮了，想要再說什麼，卻見沈傲伸腿朝他的襠下狠狠踹來。

剛剛打了一巴掌，又來一個踹陰腿，方啖的注意力都在這火辣辣的臉上，再加上沈傲說話時如沐春風，無論如何也想不到這腿兒說來就來，說時遲那時快，沈傲一腿踹過來，狠狠地踹中方啖的襠下，方啖痛呼一聲，整個人已蜷起身子翻滾在地。

「沈傲……你……你……」方啖這時怒極了，豆大的冷汗從額上滴下來，勃然大怒地要興師問罪。

沈傲卻如沐春風地笑道：「玩笑而已，怎麼?瑞國公介意了?」

方啖身後的一些親信禁衛此時不禁緊張起來，紛紛按住了腰間的刀。誰知沈傲身後的護衛反應更快，直接抽出刀來，橫在了禁軍的面前。

沈傲冷冷道：「方才是誰敢在先帝靈柩之前妄動刀兵?來人，全部拿下！」

無數護衛從沈傲身後衝出，將方啖的禁衛悉數拿下。

方啖還在地上打滾，方才那一腳實在是踢中了要害，疼得他直抽筋，可是很快，方啖就不動了，因爲他看到沈傲從腰間抽出尙方寶劍來，寶劍擦拭的鮮亮無比，陽光照耀下散發出陣陣寒芒。

先是一巴掌，再是一腳，現在連劍都拿出來了，方啖一下子嚇得魂魄俱散，這沈楞子是出了名什麼事都敢做的，想起此前種種，方啖不由後悔方才沒有選擇跟沈傲來個魚死網破。

他嚇得臉色慘白，幾乎忘記了疼痛，嘶聲道：「輔政王……你……你這是要做什麼？」

沈傲雙手握劍，長劍劍尖向下斜指方啖，朝前一步步的靠近方啖，笑得很純真地道：「沒什麼，只是想和瑞國公開開玩笑……」

方啖已經感受到自己的下身流出一股腥臭的液體，整個人魂飛魄散，但很快又回過神來，他很明白，現在若再惹得沈傲不高興，說不定連自己的性命也不保，立即跪倒，不斷朝沈傲磕頭道：「王爺饒命……王爺饒命……小人該死，該死，不該衝撞了王爺，小人爲虎作倀，吃了豬油蒙了心，往後再也不敢了，王爺饒命……」

後面的話，方啖已經說不下去了，只聽耳邊傳出呼呼的利刃破空之聲，方啖整個人脖子一涼，連求饒都忘了，便感覺到利刃狠狠地斬入他的肩窩，嗤……鮮血濺出來，肩

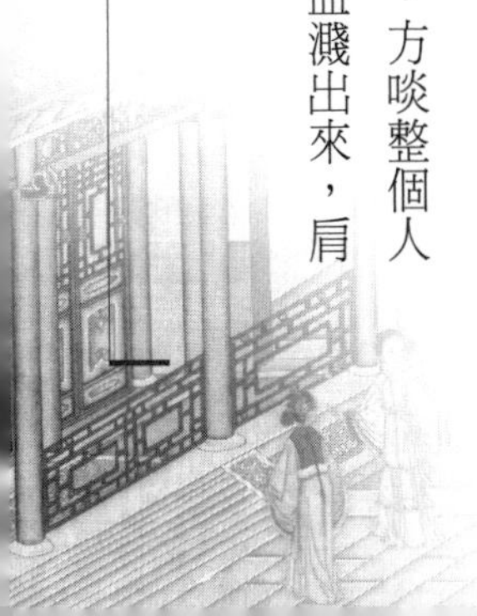

骨的痛楚令方啖幾乎要暈過去，大叫一聲仆然倒地。

沈傲手中還握著劍，一副不可思議的樣子，用腳踢踢方啖的身子，道：「死了？」

方啖雖然疼痛難受，但害怕沈傲對自己又會有更恐怖的舉動，用盡全力地蠕動了一下，方才利刃入肉一寸，卻沒有傷及到要害，痛是痛，命總還算保住了。

沈傲吁了口氣，道：「看來還沒死……」沈傲真有點恨不得現在就了結方啖的性命，但是在趙佶的靈柩前，對方啖，他只有不屑。

沈傲咬咬牙道：「看來是受了重傷，媽的，這一次玩笑開大了。來人，還不快扶著這位瑞國公去治傷！」

那些哭喪的文武百官看著這一幕，卻是一時間忘了哭，全然一副哭笑不得的樣子，一個個無言以對。

沈傲這時候翻身上了馬，氣勢如虹地帶著一隊騎兵出現在禁軍隊前，大喝一聲：「誰敢在先帝靈柩跟前妄動刀兵，有本事的站出來和本王說話！」

禁軍們都不敢動了，瑞國公都完了，一旁又是強敵環伺，誰敢動彈一下？

沈傲坐在馬上，居高臨下地道：「放下武器，全部給本王跪下，迎先帝聖駕入城。」

禁軍們你看看我，我看看你，尚在猶豫，而這時，邊軍與校尉已經開始列隊朝這邊湧過來，禁軍們見狀，再不遲疑，紛紛跪倒一片。

沈傲下了馬，扶著趙佶的棺槨開始入城，身後簇擁著百官，沿途的軍民紛紛跪倒，這一路過去，人潮竟是連綿十里之多。

巨大的人浪宛若波浪一般，靈車所過之處便烏壓壓地跪倒，萬千人一起呼喊：

「萬歲……」

「萬歲……」

直入雲霄的萬歲之聲，也不知是在呼喊趙佶，還是朝向沈傲。

「殿下，現在去哪裡？」周恆悄悄地跟在沈傲的身後，低聲道。

沈傲道：「先送先帝的靈柩入宮停放，再去武備學堂。」

武備學堂。

匾額已經被人摘下，門前貼了封條，兩名京兆府的差役站在門前守衛。

這裏曾是汴京最顯赫的建築，進出之人的身分不在太學生之下，榮耀與高貴的身分曾使過往的王侯都自覺黯然無光，而現在，學堂裏一片荒蕪，寂靜得可怕。

東華門的動靜讓兩個差役不知發生了什麼，可是職責在身，卻只能待在這裏，城中浩蕩地響起一陣陣萬歲之聲，此起彼伏，久久不息。

「莫非皇上出宮了？不是說皇上不肯出宮迎接先帝靈柩嗎？」一個差役一頭霧水。

另一個差役隨即道：「多半如此，否則叫個哪門子萬歲？」

這二人正說著，卻發現一隊隊浩蕩的人馬朝這邊過來，先是一隊隊騎馬的邊軍，氣勢如虹，馬蹄敲擊在地磚上，隆隆作響。

五千邊軍在武備學堂前默然駐馬，虎視著這兩名差役。

兩名差役嚇了一跳，什麼情況？出了什麼事？

二人要上前去打話，可是對方只是漠然地打量著他們，一聲不吭，更讓二人有一種大禍臨頭的感覺。

隨即，更多人湧過來，差役擦了擦眼睛，這些人身穿的竟是武備校尉的服色，武備校尉……不是已經裁撤了嗎？怎麼又來了？

在武備校尉跟前，是一個穿著尨服的英俊王爺，梁冠紅袍，高高在上，雙目有神。

這個人，似乎一出現就成了所有人的主心骨，他的一舉一動都牽動了萬千人的心，他的下頷微微抬起，有一種讓人不自覺地想要臣服的高貴。這種高貴由心形於外，絕不是刻意造作。

校尉嘩啦啦地簇擁著此人過來，再之後竟是朝中的文武百官，兩個差役認得的竟是不少，有三省的官員，還有六部的尚書、侍郎，一個個高入雲端的人物，居然甘願追隨在這青年之後亦步亦趨地步行。至於後頭如潮水一般高呼萬歲的浩蕩人群，差役便看不甚清了。

尨服的青年在武備學堂外駐馬，一雙清澈的眼眸看向武備學堂，眼眸中閃露出一絲怒色，身後的校尉紛紛停住腳步，默然佇立。

這個青年正是沈傲，沈傲深吸了一口氣，一步步沿著學堂的石階上去。兩個差役猶豫了一下，一時慌了手腳，等到沈傲已經登上了石階，來到了朱漆大門跟前，差役終於掙扎一下，一齊將沈傲攔住，躬身道：

「學堂已被查禁，小人奉旨在此……」

沈傲從牙縫中迸出一個字來：「滾！」

差役果然是聰明人，畢竟是玲瓏透頂的人物，否則也吃不上這公門的飯，沈傲說出滾字，讓二人再不敢說什麼，立即消失得無影無蹤，沈傲再抬眼的時候，就看不到了他們的蹤影了。

沈傲站在石階上，看著下頭如山如海的人群，朗聲道：「天子門生何在？」

「在！」下頭的校尉挺起了胸膛，排山倒海地呼應。

沈傲深吸口氣，道：「只要本王一息尚存，武備學堂就永遠屹立不倒！」

「萬歲！」校尉們熱淚盈眶。

這些人之所以忠誠，除了榮譽，也是爲了自己的前程。趙恆登基，迫不及待地撤除武備學堂，便是害怕武備學堂爲沈傲所用。可是他卻忘了，學堂的廢除，剝除的是大宋武人的光環，也毀掉了他們的前程，這些失意者只需沈傲振臂一呼，立即就會重新聚集起來。

趙恆其實並不愚蠢，沈傲締造的學堂，締造的海政，若是不能廢除，早晚都會成爲沈傲的左膀右臂，可是他卻不知道，沈傲締造出來的，早已是一個龐然大物，一個利益的共同體。趙恆爲了遏制沈傲，非要廢黜學堂、海政不可，可是在這同時，也迎來了這利益共同體的強烈反彈。

沈傲現在要做的，就是給予他們承諾，重新加諸他們應得的榮譽，只這一句話，就足夠校尉們死心塌地了。

沈傲深吸口氣，抬起一隻腳狠狠地踹在這朱漆大門上，試圖將大門踢開。可是這一次的目標不是方啖的褲襠，朱漆大門只發出一聲悶響，紋絲不動。

沈傲的臉有點兒黑了，原本想表現出一點英雄氣概，展示一下輔政王的威風，誰知這門如此不給面子，這麼多人看著，豈能不倒？於是開始狠狠地積攢氣力，使出渾身解數又是狠狠一踹。

「咚……」大門發出巨響，還是不動。

沈傲的額頭上，已經滲出了豆大的冷汗，石階下的校尉、邊軍、百官盡皆無語，只見沈傲發了瘋似地不斷踹門，倒像是這門是輔政王的殺父仇人一樣。

沈傲的面子擱不住了，咬牙切齒，深深吸了一口氣，心知這般踹下去也不是辦法，只好拍拍手，又狠狠踹一下，便笑吟吟地旋轉過身去，聲若洪鐘地道：

「校尉之與大宋，便如此門之與學堂，門在，學堂屹立不倒，校尉在，江山永固；好門，好校尉。去，把那兩個差役給本王揪過來，取了鑰匙，開門！」

門總算開了，卻不是沈傲踹開的，這一點雖然遺憾，可是在大門洞開的一刻，校尉們歡呼雀躍蜂擁入門的時候，沈傲覺得很欣慰，世上的事本就沒有一帆風順的，有那麼一點點瑕疵也是情理之中。

進了明武堂，沈傲高高在上地坐下，下頭坐了許多人，有的人甚至連凳子都沒有，只能站著，這些人中，有三省六部的官員，有邊軍的將佐，有學堂的教官、博士，還有幾個大商賈，一些近支的王公。

所有人的目光都落在沈傲的身上，現在大家捨了身家性命跟著這愣頭青瞎鬧，開弓沒有回頭箭，總不能就此作罷，事情到了這個地步，明武堂裏所有人的身家性命都懸在這裏，當然要商量一下下一步的打算。

楊真咳嗽一聲，一邊喝茶，一邊慢悠悠地道：「接下來，殿下有什麼打算？」

沈傲笑吟吟地道：「打算？什麼打算？」

事到臨頭來裝糊塗，這是大家都鄙視的行爲，不過很快，沈傲就讓大家吃了定心丸，沈傲道：「明日開廷議，有什麼賬，明天再算，今日我要入宮一趟，去拜謁太皇太后，大家好好歇了，打起精神來，本王要看看，那皇帝要玩什麼花樣。」

楊真不禁道：「殿下要入宮？」

沈傲含笑道：「怎麼，不可以？」

這堂中的人都是目瞪口呆，童貫乾笑一聲，道：「若是陛下在宮中埋伏下刀斧手，殿下豈不是羊入虎口？要入宮，也是明日大家一道兒進去，殿下是大家的主心骨，萬萬不能出差錯，今夜就暫時在武備學堂歇下吧。」

沈傲卻是搖頭道：「身爲臣子，豈能不去拜謁太皇太后？這是禮數，至於安全，本王已經思量好了，武備學堂也隨本王一道入宮。」

韓世忠道：「好極了，卑下親自護著殿下去，看誰敢對王爺無禮。」

眾人聽了沈傲的話，也就不再苦勸，這些各方面的人，哪一個都是坐鎮一方的人物，也不是那種瞻前顧後之人，便各自告辭走了。

沈傲坐在明武堂裏闔目了一會兒，隨即召集五百校尉，出了武備學堂，直接打馬朝宮中過去。

整個皇城早已亂作了一團，外頭的萬歲聲傳來，令趙恆嚇了一跳，立即叫人去打聽，才知道方啖已經被沈傲砍成重傷，整個汴京萬人空巷，皆去跪迎先帝靈柩。這萬歲聲既是朝先帝喊的，也未必不是朝沈傲喊的。

事情到了這個地步，趙恆已經感覺到大禍臨頭了，如熱鍋螞蟻一般在暖閣中來回踱步，整個汴京都已背叛了他，連禁軍也都已經倒戈，據說殿前衛和步軍司的指揮使紛紛去見了那沈傲，跪在沈傲的腳下，說了不少阿諛的話。

事到如今，趙恆第一次深刻體會到自己成了孤家寡人。

「完了，完了……」趙恆不斷喃喃念著，立即命人請李邦彥來商議。

李邦彥倒是來得快，一見到趙恆，二人的目光一對，李邦彥便道：「陛下，我們輸了。」

「輸了？」趙恆冷笑道：「朕是天子，難道他敢動朕嗎？」

李邦彥突然感覺這趙恆真是傻得有些可愛，正因爲他是天子，是至高無上的皇上，人家既然敢叛逆，敢來反對你，才非要將你置之死地不可，換作是別人，或許還有生路，可是你是皇帝，非死不可。

這個道理，但凡只要有一點點智慧的人都應該明白，歷來被廢黜的天子，哪一個能留下性命？現在沈傲已是人心所向，文武百官，天下軍馬都站在他那一邊，難道還會忌

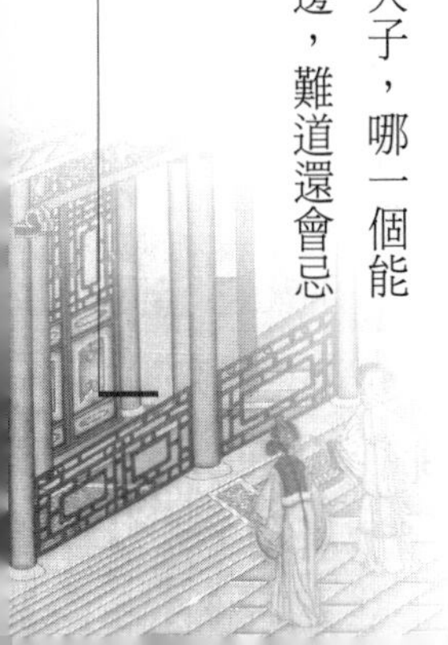

憚你這一個天子？

李邦彥幾乎有些同情自己了，趙恆這般愚蠢，總還能看到希望。可是自己呢？從與沈傲對抗到現在，現在的他已經知道，自己徹底輸了，輸即是死。

趙恆臉色蒼白如紙，像是抓到救命草一樣，朝李邦彥看過去，道：「李中書，爲今之計，如之奈何？難道就一點辦法都沒有了嗎？」

李邦彥捋著鬚不發一言。辦法，他是實在想不出了，莫說是他，便是蔡京重生，只怕也是回天乏力，眼下這局面已是必死之局，還能如何？

李邦彥又沉默了片刻，道：「陛下若想求生，只有一個辦法。」

趙恆希冀地看著他，道：「請李中書指教。」換作是平時，趙恆早已擺足了皇帝的威風，而現在吐出指教二字，也實在是爲難了他。

李邦彥淡淡道：「陛下若是被廢黜，則必死無疑，不過，或許還有機會做一做漢獻帝……」

趙恆咬著唇，立即明白了李邦彥的意思，沈傲獨攬軍政已經成了定局，現在缺的，無非是一個名分。現在擺在姓沈的跟前，只有兩條路，一條是取而代之；另外一條，就是學那董卓，學那曹操了。

趙恆如何會想到，自己竟會落到這個結局，便是要做漢獻帝也未必可得，他咬了咬牙，道：「若是能求生，便是漢獻帝又如何？」

李邦彥卻是冷冷地看了他一眼，淡淡道：「陛下，要做漢獻帝，也非要保住這皇位不可，沈傲要廢黜陛下，除非陛下有大奸大惡，否則也難免會自食其果，陛下可有什麼把柄落在他的手上？」

趙佶想了想，自己廢海政、撤武備學堂，就算是錯，無非也只是昏聵二字，還不至於到被廢黜的地步，沉吟了片刻道：「想必沒有。」

李邦彥道：「既然如此，那麼微臣以爲，陛下此刻還是立即去帝陵，去先帝停放棺槨的地方哭靈吧，另外再頒佈罪己詔，昭告天下，如此一來，沈傲便是要抓住陛下的把柄，也未必敢妄言廢立之事。」

自古帝王廢立，絕不是一個昏聵二字就能隨意辦成的，皇帝是天子，受命於天，便是全天下人反對，身爲臣子的若是敢廢黜，就算一時能得逞，早晚也會自食其果。所以對帝王的廢立，歷朝歷代都是小心翼翼，一點也不敢疏忽大意。

再者說，大宋朝還沒有到東漢末年的地步，沈傲便是有天大的膽子，在趙佶放低姿態之後若是再得寸進尺，也得好好掂量掂量。

趙佶目光一亮，道：「李中書說的不錯，他要廢朕，只怕沒有這麼輕易，既然如此，那朕這便去哭靈，這便頒佈罪己詔書。」

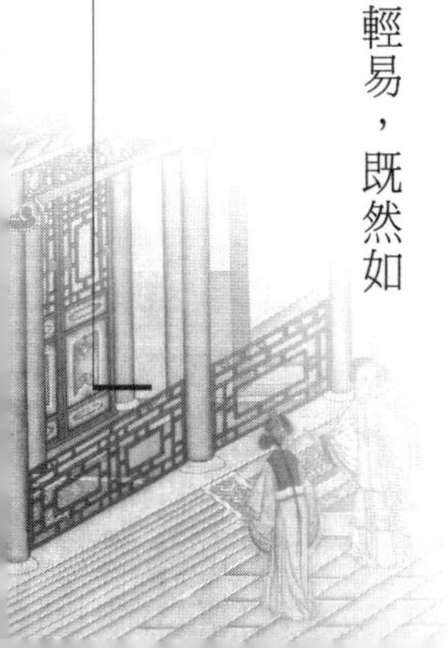

李邦彥吁了口氣，同情地看了趙恆一眼，站起來道：「那微臣告退了。」

趙恆見他一臉的疲憊，不禁道：「李中書似乎臉色不太好，你不必怕，只要朕還在，就一定能保全你。」

李邦彥卻是冷冷一笑，哂然道：「事情到了這個地步，總得有人死，微臣與沈傲鬥了這麼多年，輸了就是輸了，陛下既然選擇苟活，那麼微臣便索性與陛下背道而馳，捨身一回吧。」

他再不理會趙恆，從本心上，他從一開始，就徹底地對這個皇帝生出鄙夷之心，只是共同的利益，才和趙恆走到了一起，到了最後，機關算盡，卻仍免不得黯然收場。

李邦彥絕不是一個不肯苟且偷生的人，只是知道到了這時候，他已經非死不可，既然非死，又何必要等著沈傲把刀架在脖子上？倒不如給自己一個痛快。

「芸芸眾生，如趙恆者多不勝數，哼，老夫與他爲謀，倒是汙了自己的清名，早知如此，便是寧願做一介草民，又何至於到這個地步？」

李邦彥嘆了口氣，整個人彷彿老了十歲，霎時間，雙鬢竟隱隱生出銀髮，佝僂著身子，一步步地離開，火辣辣的太陽照在他的背影上，這具身軀散發著一種說不出的蒼涼和無奈。

趙恆呆呆地在閣中默坐，卻不禁冷笑：「死，你自管去死，朕還要活，朕是天子，受命於天。哼，蠢貨，你的賤命不值錢，可是朕不一樣！」

趙恆彷彿也感受到了李邦彥對他的譏諷，這種譏諷未必是發自於言語，而是李邦彥的求死之心，他忍不住朝李邦彥離開的方向吐了口吐沫，冷冷一笑，呼喚內侍道：

「來人……來人……從敏思殿放旨意，下罪己詔……」

「陛下……輔政王入宮了，還……還帶來了不少校尉，禁衛去攔，輔政王卻說校尉是天子門生，攔……攔不住……」

趙恆一呆，隨即嚇得身如篩糠，不禁道：「怎……怎麼……他是來拿朕的，他真的要弒君？要篡位？」

內侍道：「輔政王往後宮走了。」

趙恆這才心知虛驚一場，隨即又緊張起來，道：「快，快快擺駕帝陵，朕……朕要告祭先帝……」

景泰宮。

太皇太后默默坐在榻上，眼皮慢慢地闔著，透過帷幔，可以看到輕紗之後躬身的沈傲，太皇太后不發一言，沉默了很久。而帷幔另一邊的沈傲也是呆呆站立，並沒有說什麼，二人像是卯足了勁，等著對方屈服。

沈傲穿著一件簇新尨服，精神奕奕，雙目有神，在良久之後，才終於道：「太皇太后可好？」

太皇太后繃緊了的臉終於緩和了一些，道：「很好，來人，給輔政王賜坐。」

敬德歡天喜地地搬來了矮墩，請沈傲坐下，沈傲如沐春風地朝他點了點頭，依言欠身而坐。

太皇太后吁了口氣，慢悠悠地道：「哀家十六歲便入宮跟了先帝，過了五十年，吃過苦頭，也受過驚嚇，可是該享的福也都享了。生了兩個孩兒，一個做了皇帝，一個進封晉王，一門顯赫，風光無比著呢。」

沈傲淡淡笑道：「太皇太后母儀天下，自該享受天下的福氣。」

太皇太后卻搖頭，道：「可是現在不同了，哀家能母儀天下，是因爲有趙氏，只要這皇上還是姓趙，便是趙恆那般不肖之孫，見了哀家還得乖乖行禮。可是哀家並不知道，明日之後，這天下到底是姓趙呢還是姓沈呢。哀家也不是說你不成，你有孝心，不會怠慢了哀家，這一點，哀家知道。可是哀家畢竟是趙家的人，哀家在一日，就不忍趙氏的宗廟換了主人。」

沈傲苦笑，道：「太皇太后說笑了。」

太皇太后這時候或許已經後悔了，原以爲用沈傲扳倒趙恆，可以讓沈傲做周公、霍光，可是沈傲入城的光景卻足足駭了她一跳，無論是百官，還是商賈、僧俗，居然都是齊心擁戴，甚至那滿城的萬歲之聲，多半也是對他發出的。原來是想沈傲底氣不夠，不足以謀朝，現在看來，人家只要舉舉手，便可君臨天下。

現在，太皇太后不得不重新審視起沈傲來。

太皇太后猶豫了一下，慢悠悠地道：「沈傲，哀家再問你一遍，你仔細聽著。」太皇太后站起，讓內侍把帷幔掀開，清晰地看到了沈傲那一張略帶風塵又英俊的臉，道：「趙氏的宗社還可以保存嗎？」

沈傲沒有猶豫，鄭重地道：「陛下待微臣恩重如山，趙氏的宗社無論如何都可以保存。」

太皇太后吁了口氣，道：「那麼哀家再問你，誰可以繼承大統？」

沈傲道：「晉王可以。」

太皇太后難以置信地看著沈傲，奇怪地問道：「你就當真不動心？」

沈傲灑脫地笑了，道：「微臣志不在此，況且晉王登基，對微臣來說再好不過。」

太皇太后不由地也跟著笑了，道：「好，哀家信你。那麼你打算如何處置趙恆？」

沈傲咬咬牙道：「殺無赦！」

太皇太后又皺起眉，道：「趙恆雖不忠不孝，昏聵無能，可若是殺了，只怕天下人

要非議的，弒君之名，你承擔得起嗎？再者說，他畢竟是宗室，是哀家的孫兒，不如黜其爲昏侯，令他爲先帝守靈吧。」

沈傲卻是不爲所動，道：「非殺趙恆不可。」

太皇太后見沈傲這般堅決，反倒默然了，心裏想，這人果然是楞子，看上去聰明，可是明明可以君臨天下，他卻一笑置之，偏偏在處置趙恆上頭這般堅決，廢黜了趙恆的皇位，和殺了他又有多少區別？難道沈傲就這般仇恨他？

沈傲卻不肯向太皇太后解釋，四顧了這景泰宮一眼，道：

「太皇太后年紀大了，景泰宮年久失修，若在這裏養老，只怕不妥。倒不如搬去萬歲山，現在先帝已經不在，那裏也荒廢了下來，晉王將來繼位，也不能讓他整日去萬歲山玩，荒廢了國政不是好玩的，倒不如太皇太后搬去那裏，先鳩占鵲巢，讓晉王老老實實待在宮裏才好。」

聽了沈傲的話，太皇太后不禁失笑道：「你怎麼滿腦子的鬼主意？像是巴不得晉王將來不得清閒一樣。」

沈傲卻是認真地道：「大宋需要一個好皇帝了。」

第二〇七章 治本之策

那工部尚書站出來道：

「荊州水流較急，若只是尋常的修繕，往往來年又垮，治河無非堵疏兩策，若是要堵，只怕未必能起到效果，工部也都擬定了章程，以為唯有疏通才是治本之策。」

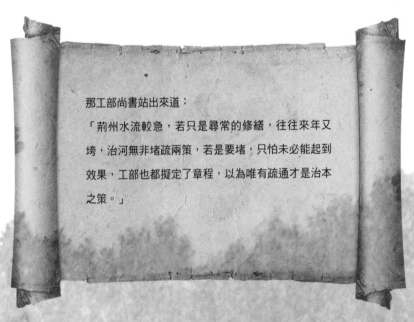

這一夜，不知多少人輾轉無眠，酷暑之夜，圓月當空，蟲鳴陣陣，各大府邸隱隱閃著燈火，燈火隱約黯淡，彷彿透著一絲煩躁。

輔政王府邸裏，顯得有些空曠，家眷都留在了泉州，沈傲到京之後，一人住在空蕩蕩的後院，府中的家僕也都走了大半，只有幾個老僕照料著他。好在外頭還有一隊隊護衛看護，每隔一些時辰，總有一隊隊護衛嘩啦啦地走過去，倒也不顯得寂寞。

沈傲獨坐在書房裏，顯得很靜謐，燭火搖曳，照得他有些昏昏欲睡，可是想要睡下，偏偏有些煩意。

趙佶居然下了罪己詔，忙不迭地昭告天下，宣布了自己的過失，言辭懇切甚至到了低三下四的地步。

這罪己詔也未必是沒有效果，可是在沈傲看來，罪己詔未免有些可笑了。罪己詔一下，趙佶便顛顛地跑去太廟，一副真心悔過的樣子，也像是在演一幕話劇一樣。

趙佶對沈傲透露出來的訊息很直白，他想活，想保全住帝位，不管這帝位的水份有多大，便是做一個被架空的天子，他也願意。

沈傲看了一會兒書，其實滿心想的卻是這可笑的一幕，成王敗寇，這句話本是不錯，可是成者必是順天，而敗者又有幾個是站得住腳的?所以順天應命者是成，正如沈傲，以輔政王之身入京取代趙佶，不止是他的羽翼之下有多少人肯爲他效命，而在於他代表了多數人的利益，無數人的身家性命都維繫在他一人身上，他若不成，則無數人告之以破產，無數人前途無亮，無數人黯然罷黜，無數人人頭落地。

趙恆到現在居然還沒有想到，這已不再是單純的私怨之爭，而是沈傲所代表的新興利益，與他那舊式利益的對抗。

更好笑的是，本應該站在趙恆一邊的舊式利益代表，那些王公貴族，其實也在潛移默化之中，從這個新興利益中攫取了好處，成爲了沈傲的馬前卒。

不是沈傲要放他，沈傲固然想要殺他而後快，可是就算沈傲想要保全他的帝位，只怕沈傲的身後，那些暗地裏推波助瀾、四處奔走的人也絕不會放心讓這個人繼續處在雲端之上，只要趙恆在位一日，不止是今夜，以後無數個夜晚，還是會有無數人食不甘、寢不安。

沈傲心不在焉地翻著書，也不知到了什麼時辰，外頭傳進低低地敲門聲，周恆在外頭道：「殿下，睡了嗎？」

沈傲叫了一句：「進來。」

書房的門被輕輕推開一角，周恆閃身進來，笑呵呵地道：「殿下這般用功，這麼晚還沒睡？」

沈傲放下書，含笑道：「三更半夜闖入一個獨身男人房裏，你要做什麼？」

周恆大叫道：「因爲我是你小舅子成不成？」

沈傲想了想，便笑：「好吧，算你過關。」

周恆正經起來，道：「殿下，有消息，方才從李邦彥家裏傳來的，說是李邦彥自盡了。」

沈傲聽到這消息，不覺得奇怪，只是道：「他死的倒是時候。」

周恆道：「與他同死的，還有他的兩個兒子，也都是懸梁自殺。」

沈傲頷首點頭，道：「我明白了。」

周恆一頭霧水：「殿下明白什麼？」

沈傲哂然一笑道：「他的罪，本該是株連九族，現在帶著兒子自盡，這即是要做個了斷，是要保全整個李家，死了兒子，不是還有孫子嗎？罷了，既然他有自知之明，那就留下他的一點血脈吧，事情到了這個地步，他能下定這個決心，我若是再斬盡殺絕，難免被人說成氣量狹隘。」

周恆滿是糊塗地道：「原來自盡也能透出這麼多東西？」

沈傲道：「人到了一個地步，一言一行爲何受人矚目？因爲他的一言一行都會透出訊息，你若是能琢磨出來，那便是有出息了。」

周恆吁了口氣，道：「到了殿下這個地步的人，活著真累。」

沈傲笑道：「所以說君子勞心，小人勞力，不是嗎？」

周恆大叫：「殿下又拐著彎罵我小人。」

沈傲緊著臉，道：「我沒罵。」

「你就罵了。」

被周恆這麼一鬧，沈傲還當真犯了睏意，打了個哈欠，在書房打了個盹兒。

到了辰時，周恆又來叫他，沈傲沐浴更衣，換了簇新的尨服，親自備了馬，在這霧騰騰的清晨，領著一隊校尉出了門。

宮城被皚皚的霧氣籠罩，透著一股琢磨不透的威嚴，紅著的宮牆將宮裏宮外阻隔，入了宮，就成了另一番世界，這裏有花團錦簇，有天大的富貴榮華，同時也有仇恨、有殺戮，有父子不能相容，有兄弟可以相殘。

這裏永遠都在上演一幕幕你死我活的權爭，住在這裏的人，似乎永遠都不知道妥協；妥協，只是懦弱者的希冀罷了。

宮門處已停滿了轎子，琳琅滿目，正德門已經準時開了，從宮門裏出來的不是禁衛，而是一隊隊校尉，大家見了，似乎也沒什麼不妥，雖是有內侍請諸位進去，可是大家卻像是相約好了的一樣，誰也不肯進去。

大老們仍然坐在轎子裏，闔目等待什麼。尋常的朝官三五成群低聲議論，眼睛時不

時看向薄霧騰騰的街道盡頭。

大家都有了默契，直到沈傲帶著護衛打馬過來時，人群才開始動了，沈傲下了馬，當先一人率先進宮，隨後才是楊真等人，最後大家一擁而入。

講武殿裏空蕩蕩的，沈傲進去時，趙恆已經坐在御座上了。

第一眼看到沈傲，趙恆的心不禁提了起來，今兒清早，他也收到了消息，李邦彥李中書當真自殺了，這一下，讓趙恆慌了神。如今，連宮中的禁衛都換上了校尉，趙恆感覺自己已成了案板上的魚肉，隨這姓沈的任意宰割了。

趙恆最後還是打起了精神，不管如何，他還是皇帝，是天子，自古以來，廢黜天子的臣子都不得人心，不得好死，姓沈的不會沒有顧忌，只要自己還穿戴著這袞服，帶著這冕冠，趙恆才覺得自己不必有什麼好怕的。

他牢牢地坐在御座上，目視著沈傲，不防沈傲也抬起頭，直視著他，這樣的眼神，彷彿不是趙恆居高臨下地看著沈傲，反而是沈傲赤裸裸地逼視他一樣。

趙恆心裏有些喪氣，有些氣惱，可是又無可奈何，他從沈傲的目光中察覺出了一絲冰冷，一絲痛恨和嘲弄。這種複雜的眼色，讓趙恆不禁打了個冷戰，隨即強打精神，讓自己不再理會這叛臣。

「朕要活下去，朕還是天子，一定不能……一定不能讓此人得逞。」趙恆冒出這個念頭。

群臣們也熙熙攘攘地進來，以楊真爲首，朝趙恆行禮，一起道：「參見陛下。」

群臣轟然拜倒。這個大禮，讓趙恆心裏燃起了幾分希望，看到黑壓壓跪下的百官，趙恆心裏想：「不管如何，朕還是皇帝，你們這些叛臣，還不是要乖乖地給朕屈膝行禮？」

可是當趙恆搜尋到沈傲的時候，卻發現滿殿之中，獨獨沈傲如鶴立雞群，佇立不動，沈傲沒有跪，臉上仍是一副嘲弄的樣子。

趙恆先是勃然大怒，隨即又有些不安了，這是一個信號，讓趙恆不禁想著這姓沈的到底要做什麼，難道當真要弒君嗎？

趙恆儘量平靜地道：「有事早奏、無事退朝。」

百官們站了起來，楊真率先道：「陛下，門下省昨日收到消息，荊州河堤決口，淹沒三縣，數十萬百姓受災，荊州知府上疏陳詞，請朝廷賑濟。」

此時正是夏汛時期，幾乎每隔幾日都有洪澇之災，尤其是兩江、兩河之地，倒也是稀鬆平常，換作是往常，大家照舊表個態即是，然後按部就班，該如何就如何，不管這災情能不能緩解，至少朝廷也要拿出點災糧來意思意思，可是趙恆聽了，卻沒有表示，反而向沈傲道：「沈愛卿以爲如何？」

沈傲淡淡道：「荊州素來水患不斷，賑濟是表，修繕河堤卻是本，朝廷若是不能雙管齊下，年復一年的賑濟也不是辦法，倒不如先讓戶部撥出錢糧賑濟，再令工部督辦河工。」

「有理，這才是謀國之言。」趙恆露出喜色，道：「就按輔政王說的辦，門下照著這個擬旨意吧。」

那工部尚書卻站出來，道：「工部不是沒有修繕過，可是荊州水流較急，若只是尋常的修繕，往往來年又垮，治河無非堵疏兩策，若是要堵，只怕未必能起到效果，工部也都擬定了章程，以爲唯有疏通才是治本之策。」

趙恆不禁道：「既然如此，那便疏通了吧。」

趙恆話音剛落，幾乎所有人都用看神經病的樣子瞧著趙恆，連沈傲也不例外，他這句話倒是說得輕巧，像是一句話就能把問題解決一樣，這工部的章程早就擬定好了的，爲什麼遲遲不肯說，自然是因爲這疏通背後有更大的麻煩而已。

趙恆見狀，不禁問：「怎麼？朕說錯了嗎？」

趙恆說的也並非是錯，須知朝廷之中每一道政令，都是經過縝密思慮的。就比如這河工，所謂治標和治本，其實都是取捨問題，與好壞無關。

就比如要堵，自然要時刻面對河堤決口的風險，可是損失卻是間斷性的，一個河堤，大致也就三四年決口一次，損失還能承受。可是要疏，就要有蓄水的地方，那麼就可能要遷徙數縣的人口到別處去，將數縣的土地變成汪洋了。

方才提到堵疏兩個辦法的時候，其實所有人的心裏都在權衡，堵雖不是最好的辦法，可畢竟損失不大；而疏非但要糜費萬金，而且還要大量地徵調徭役，要遷徙人口，這陣仗就大了，說不準是要激發民變的。

所以朝廷的決策，每一次都是左右權衡利弊之後才小心謹慎執行，因爲任何決策有好就會有壞，而任何一個決策都會讓人歡喜的同時也有人愁。比如漢武帝北伐匈奴，對邊鎮的百姓來說，朝廷要一勞永逸地解決掉匈奴之患，當然是高興都來不及。可是對關內的百姓來說，爲了解決一個匈奴，大量地糜費朝廷的錢糧，大量地徵調徭役，透支國力去做這種沒有意義的事，對他們的利益就有損了。

金戈鐵馬，一勞永逸，固然讓人嚮往，可是窮兵黷武，也未必是一件好事。漢武帝之所以能名垂青史，並不是他有出擊匈奴的決心，而在於他出戰的決定絕不是一拍腦袋就想出來的，而是經過縝密思索，反覆的推演，在確認國庫足以支持，漢軍勝算極大的情況之下，才痛下決心，如此，才奠定了這千秋偉業。

同樣是出戰，隋煬帝就不同，隋煬帝征高麗，靠的卻是一時意氣，只因高麗不肯朝見，便勃然大怒，三征高麗，不考慮國庫能否承受，也不考慮高麗的軍力和地理，貿然

出擊，最後鎩羽而歸，因此又二征、三征，憑的全是一時意氣，雖然最後總算勝了，結果卻是得不償失，國庫空虛，最後也成了大隋滅亡的一個決定性因素。

說白了，打仗是好事，也是壞事，發動戰爭會有人支持，也會有人反對，因爲世事本就沒有絕對，任何一個決策，都會有人得益，有人受損，最重要的是，朝廷的決策需要考量，需要反覆的思索，要推演，甚至要小心翼翼的嘗試，才能推廣。

而趙恆一拍腦袋，便作出梳理河道的決策，這在群臣們看來，實在有點兒像那句傳說中的「何不食肉糜」了，都是白癡的一種昏話。

許多人暗暗搖頭，不過文武們對趙恆早已失望透頂，倒也沒人心寒，反而有不少人看笑話。

趙恆見他的話無人回答，心裏又怒又覺得尷尬，只好道：「此事朕再思量思量，不過現在還是賑濟要緊，還有事要奏嗎？」

文武百官們多默契著不說話，許多人的目光都向沈傲投過去。

沈傲撇了撇嘴，慢吞吞地站出來，道：「陛下！」

趙恆哪裡敢不應？連忙道：「沈愛卿有什麼事要奏？」

沈傲淡淡道：「本王扶著先帝靈柩入城時，瑞國公卻是帶著禁軍攔住了本王的去路，說是本王謀逆造反，奉旨剷除本王這奸黨。本王要問，陛下可曾發過這道旨意？」

這一句話把趙恆嚇得不輕，如今想來，自己做的這件事，實在是搬石頭砸了自己的腳，到了現在，他怎麼肯認？連忙道：「哦？瑞國公說奉旨誅殺輔政王？哼，他太大膽了，竟敢假傳聖旨。」

沈傲嘲弄似地看著他，道：「陛下當真沒有發過旨意？」

「絕沒有的事。」趙恆信誓旦旦地道。

沈傲便道：「既然如此，那就好辦了，瑞國公假傳聖旨，罪不容誅，陛下以爲如何？」

瑞國公畢竟是趙恆的小舅子，趙恆這時反而遲疑起來，道：「或許只是誤會也不一定，輔政王大人大量，何必與他計較？」

沈傲原本慵懶地闔著眼，這時候似乎就等趙恆這一句話，雙眸陡然一張，變得咄咄逼人起來，道：「陛下既然說是誤會，這就好極了，既是誤會，瑞國公又身分不淺，索性今日就御審此案，查個水落石出。若是瑞國公另有所圖，自該是碎屍萬段，可要當真是誤會，本王也決不再糾纏此事，陛下以爲如何？」

趙恆嚇了一跳，若是當真審起來，說不準會審出自己的聖旨來，立即嚇得連連道：

「這……這……」

楊真見狀，哪裡肯給趙恆臺階下？也從班中出來，跪倒在地，道：「請陛下御審此

案，還瑞國公一個清白。」

楊真打了頭，滿朝文武轟然而出，紛紛拜倒：「請陛下徹查。」

事情到了這個份上，已經沒有趙恆回絕的餘地，趙恆臉色又青又白，心裏僥倖地想，瑞國公是朕的心腹，既是御審，有朕看著，自然不會對一個國公動刑，只要他咬死了是一時糊塗，倒也未必沒有挽回的餘地，便道：

「好，朕准奏了，來人，帶瑞國公上殿。」

沈傲的臉上露出一絲不易察覺的笑意，朝趙恆道：「既然要審，此事又涉及到了本王，那麼本王懇請陛下准許本王做這主審官，如何？」

趙恆不知沈傲又要打什麼主意，不禁含笑道：「輔政王要做主審倒也可以，不過話說回來，瑞國公與朕畢竟有郎舅之親，輔政王要主審，不可對其動刑，如何？」

趙恆如此放低姿態，實在也是沒有辦法的事，此時沈傲已是一手遮天，雖然未必敢直接弒君，可還是不要惹怒了他的好，這沈楞子可是什麼事都敢做的。

沈傲笑道：「好極了，可若是要召人證過來，是否可以？」

趙恆心裏想，此事只有三人知道，李邦彥已經死了，朕自然是絕不肯說的，至於瑞國公，只要無人拷打，哪裡會肯招出來？

趙恆便道：「好。」

沈傲似乎還不放心，又道：「這麼說，陛下可是授予本王全權了？」

趙恆向沈傲示好道：「沈愛卿是我大宋柱國，朕豈會信不過沈愛卿？」

沈傲點頭道：「本王還有個不情之請。」

趙恆道：「沈愛卿但說無妨。」

沈傲道：「此事關係重大，事情涉及到了陛下、瑞國公和本王，只怕非要請太皇太后當面垂聽不可。」

沈傲突然搬出太皇太后來，卻是趙恆沒有預料到的，只是現在要拒絕也爲時已晚了，只好沉著眉，道：「來，請太皇太后。」

其實不止是趙恆，這滿堂的文武都不知道沈傲又鬧什麼玄虛，聽說輔政王要審案，都覺得新奇，一個個都打起精神，想看看這輔政王今日能玩出什麼花樣。

過不多時，盛裝的太皇太后乘著鳳輦擺駕到了講武殿，沈傲對她與對趙恆相比就恭敬得多了，不但親自跪迎，還攙扶著太皇太后一直至金殿一側坐下，而太皇太后也並不去理會趙恆，含笑對沈傲道：「怎麼？審個案子也要叫上哀家？」

沈傲道：「事關重大，非要太皇太后親視不可。」

太皇太后見沈傲一副事關重大的樣子，也就點了頭，道：「好，哀家知道了。」

其實太皇太后心裏頗爲滿意，趙佶駕崩，換上來個皇孫竟是對她這般冷落，讓她寒

透了心，沈傲就不同了，不管是什麼事都向她再三垂詢，遇到了事也肯請她出面，這讓太皇太后心裏好受了一些，看到沈傲，居然讓她想起了趙佶，雖然沒有哭，可是心裏又覺得有些酸酸的，想：「哀家那皇兒若是在，只怕也依然與這沈傲一般無二的孝順。」

趙恆見沈傲與太皇太后熱絡地在低聲說著什麼，心裏微怒，卻又無可奈何，偏偏要作出一副悠然的樣子。

再過了一會兒，瑞國公便被人駕著來了。上一次沈傲踹了他的下襠又砍了他的肩，至今還重傷未癒，今兒清早好不容易蘇醒，用過了藥之後傷情好轉了幾許，心裏正焦急趙恆的處境，趙恆若是倒了，他這皇上的小舅子也是性命難保，這個道理，他怎麼會不知道？

隨後，宮中便來了人，請他去宮中，說是要御審，好端端的一個國公，突然間變成了御審的對象，方啖大驚失色，嚇了個半死，可是又不敢不來，只好叫人駕著他入了宮。

這一路過來，真不知有多少擔驚受怕，他想了無數個可能，直到進了講武殿，才發覺事情並沒有壞到讓他絕望的地步。

金殿上的趙恆仍然高高在上，皇上還是皇上，方啖認清了這一點，總算是放下了心。

方啖被人抬著，四肢不能活動，只能對金殿上的趙恆道：「微臣不能行禮，請陛下恕罪。」

趙恆見了方啖來，連忙道：「今日輔政王有些話要問你，你既是身體不便，也不必擔心，輔政王並不會對你如何，只是問幾句話而已，你如實回答就是。」

趙恆的話中隱含著幾分告誡，是讓方啖放下心，不必害怕沈傲動刑。

方啖道：「臣遵旨。」

沈傲也是開門見山，搬了個椅子在金殿下正襟危坐，冷冷地問：「殿下何人。」

雖是明知故問，可是言辭很是冰冷，讓方啖不禁感受了幾許壓力，方啖答道：「下官瑞國公方啖。」

沈傲淡淡道：「方啖，本王問你，先帝靈柩到了京城，你是否帶了三萬禁軍出城？」

方啖道：「下官是奉旨行事。」

沈傲笑得更冷，道：「既是奉旨，這麼說，你在城外與本王說奉旨討伐沈黨，又說本王乃是奸賊，陛下已有密旨，令你誅殺，這句話是真是假？」

方啖一時詞窮，可是他畢竟不是蠢人，事到如今，是萬萬不能牽涉到趙恆的，連忙分辯道：「下官只是說笑而已。」

「說笑？」沈傲冷笑道：「是說笑還是假傳聖旨？」

承認了，就是讓趙恆與沈傲公開決裂，以現在趙恆的處境，只怕趙恆的皇位不保，他方啖的人頭也要落地。可是不承認，人家又要賴一個假傳聖旨，方啖唯一的選擇只有一個：「下官只是說笑。」

沈傲冷哼一聲，道：「拿著聖旨和皇上來說笑？」

方啖道：「下官當真是說笑，別無它意，下官在汴京，早就聽說殿下風趣，因而藉故與殿下玩笑，是下官孟浪，請陛下與殿下責罰。」

沈傲怒道：「你還要抵賴？」

方啖方才得了趙恆的暗示，知道沈傲不能對他動刑，再者說這裏是講武殿，皇上和太皇太后也在看著，沈傲便是有天大的膽，也總要注意一些形象，不至於出爾反爾，這時候他反倒定下了神，無論如何也是不能鬆口的，便道：

「下官絕無抵賴，陛下對輔政王甚是倚重，屢屢對下官說，輔政王有經世之才，治國安邦皆賴輔政王也，試問陛下說出這番推心置腹之詞，豈會下旨誣輔政王爲叛黨？下官身爲皇親，只是有些得意忘形，說錯了話，還請殿下恕罪。」

沈傲的眼眸裏閃過一絲狡黠，淡淡地道：「只是說錯了話？本王看你是不肯招認了，既然如此，來人，把人證帶進來。」

滿朝文武，包括趙恆在內，都不曾想到沈傲連人證都找到了。趙恆此刻有一種不好的預感，這沈傲明顯是意有所指，早有準備，莫非當真是有鐵證？

可是在此之前，趙恆已經當著眾多人宣布讓沈傲御審，連太皇太后都請了來，這時候就算反口也來不及了。

過不多時，便有兩個如狼似虎的校尉押了一個內侍來，趙恆定睛一看，竟是從前跟著自己在東宮的隨侍內侍劉進，駭然道：「他是朕……朕的……」

沈傲冷冷回眸看了趙恆一眼，道：「陛下方才說，讓本王御審，就是陛下也不許干涉，君無戲言，莫非陛下要反悔嗎？」

趙恆感受到了沈傲的眼神中殺人的目光，只好把後頭的半截話吞回肚中去。

沈傲看著這內侍，言語冷酷地道：「說，你叫什麼名字。」

「奴才劉進。」

劉進也是稀裏糊塗地在宮裏被校尉抓了來，事先一點風聲都沒有，這時見沈傲冷眼看著自己，嚇得腦後冷颼颼的，哪裡敢有隱瞞？

沈傲繼續道：「本王再問，你從前在哪裡做事？」

劉進道：「曾在東宮隨侍陛下。」

「這麼說，你是陛下的心腹了？」

劉進不敢吭聲了，小心翼翼地看了趙恆一眼。

沈傲繼續道：「那本王問你，宣和三年臘月初九，你去了哪裡，見了誰？」

聽到宣和三年臘月初九，劉進思索了一下，臉色頓然驟變，忙道：「奴才忘了……」

沈傲冷笑道：「忘了？不會吧，這麼大的事，你也會忘？你當本王好欺嗎？來人……」

「在。」兩個校尉毫不猶豫地從腰間掏出小匕首來，想是早有準備。

講武殿歷來不准帶兵刃進入的，除了沈傲那御賜的尚方寶劍，百年來從未壞過規矩，這時候滿朝文武見了，都是大驚失色。

趙恆差點兒沒有昏厥過去，期期艾艾地道：「輔政王你……你……」

「住口！」沈傲猛地站起，聲色俱厲地大喊一聲：「誰敢多言，殺無赦！」

誰也不曾想，沈傲這時候竟是爆發出如此怒火，一時間誰也不敢說話，什麼祖法，什麼規矩都拋到了九霄雲外。

「動刑！」沈傲大叫一聲。

兩個校尉二話不說，一個按住了劉進，另一個直接抓住他的手，狠狠地將他的手展開放在地上，用腳踩住，伸出劉進的食指出來，用手上的匕首狠狠一剁，劉進淒厲大吼一聲，血光濺開，一截手指已斬了下來。

這樣的一幕，把太皇太后嚇得不輕，不過太皇太后畢竟是見過大風大浪的人，深望沈傲一眼，心知沈傲必有用意，也就不發一言。

至於趙恆，只剩下身如篩糠了。

沈傲又問：「說，宣和三年臘月初九那一日，你去了哪裡，見了誰？」

劉進咬著牙，痛得死去活來，含含糊糊地道：「奴……奴才忘了！」

沈傲又是冷笑：「你忘了是嗎？好，那本王就叫人來提醒你，來人，帶第二個證人。」

好端端的一個御審瑞國公，審到了現在卻讓所有人暈頭轉向了，不知道這沈楞子到底劍指何方，可是等到第二個證人被帶到時，又是滿殿譁然。

認識這證人的人不少，此人曾給先帝練過丹藥，先帝臨死之前，也早有御醫曾隱隱約約透露先帝的死與這丹藥有關。

許多人醒悟，審的是瑞國公，問的卻是先帝毒殺一案，看來……

那一道道目光，都落在了沈傲身上，沈傲的臉色猙獰，竟如憤怒的雄獅，赤紅著眼睛按住了腰間的劍柄，整個人佇立在殿下，一副神聖不可侵犯的樣子，讓人不自覺地望而生畏。

太皇太后也不禁霍然而起，嘴唇顫抖，手指著那術士想說什麼，卻是一字都吐不出，想必也是太激動了，一旁的敬德看了，連忙將她扶住。

金殿上的趙恆喉結滾動，露出不可思議的目光，霎時醒悟，似乎明白了什麼，整個人癱在了御座上。

第二〇八章 嬌妻如雲

從前的沈傲，不顧一切地去奪取名利，一步步攀升，
如今已是位極人臣，富有四海，嬌妻如雲；
可是現在，他又發覺自己所要的，
似乎還有一種東西，這東西摸不著，也猜不透，
偏偏卻綻放著誘人的氣息，讓沈傲欲罷不能。

沈傲的目光如刀一般在那術士身上掃過，指著內侍劉進厲聲問術士道：「這個人，你認識嗎？」

術士偏頭仔細辨認了劉進一眼，道：「小人認得。」

沈傲問道：「你叫什麼名字，爲何會認得他？」

術士道：「小人黃亭，河間府人，與宮裏一個叫劉鄖的公公是同鄉，劉鄖公公見我落魄，說是有一樁富貴要送給我，我當時吃了豬油蒙了心，又尋不到什麼生業，便答應下來，後來劉鄖給了我一百貫錢，卻不叫我做什麼，而是讓我去一個道觀裏修行，足足過了一年，才又來尋我……」

沈傲不耐煩地道：「本王要問你的是，這劉進是怎麼回事？你在何時見過他的。」

黃亭嚇得不輕，經過拷打之後，他倒是真正老實了，一點也不敢隱瞞，道：「就在宣和三年臘月初九那一天，劉鄖公公尋了我，說有個貴人要見我，便帶了我去一處宅邸，就見到了這個公公，這個公公給了我一個秘方，說是要提攜我，還說將來能到先帝身旁做事，有取之不盡的榮華富貴……」

事情到了這個份上，真相已是呼之欲出了，滿殿霎時譁然起來，先帝原來竟當真是被毒殺的，更有不少大臣不禁潸然淚下。

沈傲的目光又重新落回到劉進的身上，道：「這麼說，先帝是你指使毒殺的？」

劉進這時已是魂魄出竅，嚇得肝膽俱裂，連忙矢口否認道：「不……不是……」

沈傲冷笑道：「這麼說在你的背後，還有人指使你？」

劉進偷偷看了趙恆一眼，又搖頭，道：「奴……奴才不知道……」

「不知道是嗎？毒殺先帝的主謀便是弒君謀逆之罪，本王查過，你是穎昌府人，家裏還有父母，有兩個兄弟，兩個兄弟下頭，還有七個子女，更有六個侄孫，除了這些，你的那些遠親，那些鄰居，都在九族之列，非但你要受千刀萬剮之刑，但凡和你沾親帶故的，都是車裂之罪。你若是坦白從寬，把主使你的人說出來，本王只殺你一人，可要是抗拒到底，按規矩，便是滅你滿門。」

劉進嚇得癱了過去。

金殿上的趙恆此時醒悟，不禁大叫道：「不要審……不要審了……」

趙恆的話，此刻誰都沒有理會，朝中之人的目光俱都落在了劉進的身上。

沈傲逼視著劉進，冷冷道：「你不說？你是宮裏的人，也知道犯了這麼大的事，早晚有你開口的時候，何必要做別人的替罪羊？快說，到底是誰指使你毒殺先帝的？」

劉進的面色蒼白如紙，一副似乎還在猶豫的表情。

沈傲淡淡道：「來人……用刑吧。」

聽到沈傲的話，劉進的心底防線立時給驚嚇得徹底崩潰，道：「奴才說，奴才

說。」

他畢竟是宮中的人，多少知道這裏頭的規矩，犯了這麼大的事，正如沈傲所說，便是想死，人家也未必肯讓他死，更何況還要添上闔家闔族，與其如此，倒不如痛痛快快說出來。

劉進道：「宣和三年臘月初九那一日，奴才確實見過方士黃亭，是……是奉了陛下的意思，令爲他先帝煉製丹藥，不過此事還要見機行事，雖是見過了他，也只有一面之緣，具體的事宜，是另一個內侍負責。」

沈傲冷笑，問：「那個人可叫劉鄖？」

劉進道：「沒錯，正是他。」

沈傲道：「可是他此前已經病死了。」

劉進道：「其餘的，奴才都不知道，只知道劉鄖奉命尋找術士，奴才……」

事情到了這個份上，已是水落石出了，群臣目瞪口呆，腦子皆是一時間沒有反應過來。原本對趙恆，他們的印象只是昏聵二字，況且趙恆的存在，已經損害到了他們的利益，對他們來說，擁護沈傲奪權只是涉及到利害關係的問題，可是誰曾想到，趙恆竟是弑君弑父之人。

所有人的目光都朝金殿上看去，金殿上的趙恆已是面如死灰，整個人像是呆了一樣。

這件事原是極爲隱秘，總共也就那麼寥寥可數的幾個人知道，趙恆不會想到，最後居然在此時此刻，讓沈傲借著御審的機會公佈於眾。

趙恆豈會不知道事情公佈出來的後果？此刻他的腦子已是嗡嗡作響，一點反應都沒有了。

「逆孫！」太皇太后已是怒不可遏地站起來，目視著趙恆，眼中似要噴出火來。

沈傲卻只是淡淡道：「來人，把黃亭和劉進二人押下去，擇日問斬。」說罷又朝向方啖道：「瑞國公，方才的證詞，你聽到了嗎？」

方啖目瞪口呆，心知大事不妙，驚愕地看了趙恆一眼，卻還是搖頭道：「下官什麼都不知道。」

「你不知道？」沈傲淡淡地繼續道：「那本王再傳個人證給你看。來人，將第三個證人帶上來。」

還有證人……

文武百官已是吃驚到了極點，趙恆弒父的事還沒有消化過來，已有校尉又拎著一個人進來了。

帶進殿的人衣衫襤褸，身上傷痕累累，百官之中仔細辨認，都覺得此人很是陌生。

校尉將人押上殿，這人立即哭哭啼啼地跪求哭告：「學生萬死，萬死……」

沈傲冷冷道：「說罷。」

「是……是……我說……學生叫劉文靜，懷州人，家父曾在遼東做過一些生意，後來殿下清查懷州商賈之事，家父……家父……是死有餘辜……可是學生心裏不平，對殿下常有抱怨之詞，再後來，李邦彥尋了我，叫我去尋金人，給金主完顏阿骨打送一封書信……」

劉文靜想必早已吃夠了苦頭，招供得倒是爽快，一點拖泥帶水都沒有。

沈傲淡淡道：「書信？誰的書信？」

「皇上的書信……」

又是趙恆……

這一下當真是舉朝譁然了，女真與大宋的戰爭迫在眉睫，那時候的監國太子卻送給金人書信，這書信裏寫著什麼，只怕用屁股都能想出來。

若說弒父是道德問題，那麼通敵就是賣國了，這兩樣哪一個都不是朝中袞袞諸公能夠接受的。

沈傲冷冷一笑，道：「這份書信，現在就在本王手裏。」他從袖中取出一份書信來，直接走到氣得瑟瑟發抖的太皇太后身邊，道：「請太皇太后過目。」

太皇太后接過信，只略略看過一眼，勃然大怒道：「貽笑大方，趙氏的臉面都丟盡了。」

趙恆這時候目瞪口呆，依然一點反應也沒有，只是喉結不斷滾動，既是驚訝又是恐懼。

沈傲旋過身，目光又落在方啖的身上，道：「瑞國公，還要本王來尋證據嗎？本王再問你，到底是你假傳聖旨，還是這聖旨確有其事？方才這些人的下場你已看到，你自己想清楚一些，是自己背這黑鍋，還是道出真相來。」

事情到了這個份上，一個弒父、一個通敵，趙恆是鐵定完了，方啖哪裡還敢再抵賴？心理防線迅速崩潰，道：「下官不敢再隱瞞，這……陛下確實下過一道旨意，讓下官誅殺殿下，討伐沈黨。」

沈傲冷笑道：「本王有何罪？陛下為何要誅殺本王？」

方啖期期艾艾地道：「陛下說殿下圖謀不軌，是亂臣賊子。」

沈傲哈哈大笑起來，隨即旋過身，面向金殿，狠狠地瞪著趙恆，一字一句地道：「陛下，臣已經審完了。」

趙恆默不做聲，好不容易才打起一點精神，道：「嗯……嗯……朕知道了。」

沈傲踏前一步，上了金殿的玉階，道：「可是本王有一句疑問，陛下當真視本王是

亂臣嗎？」

趙恆吞吞吐吐地道：「沒……沒有！」

沈傲冷笑道：「陛下身爲天子，爲何出爾反爾？明明下了聖旨，指斥本王是亂臣，現在卻又矢口否認，難道一點擔當都沒有？」

這一句話戳穿了趙恆的自尊，趙恆不禁怒道：

「好，你要朕說，朕就說，朕做太子十幾年，父皇卻只寵幸你這種外臣，冷落我這嫡長子嗣，你們搬弄是非，竊奪我大宋神器，不是亂黨又是什麼？沈傲……你就是亂臣賊子，朕只是恨不能誅殺你，否則又何至於有今日？」

沈傲大笑，一步步走上金殿，這高高在上的丹墀之上站著兩個人，一個凜然佇立，龍行虎步，宛若天神；另一個卻是佝僂著身子，臉色不定，失魂落魄。

丹墀之上，從來只有一個能站著，一山不容二虎，更何況是這至高無上的皇權？群臣們仰目觀瞻，可是誰都沒有做聲，更沒有人站出來，告訴沈傲已經逾越了自己的身分。

沈傲笑夠了，冷冷地打量著趙恆，一字一句的道：「陛下弒殺君父，通敵賣國，構陷忠良，這難道就是君王該做的事？事到如今，陛下有何打算？」

趙恆臉色蒼白，嘴唇哆嗦了一下，鼓起勇氣攥著拳頭道：「朕是天子，受命於天，你是何人？竟敢指摘朕的過失？若你還知道一分君臣之道，就快速速退下請罪，朕赦你無罪。」

沈傲的臉漸漸冷了，手按住了劍，整個人散發出一股讓人畏服的氣勢，一字一句地道：「本王若是不退下呢？」

趙恆嘶啞著聲音道：「你……你難道敢弒君嗎？」

沈傲緩緩抽出腰間的尙方寶劍，長劍光芒一閃，下一刻，劍芒已刺入趙恆的腹部，沈傲用盡全力，身體也貼在了趙恆身上，低聲在他的耳畔道：「陛下敢，本王爲何不敢？」

趙恆的鮮血濺射了沈傲的一身，趙恆難以置信地看著眼前這用嘲諷的眼睛打量他的人，用盡了全身的氣力，捂住了腹部，踉蹌了幾步，才發現滿殿之中儘是沉默，沒有人替他說話，沒有人站出來，所有人都是一臉的漠視，他一字一句地道：

「你們……你們怎敢……朕……受命於天……是爲天子……王者承天意……你……你們……」

趙恆再也說不下去了，無奈何地倒在血泊之中，鮮血浸染了丹墀，順著臺階流淌下去。

沈傲收回了劍，旁若無人地旋過身，從這丹墀之上向下俯瞰，講武殿內，誰也沒有

說話。

鴉雀無聲，足足一炷香時間，連咳嗽的聲音都沒有。

沈傲這時候在想什麼?連他自己都不知道，站在這裏，他彷彿看到了萬里的山河，看到了千千萬萬的芸芸眾生，站在這裏，他似乎有了一種欲望，生殺奪予，皆在一念之間。他還看到，天子暴怒，在萬里的邊疆，因爲這丹墀上的怒火，無數的人在廝殺，曠野上的伏屍層層疊疊，鮮血流到了千里之外。

他站著，像是成了一名畫師，他提了筆，蘸了墨，墨汁飽滿，而在他的身下，一幅萬里長的畫卷一覽無餘，畫卷中有歌舞昇平，有人間困苦，人生百態，而他握著筆，似乎在思考，在疑慮，因爲他下筆時，改變的不止是這萬里的山河，而是千千萬萬人的命運。

沈傲闔上眼睛，深邃的眼眸中，閃露出一種從未有過的光澤，他的身上仍然染著血，血水順著袍袖滴淌，他微微抬起下巴，眼睛直視著遠方，帶著一種無與倫比的驕傲，微微張開了口。

他的口裏一張一合，可是沒有發出聲音，因爲這個聲音，只有沈傲自己才能清晰聽見：

「朕受命於天，是爲天子。」

這時候，太皇太后終於回過神來，方才沈傲的舉動實在讓她有些反應不過來，心情複雜地看了沈傲一眼，陡然覺得這個人立在丹墀之上，竟有幾分君臨天下的氣概。

太皇太后心中一驚，立即對敬德耳語一句，敬德頷首點頭，站出來，朗聲道：「太皇太后懿旨。」

這一聲斷喊，讓所有人都回過神來。

沈傲走下丹墀，拜倒在地：「臣沈傲接旨。」

文武百官紛紛跪倒在地：「臣接旨。」

原本的懿旨，自然是不能念了，畢竟此前趙恆的罪狀只是天怒人怨，只是昏聵無道，而現在，這幾條罪名已是蒼白無力，真正的罪狀只一個弒父之名，便足以讓他死無葬身。

天子雖然神聖，雖是受命於天，可是真正的正統卻是血緣的繼承，只有流著皇室的血脈，在嫡長子制的禮法之下才是名正言順。趙恆是嫡長子，也正是這亙古傳下的禮法，才給予了他這個名份。

只是皇權之上，隱隱還有一個約束的力量，那便是禮，禮之不存，國必亡。所以對這天下來說，禮法最爲重要，禮法可以用來約束臣民，同時也可以用來約束宮室，趙恆觸犯的恰恰是禮法中最不能容忍的一條——弒父、弒君。

君君、臣臣、父父、子子，趙恆之所以受人尊重，他的權力來源也正是因爲禮法中的這句話，可是一旦他弒殺了自己的父親，自己的君上，那麼他就已經破壞了這個法則。他從趙佶繼承而來的正統性也變得蕩然無存。

敬德隨機應變，直接道：「太皇太后懿旨：皇子趙恆，弒君罔上，通賊竊國，今已伏誅……」

這一道懿旨，也算是蓋棺定論，算是做了一個總結。

只是懿旨的最後，卻是這麼一番話：「國不可一日無君，今先帝新喪，眾臣可速速推舉賢良宗室子弟，繼承大統，以安國家。」

敬德念罷，已退到了一邊。

趙恆完了，主持這朝議的，自然成了沈傲，沈傲坐在丹墀下的椅上，道：

「諸公，太皇太后的旨意已經明言，國不可一日無君，只是不知宗室之中，誰可繼承大統？」

滿朝文武這一下總算打起了精神，不管如何，現在最緊要的是挑選出一個新皇帝來，趙恆死有餘辜，可是這國家總還得要有個人來做主，不少人心中已有了人選，可是事到臨頭，卻又謹慎起來。

太詭異了，殺趙恆，絕不會是輔政王率意而爲，那麼太皇太后此前難道就沒有與輔政王商議過？一定有過商議，而且今日這朝議，本就是太皇太后和輔政王串通好的，他們既然已經決定除掉趙恆，難道心裏就沒有新皇帝的人選？

人選一定有，現在只是走走過場，看大家怎麼說罷了。

能站在這講武殿的，哪個不是久經宦海的老狐狸？這麼一想，立即就想通了，既然是走過場，自己貿然推舉出一個皇子來，到時候若是太皇太后和輔政王不滿意，難免對自己有看法，這個時候還是不要節外生枝的好，一不小心，可就要陰溝裏翻船。

所以滿殿又都是沉默。

沈傲顯得有些不滿意了，又問了一遍道：「事情緊急，諸位不必多慮，儘管暢所欲言吧。」

大家都裝糊塗，有人道：「殿下，臣等愚鈍，還請太皇太后和殿下擇選賢明。」

沈傲不禁啞然失笑，心裏對這些老狐狸認識更深了幾分，便道：「本王豈敢做主？宗社之事，自然該太皇太后定奪才是。」

大家把皮球踢給沈傲，沈傲索性踢給太皇太后，踢皮球是在場之人最擅長的事，水準絕對讓後世國足高山仰止。

太皇太后聽了，不禁為之氣結，要她來說？她總不能厚著臉皮說晉王可以吧？這種事，當然是群臣再三懇求，輔政王一力促成，她這太皇太后再猶豫再三，推拒幾下，最

後才扭扭捏捏著鼻子認了的。

太皇太后不禁瞪了沈傲一眼，淡淡道：「哀家是個婦道人家，外朝的事哪裡知道？諸位都是國家柱石，哀家當然聽聽你們怎麼說。」

結果大家都不說，都裝傻子了。百官們不說，是怕說錯了話，若是平日的時候暢所欲言倒也罷了，可是這節骨眼上卻是一字都不能錯的，這是很嚴重的政治問題，若是今日推舉了一個皇子，結果是另一個皇子登基，將來的皇帝想起今日這一幕會如何想？這烏紗帽還想頂在頭上嗎？

至於沈傲，其實也有考量，晉王是自己的岳父，這人名聲太臭，自己若是厚顏無恥地說晉王賢明，多半會被人笑掉大牙，沈傲不是什麼愛惜羽毛的人，可是總覺得在這講武殿裏睜著眼睛說瞎話實在是一件羞澀的事，當然不肯開這個頭。

這時候太皇太后又來催問，倒讓沈傲爲難了，沈傲只好板起臉，道：「太皇太后說的是，你們都是國家柱石，這等事，自然要群策群力，怎麼能個個推諉，楊真，你是門下首輔，你先來說。」

被沈傲點中，楊真不禁苦笑，這是把自己這把老骨頭往火坑裏推啊，不過楊真畢竟是有幾分擔當和膽色的人，這時候也當真是爲朝廷考量，他正色道：「皇九子康王趙構，素有賢明，頗有文采，可以安國。」

他這寥寥數語，立即讓太皇太后面露不喜之色，眼睛立即又看向沈傲，給沈傲使眼色，沈傲也是無語，心裏想，你自己說要問大家意見的，現在意見出來了，傻眼了吧。看來這爛攤子還得自己來收拾，這壞人也只有自己來做。

沈傲沉默一下，道：「趙構生性懦弱，不可以。」

楊真見沈傲言辭激烈，極力反對，也就不再說什麼，拱手道：「殿下說的也有道理。」

有了楊真這麼一齣，大家就更不好發言了。

沈傲的臉微微一紅，才道：「本王倒是想起一個賢明的宗室來，本王在坊間的時候，常常聽人說晉王趙宗大智若愚，敦厚有禮，更有長者之風，滿腹韜略，常人所不能及。倒不如兄終弟及，如何？」

「敦厚還有禮」，滿朝的文武聽了，都是目瞪口呆，晉王是什麼鳥，大家會不知道？上房揭瓦、偷雞摸狗肯定有他的份，至於什麼敦厚，什麼有禮，和他沾什麼邊？

可是有心人立即明白了，晉王是輔政王的岳父，是太皇太后的嫡親子嗣，晉王不上位，還有誰能得到這二人的支持？太皇太后想必與輔政王早已商量好了，兄終弟及，這倒也無不可，畢竟大宋十代君王，兄終弟及的已有兩次，禮法上倒也說得過去，不至於遭人詬病。

於是有人道：「皇子年幼，兄終弟及倒是利國利民的辦法。」

大家紛紛點頭，這個道：「不錯，不錯。」那個說：「唯有晉王可以服人。」

還有些臉皮薄一些的，如楊真，只好不發一言。好在像他這種臉皮薄的異類畢竟不多，做官的若說自己臉皮薄，那城牆豈不是情何以堪？

太皇太后這時候說話了，一副猶豫的樣子道：「晉王可以嗎？」

沈傲心裏想，是你逼著我說可以的，現在又來問我，臉上卻是鄭重其事地道：「非晉王不可。」

大家都道：「可以，可以。」

太皇太后便道：「既如此，那便擬懿旨，立即請晉王速速入宮。」

這件事定奪之後，所有人都鬆了一口氣，其實挑選晉王，倒也沒什麼不可以，不過也有人生出疑惑，晉王只有一女，並無子嗣，且又無妾室，眼看這個模樣，今生是別想再生出龍子了，若是將來……到底是兄終弟及呢，還是……

不少人目光深深地看了沈傲一眼。輔政王高明哪，瞧瞧人家的手腕，翻雲覆雨，做了婊子還能立牌坊，往後得好好學習。

沈傲此時卻帶著一種濃重的倦意，這種勾心鬥角，總是令他疲倦，可是他站在這名利的漩渦之心，卻又不得不比別人更加陰險狡詐，這種心理的矛盾，使他此刻都分不清自己想要的是什麼了。

明明站在丹墀之上，讓他生出一種難以遏制的欲望，可是現在，他又疲倦了，沈傲心裏問自己：自己想要的，到底是什麼？是夏日泛舟，還是生殺予奪？

從前的沈傲，一心只想著享樂，爲了享樂，他不顧一切地去奪取名利，一步步攀升，直到如今，已是位極人臣，富有四海，嬌妻如雲；可是到了現在，站到了這個高度，他又發覺自己未必只想要這些，他所要的，似乎還有一種東西，這東西摸不著，也猜不透，偏偏卻綻放著誘人的氣息，讓沈傲欲罷不能。

「我變了嗎？或許，人總是會變的吧。」沈傲自嘲地笑笑。方才聽到太皇太后請晉王入宮，沈傲心裏居然有點酸酸的，有一種強烈的失落。

第二〇九章 就在今日

這是一場豪賭，賭注是所有人的性命，

自己的身家性命早已壓在了賭桌上，

唯有繼續豪賭下去，才有撥雲見日的一天。

陳濟手裏抱著的茶盞砰地一聲砸落在地，

眼睛發著一股讓人生畏的光芒，道：

「就在今日！」

懿旨到了晉王府。

晉王府因爲是國喪期間，所有娛樂一應廢止，趙宗閒來無事，正陪王妃說著話，其實趙宗是好動的性子，這一趟回到汴京，又開始想念泉州的諸般好處來，喋喋不休的念叨著泉州的見聞，王妃卻是聽得無趣，淡淡笑道：「到了這個時候，還是想著玩，你可知道今日是什麼日子？」

趙宗想了想，好不容易才道：「若不是國喪的話，東平坊與馬軍司有一場蹴鞠賽。」

晉王妃不禁訝然，道：「今日是朝議，事關著整個天下的大事，更決定了你那女婿的浮沉，你竟一點也不關心？」

趙宗這才記起，便笑起來，道：「我哪裡不知道？故意與愛妃說笑罷了。不過沈傲那小子一向鬼主意多，自然不必擔心。」

晉王妃心裏卻總是懸著心放不下，她比趙宗想的透澈，今日的朝議，是皇上與沈傲攤牌的日子，最後的結局是如何，誰也無法預料，畢竟沈傲雖然占著上風，可是皇上畢竟是皇上，千百年來，與皇帝作對的人又有幾個得了善終。沈傲是晉王府唯一的女婿，晉王的血脈都得指著他來延續，當然不能掉以輕心。

見趙宗漠不關心，晉王妃顯得有些生氣，卻又無可奈何，這位晉王爺什麼都好，偏偏就是貪玩性子多了一些，做事瘋瘋癲癲的。

正說著，外頭有人來報：「王爺、王妃，有懿旨來了。」

晉王妃豁然而起，道：「只怕是講武殿裏見分曉了。」

趙宗笑道：「你看，說曹操曹操就到了，說了沒有事的，偏偏愛妃這般魂不守舍，若當真有事，就該當傳來聖旨了。」

二人一同出去接旨，那捧著懿旨的太監正是敬德，敬德見了趙宗笑嘻嘻地道：「恭喜晉王，賀喜晉王，太皇太后請殿下速速入宮，有天大的好事等著晉王呢。」

趙宗眼睛一瞪，道：「什麼好事？」

趙宗畢竟不是外人，敬德是太皇太后的心腹，當然不敢瞞著這位太皇太后的心頭肉，故意壓低聲音，道：「殿下只怕要君臨天下了。」

趙宗眼珠子一轉，不禁拍手道：「啊？讓我登基？這麼說內庫裏的東西都是我的了？」

敬德聽得無語，乾笑道：「是，是……」

趙宗大叫：「好極了，本王這便入宮。」

晉王妃卻是臉色冷了下來，拉住趙宗道：「你入宮去做什麼？」

趙宗道：「自然是登基了。」

晉王妃卻是冷笑：「登基？登個什麼基，你這樣子，哪裡能做皇帝？這種事自然是萬萬不能應的。」

趙宗一頭霧水，道：「這又是爲何。」

晉王妃冷笑：「不成就是不成，天下這麼多大事，到時候都要你來決斷，便像先帝一樣，明明也是貪玩的性子，卻還得操勞案牘，我只問王爺，王爺做得來嗎？」

趙宗這時醒悟，道：「做……做不來。」

晉王妃又道：「你若是做不來，整日遊手好閒，便是昏君，且不說對不起天下黎民，列祖列宗在上，瞧見你這般胡鬧，你心裏安生嗎？」

趙宗猶豫不定的道：「不……不安生。」

晉王妃道：「做了皇帝，更是不能離宮，成日只能在那洞天大的地方，你耐得住？」

趙宗一拍手，大叫道：「虧得愛妃提醒，這皇帝本王是萬萬不能做的。」

晉王妃卻是恬然的舔舔嘴，其實她的心裏，卻另有打算，方才說的，雖然也是不許趙宗登基的理由，可是真正的理由卻只有一個。晉王妃的年紀已經大了，不能生育，這些年來，只生了個清河郡主，現在趙宗是王爺倒也罷了，可是一旦登基，群臣必然是要趙宗誕下子嗣好繼承大統的，做了皇帝，三宮六院七十二妃，誰能攔得住？到時候群臣回應，太皇太后催逼，少不得這趙宗要被哪個狐狸精迷惑了去。

晉王妃年紀已是不小，論姿色哪裡是那些狐媚子的對手，現在她還能做個晉王圍著團團轉的王妃，可晉王若是登了基，那她就算做了皇后，多半也是遭人冷落的國母了。這裏頭的干係孰輕孰重，別人不知道，晉王妃心裏卻是清清楚楚，當然不肯做這等虧本的買賣。

晉王妃道：「既然王爺不願登基，就萬萬不能入宮，不管是誰來請，也決不離開晉王府。」

趙宗對晉王妃言聽計從，又被晉王妃的言語嚇住，立即道：「好，決不入宮。」

一邊的敬德聽得哭笑不得，道：「王爺……」

晉王妃態度冷淡，道：「敬德公公，你不必再說了，回宮覆命去吧，就說晉王身體有恙，入宮的事就休再提起了。」

敬德哪裡不知道晉王妃的厲害，連忙道：「奴才知道了。」說罷落荒而逃。

講武殿裏，滿朝的文武還在焦灼的等待著趙宗前來，太皇太后還在震驚於趙佶毒殺之事，心中滿是悲涼，好在她不是個懦弱的女人，早已處變不驚，仍是正襟危坐，一副恬然的樣子。

沈傲則是坐在椅上，闔著眼睛打盹。至於其他人只能站著乾瞪眼。

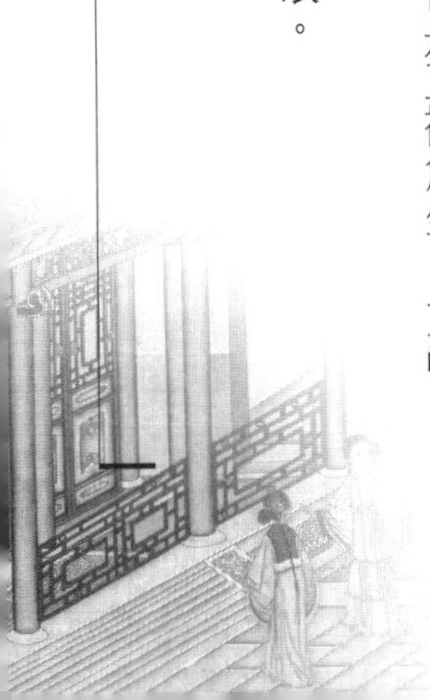

足足過了半個時辰，太皇太后已是不耐煩了，抬起眸來，問身邊的內侍道：「晉王爲何還沒有到？」

內侍只好飛快跑出去問，又過了片刻，敬德才氣喘吁吁的回來，他出現的時候，滿朝文武都打起了精神，可是看到敬德的身後並沒有趙宗的身影，眼中都不禁閃過一絲疑惑。

敬德到了太皇太后身邊，輕聲在太皇太后耳畔耳語幾句。太皇太后臉色一變，低斥一聲：「荒唐，這個時候能有什麼病？」

敬德當然不敢說這是搪塞之詞，是晉王妃挑唆出來的，那晉王妃畢竟身分非同凡響，晉王對她言聽計從，又是沈傲的岳母，說了她的壞話，以後還能在宮中待得下去？

敬德只好道：「太皇太后，如今該怎麼辦？」

太皇太后沉默了一會，道：「叫輔政王到跟前來說話。」

敬德跑到沈傲身邊，低聲說了幾句，沈傲便快步走到太皇太后身邊，在所有人疑惑的目光之中，太皇太后壓低聲音道：「趙宗請病，不肯入宮，如之奈何？」

沈傲沒有預料到趙宗會玩這麼一齣，雖然知道這位岳父的性子多變，還想不到這一次人家又要玩一次大的，沈傲想了想，道：「無論如何，便是綁，也要將他綁來，太皇太后，現在全天下都在看著，若是晉王再不來，只怕……」

太皇太后道：「宗兒的性子，哀家再明白不過，叫別人去，只怕會被打回來，只能勞煩你帶著禁衛跑一趟，敬德，你也跟著去，不管如何，晉王一定要入宮，他玩了大半輩子還不夠嗎？」

太皇太后冷若寒霜，似乎也是動了真怒，在這個節骨眼上，她已爲晉王鋪平了道路，可誰知趙宗竟這般不爭氣，實在教她失望。

太皇太后淡淡道：「記著，人一定要帶到。」

沈傲心裏苦笑，只好道：「他不來，我只好弒殺岳父了。」

太皇太后先是一驚，但見沈傲一副開玩笑的樣子，也便笑起來：「去吧。」

沈傲帶著敬德離開講武殿，立即引來竊竊私語，其實方才敬德孤伶伶的回來，這些老狐狸就大致猜出了一種可能，現在輔政王又帶著敬德走了，心裏猜測的可能就更有把握了。

也有人不禁苦笑，天下人都知道晉王是個什麼性子，這樣的人做皇上，真是想都不敢想，偏偏眼下的時局，晉王反而成了所有人都可以接受的選擇，他不登基，就實在尋不到更好的人選了。

沈傲則是帶著敬德和一隊小隊直接出宮，飛馬到了晉王府，門口的門丁都是認得這

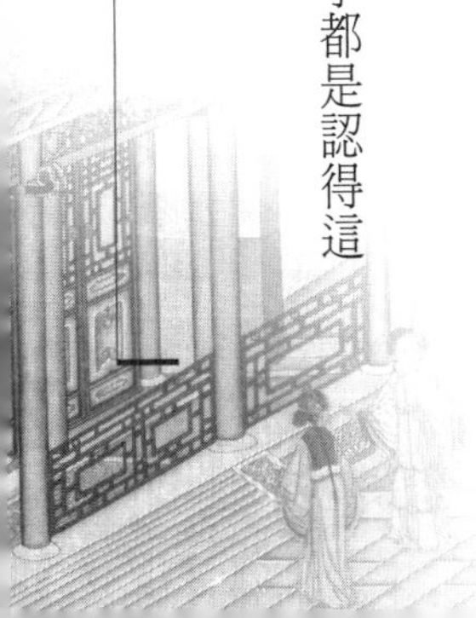

位姑爺的，哪裡敢不放他進去。

沈傲大咧咧的衝進去，迎面就看到晉王妃過來，沈傲連忙朝晉王妃行禮，晉王妃打量沈傲，道：「怎麼？你是來探你岳父的，還是奉了懿旨來的？」

沈傲在晉王妃面前氣勢一下子減弱了，立即笑呵呵的道：「一是探病，二是奉旨來辦事。」

晉王妃緊繃著臉：「若是請晉王入宮，那就免了吧，晉王病了。」

沈傲道：「那小婿先去探病如何？」

晉王妃只好放他進去，到了臥房，果然看到趙宗一副病態的樣子在榻上唧唧哼哼，沈傲坐到榻前，也不管真假，直接道：「殿下，皇宮內庫中奇珍數不勝數，據說先帝還曾叫人特製一支蹴鞠，那蹴鞠用的是南洋犀皮縫製，可謂蹴鞠之王。」

趙宗眼睛一亮：「真的？」

沈傲板著臉道：「這還有假？這是小婿親眼所見。」

趙宗撇撇嘴：「本王不稀罕。」

沈傲又道：「先帝在的時候，還曾養著一隊鞠客，這些鞠客的本事，想必殿下比小婿清楚，如今他們就在萬歲山，哈哈……只要晉王入了宮……」

沈傲的話對趙宗誘惑實在太大，於是趙宗可憐巴巴地看向晉王妃，晉王妃立在一旁淡淡道：「各人自有命數，有些東西求不來，想來又有什麼用？便是真求來了，做不好，豈不是更糟糕？」

趙宗立即閉嘴，正色道：「沈傲，本王不愛蹴鞠，你說再多也是無用，本王病了，絕不入宮。」

沈傲臉色一變，道：「晉王當真不入？」

趙宗道：「就是不入。」

沈傲拿他沒辦法，威逼利誘了一陣，見趙宗態度堅決，只好出去與敬德商量，敬德苦笑，道：「這可怎生是好？如何回去給太皇太后交代？」

沈傲被太皇太后和趙宗像皮球一樣踢來踢去，也沒了耐性，道：「按事回稟就是。」說罷只好帶著敬德回去。

出現在講武殿的時候，文武百官又是引頸張望，見趙宗居然還沒有跟來，這朝堂裏已是炸開了鍋，晉王登基大家沒話說，可是再三請不來，這就讓人有點灰心了。

太皇太后的臉色變得更差，敬德悄悄地走到她的身邊耳語，太皇太后怒氣沖沖地站起來，道：「那哀家親自去。」

這時候她想不親自去也不成了，事情到這個份上，緊要關頭，一步都不容差錯，她就算有這耐心，百官有這耐心，到時候爲晉王安排的一身富貴，說不準要鬧出一齣鬧劇

來，現在宮闈裏發生了這麼多事，再不能出現一點差錯了。

太皇太后親自出馬，上了鳳輦，帶著敬德又到了晉王府。

這一次太皇太后是真的急了，直入趙宗寢殿，左右一看，卻沒有發現趙宗的蹤影，倒是迎面撞到了晉王妃，晉王妃連忙給太皇太后行禮。

太皇太后怒道：「宗兒在哪裡？」

晉王妃剛要答話，那床榻下卻是傳出趙宗的聲音：「母后，孩兒在這裏。」

敬德躬下身去，只見趙宗正縮在床榻下，朝他咧嘴笑，敬德哭笑不得，對趙宗道：「晉王，我的老祖宗，你哪裡不去，鑽床底下做什麼？快快出來，太皇太后生氣了。」

趙宗卻不肯出來，嘻嘻笑道：「先讓母后起個誓，不讓我入宮，我便出來。」

太皇太后怒極了，道：「快出來和哀家說話。」

趙宗道：「不起誓就不出。」

太皇太后越來越怒，吩咐左右禁衛道：「把他揪出來。」

禁衛們你看看我，我看看你，卻都不敢動手，對方畢竟是晉王，是太皇太后的心頭肉，若是揪出來的時候磕著碰著了，現在太皇太后怒火攻心倒也罷了，可是難保將來想起來的時候不會責罰。

見禁衛們不動，太皇太后的臉色更是冷了，叫了敬德搬來座椅，臉色陰晴不定，冷冷地道：「宗兒，哀家現在只有你這麼一個兒子了，你不做皇帝，哀家往後能有好日子過嗎？那逆孫趙恆登基之後是怎樣欺凌哀家的？哀家不靠你，難道靠那些皇孫？」

鑽在榻下的趙宗不答。

太皇太后繼續道：「所以現在哀家算是想明白了，這天下，這皇帝，還得自己靠得住的人來掌握，哀家別的人不信，唯獨信你，你就一定要寒哀家的心嗎？平素你胡鬧，哀家哪一次不是百般迴護？爲什麼？因爲你是哀家的兒子，是哀家身上掉下來的肉，哀家和你才是骨肉至親，這一次你不入宮，這皇位誰也不知會落到哪個皇子手裏，他們也有自己的母后，他們的母后就是將來的太后，哀家在她們面前，又算得了什麼？」

在趙宗面前，太皇太后也算是推心置腹了，她最大的擔心，除了趙宗，也有自己。太皇太后，聽著似是尊貴無比，可是歷來宋室宮中，都是太后壓太皇太后一頭，從前她做太后的時候是這樣，現在自己做了太皇太后也是如此，這一手，她不得不提防。

趙宗在榻下遲疑，最後道：「母后，兒臣並不是做皇帝的料子，兒臣除了玩鷹逗狗，其餘的什麼都不會，就算母后一定讓我做，結果還是貽笑大方，讓人笑話，孩兒討厭看奏疏，也討厭去煩心那天下的事，求母后不要再逼孩兒了。」

太皇太后聽了趙宗的話，臉色霎時變得蒼白起來，她冷笑道：「好，好，你就做你的逍遙王爺。」

太皇太后霍然起身，瞪了晉王妃一眼，晉王妃卻是朝太皇太后恬然一笑，太皇太后突然感覺很無可奈何，只好拂袖道：「擺駕，回宮。」

太皇太后再度回到講武殿的時候，幾乎所有人都從太皇太后的臉色之中讀出了一些不一樣的內容。

沈傲闔目坐在椅上，對太皇太后孤身回宮顯得並不驚愕，他那岳父的性子，沈傲再清楚不過了，啊……不對，應當是他那岳母的性子，沈傲最清楚不過了，一旦打定了主意，誰也別想改變她的心意，而趙宗對晉王妃言聽計從，晉王妃的固執，自然令趙宗也會變得執拗無比。

婆媳的戰爭啊……沈傲心裏發出感嘆，可是很明顯，太皇太后輸了，似乎輸得很徹底。

楊真這時候已經等不及了，眼下天都要黑了，宮門即將緊閉，到了這時候，若是再不把事情商量好，就要延後到明日，可是今時不同往日，今天趙恆是被誅殺的，越是延後，整個天下都會議論紛紛，若是再沒有人出來主持大局，到時若真有宵小之徒趁機煽風引火，事情就越發不好收拾了。

楊真正色道：「太皇太后，不知晉王何時入宮？」

太皇太后冷笑道：「怎麼？你巴不得晉王不入宮？」

此時的太皇太后心情極壞，偏偏楊真這時候蹦出來，也該是他倒楣。

楊真只好苦笑，道：「老臣並非是這個意思……」

太皇太后也意識到自己的失態，抿抿嘴道：「晉王身體有恙，只怕是不能來了，國不可一日無君，諸公便另擇賢明吧。」

文武百官們傻了眼，可是隨即又活躍起來，現在太皇太后和輔政王推出來的人選已經棄權，這擇選皇帝的事，總算有了他們用武之地，一時間文武百官紛紛站出來，其實要選，也沒有多少可選的，先帝的皇子雖然多，可是成年的也就這麼幾個，再剔除掉幾個側室出身的，最後的結果只剩下皇八子趙域和皇九子趙構，皇八子是先皇后劉氏所生，也算是嫡子，皇九子趙構則是貴妃韋氏所生，身分也都還過得去。

文武百官們各持著立場，一時議論紛紛。

面對這些爭鋒相對的爭辯，沈傲卻是出奇的安靜，一雙眼睛半張半闔，似乎是在思量著什麼。

天色已經漸漸黑了，群臣還是沒有達成一致，太皇太后滿是疲倦，此時也沒有多少聽政的心情，揮揮手，道：「既然爭辯不下，此事明日再議吧，散朝。」她朝沈傲深望一眼，道：「沈傲，你留下。」

沈傲頷首點頭，道：「是。」

待文武百官們告辭出殿，偌大的講武殿裏只剩下太皇太后和沈傲、敬德三人。

太皇太后那儘量的平和之態終於拉了下來，怒道：「哀家怎的就生了這麼一個不孝子，他就一點也不曾想過哀家這母后？哼，他不做就不做。沈傲，皇八子和皇九子哪個性子更好一些？」

沈傲舔舔嘴，沉默了一下道：「臣不知道。」

太皇太后頷首點頭，沈傲這一句話卻是老實得很，正如趙恆一般，登基之前恭順無比，可是登基之後，又換了一副嘴臉。

太皇太后吁了口氣，嘆道：「事到如今，倒是皇九子趙構性子溫順一些，哀家對他有幾分印象，不過話說回來，該提防的，哀家還是要提防。」

太皇太后認真地看著沈傲道：「你這輔政王要仍舊做下去，將來新皇帝登了基，該過問的軍政還要過問，不必怕，哀家給你撐著。」

沈傲當然明白太皇太后的想法，用自己去鉗制新皇帝，而新皇帝爲了遏制住自己這輔政王，就不得不對太皇太后卑躬屈膝。這遊戲倒像是大宋的官職，相權一分爲三，門下、中書、尚書三省相互制衡，有了大事，才需要皇帝站出來裁決，否則將三省的權力集中在一起，那麼要皇帝做什麼？

沈傲淡淡道：「臣明白了。」

太皇太后嘆了口氣，道：「事到如今，也只能如此了。」她抬眼看著沈傲，道：「若你是宗室，這該有多好，晉王不做，哀家便可以立即下懿旨令你取而代之，可是偏偏你卻是姓沈。」

沈傲微微一笑，道：「趙沈共治天下豈不是很好嗎？」

太皇太后深以爲然地點點頭道：「很好。」

太皇太后並沒有認爲沈傲的話中有什麼悖逆之處，她現在所要維持的，正是這所謂的趙沈共治，趙家出皇帝，沈傲爲輔政。

沈傲顯得有些疲倦了，朝太皇太后道：「宮門眼看就要關了，微臣告辭，至於新君之事，只能等明日再說了。」

太皇太后道：「你去吧，哀家也乏了。」

太皇太后由著敬德攙扶下來，目送著沈傲出殿，才從大殿的側門出去。

天色漸漸黯淡，沈傲帶著裏三重外三重的侍衛在從宮城回輔政王府的路上，立即吸引了不少人的注意。

這些人在見到沈傲之後，隨即一哄而散，各自朝各家的主人稟告。

沈傲顯得疲倦到了極點，從清晨辰時到現在，足足七個時辰都在朝議中度過，這期間他說的每一句話，做的每一件事，都似乎在冥冥之中引導著這個王朝的走向。

等回到輔政王府的時候，沈傲吩咐門房：「誰都不見，若是有人來，都擋回去。」

門房應了，沈傲也回到自己的臥房歇息不提。

夜色更深，可是這汴京如沈傲一般睡得踏實的人只怕也沒有幾個。朝議散的時候，雖然趙恆伏誅的消息暫時沒有散佈出去，可是汴京城中知道的人卻是不少，趙恆的死並沒有讓多少人惋惜和憤怒，眼下當務之急，卻是重新洗牌的時刻。

汴京內城的一處院落，這裏雖然靠近京兆府，可是相比臨近的建築卻很是不起眼。平素這裏也沒有人來，足以顯見這裏的主人無足輕重。可是今日不同了，一頂頂轎子，一輛輛馬車從四面八方彙聚，幾乎連街角都堵塞住了。

從轎子和馬車裏下來的人物，也個個不凡，有的是武備學堂的教官、教頭，有的是朝中三省六部的重要官員，還有不少大商賈以及一些當世的大儒。

甚至連禁軍之中也來了不少將軍，他們到了宅院門口，便有人提著燈籠引他們進去，進了一處燈火輝煌的大廳，便有人奉茶上來。

來的人越來越多，以至於連大廳都坐不下了，後到之人只好站著等候，這些人都是汴京城四面八方的人物，可是卻因為某種緣故的吸引，讓他們不約而同地聚在了一起。

在這裏，沒有官場的寒暄，也沒有彼此的談笑，所有人都舉著茶盞作勢要喝茶，可是這茶盞裏的茶水卻多半連動都沒有動。偶爾會有幾聲低咳傳出，或是窸窸窣窣的腳步，給這大廳裏增添了幾分生氣。

到了子夜，人總算來齊了。總共是四百三十一人，大廳裏人影綽綽，擠得水泄不通，甚至像是戶部侍郎這樣的大員，因爲來遲，也只能乖乖站著。

好在也沒有人發表什麼不滿，只是每一個人的臉上，都有一種透不過氣來的沉重感。

沉寂了良久之後，終於有個穿著洗得漿白的儒衫的人負手進來，來人雙鬢斑白，身體略顯佝僂，可是一雙眼眸卻帶著一種洞察人心的銳利。

這滿廳的人紛紛聚過來道：「陳先生好。」

「好，好……」來人正是陳濟，陳濟臉上露出笑容，不斷地頷首點頭。

其實在座的人，大多數都是第一次見到陳濟，雖然明知道有陳濟這麼一個人物，也知道輔政王不在汴京時，這汴京之中有一股暗藏的勢力正蠢蠢欲動，正是這股看不見摸不著的勢力，才奠定了輔政王入京維持大局的基礎。不過對在場大多數人來說，仍然對這股力量一頭霧水，只知道這力量的背後牽涉到了陳濟，而陳濟又是輔政王的恩師，地位超然，現在陳先生相召，接到帖子的人立即就來了。

今夜本就是個難眠之夜，白日輔政王弒殺趙恆，再之後晉王不肯入宮，到皇八子與皇九子之辯，這其中有太多的資訊讓人難以消化。

陳濟相召，定然涉及到了輔政王，而輔政王對廳中人來說，他的榮辱已經關係到大家的身家性命了。

陳濟坐在椅上，環顧四周，吁了口氣，才道：「趙恆弒君，如今已被誅殺。晉王登極本是一件好事，可是偏偏晉王殿下屢屢不受，看來將來這天下應當是皇八子或是皇九子的了。」

陳濟雖是讀書人，可是主掌錦衣衛之後，說話再沒有彎彎繞繞，他的事實在太多，每日腳不沾地，收集無數的訊息，又要下達一個又一個指令，如今早已習慣了開門見山。

不過一開口就說到了重點，讓廳中不少人顯得有些不適應。

陳濟卻是淡淡笑道：「將來不管是皇八子還是皇九子登基，對大宋未必是壞事，可是對你們……」

陳濟說到你們的時候語氣特意加重，在眾人的臉上逡巡一眼，才慢悠悠地道：「卻未必是好事。」

廳中的人霎時竊竊私語起來，能混到他們這個地步的，哪一個都不是省油的燈，陳濟一句話，直指了他們的要害。

他們都有一個共同點，都是在沈傲身後推波助瀾，迎輔政王入京，甚至是弒殺趙恆，或多或少都有他們的一份。而陳濟之所以這麼說，問題的關鍵也就在這裏。不管如何，他們畢竟是叛臣，雖然師出有名，可是這個污點早已烙印在他們的身上而永遠洗不脫了，若是晉王登基倒也罷了，可是將來若是皇八子或是皇九子登基呢？

皇帝會相信一群曾經弒殺了國君的人？會容忍這些人把持住朝廷的要害？

絕無可能。趙恆再壞，也是皇帝，至少從皇帝的立場來說就是如此，新皇帝登基之後，首先會感到害怕，因爲這些人能夠推波助瀾地弒殺趙恆這個皇帝，那麼誰能保準將來不會有一天，這些人抓住自己的過失而誅殺自己呢？

這是一個很嚴重的政治污點，一輩子都難以洗清，新皇帝登基的那一天，就是他們完蛋的開始。

雖說輔政王還在，只要輔政王還在一天，他們就不必害怕，可是這顆心總是這樣懸著，終究不是辦法。

陳濟淡淡一笑，看到了所有人眼中的懼怕之色，他不由笑起來，端起茶盞喝了一口，慢吞吞地道：「一朝天子一朝臣，皇帝走馬燈似地換，臣子也是一撥又換一撥，要想長青不倒談何容易？現在趙恆已死，諸位是該爲自己打算了。」

姜敏坐在靠前一些的位置，踟躕了一下，道：「陳先生，話是這麼說，可是……」

陳濟打斷他道：「可是有些事要做，談何容易，是不是？」

姜敏不由訕笑道：「宮中的意思已經定了，要更改只怕難如登天，除非晉王肯出來，否則又能有什麼辦法？」

陳濟微微一笑，沉默了良久，才道：「還有一個人，可以主持大局。」

姜敏不禁問：「不知是誰？」

陳濟眼眸一閃，淡淡道：「輔政王……」

話音剛落，廳中鴉雀無聲，針落可聞，所有人的目光都變得呆滯起來，隨即，有人倒吸了一口涼氣，明白了陳濟的意思。

他們本身就是沈黨，就算有的人未必與沈傲關係密切，可是在別人，在未來的新皇帝看來，也絕對是沈黨無疑。可以說，他們現在的身家性命，都維繫在沈傲身上，沈傲若是能一直維持權位，他們當然可以後顧無憂，可是這世上當真有永遠屹立的權臣？幾年之後，輔政王估計也只有兩個選擇，一個是落敗，一個是就藩。

可是不管是哪一種，沒有了沈傲的保護，沒有了沈傲這棵大樹，這在座之人會落到什麼下場，但凡只要想一想就能預料。

新皇帝登基之後，輔政王權勢滔天，那麼不管是趙佶，還是皇八子、九子，唯一的選擇就是與沈傲奪權，他們要奪的，不止是一個輔政王，而是在座之人手裏的權力，對新皇帝來說，剷除掉沈傲過問軍政的基礎，才是最緊要的，所以趙恆會選擇裁撤武備學堂，會選擇廢黜海政，會關閉報刊，換了任何一個新皇帝，也會作出這個選擇；因爲沈傲的權力正來源於這裏。

海政、學堂、報刊若是土壤，那麼他們依賴這土壤生存的花木，若是連土壤都沒了，他們還能活嗎？

陳濟的聲音低沉而緩慢，可是每一句話，都在打動他們的心，只聽陳濟繼續道：

「如今箭在弦上，想要抽身談何容易？輔政王深受先帝厚恩，心中常懷著感激之心，是以不忍行事，可是輔政王至不濟，將來大不了去西夏，去泉州，做一個藩王足矣。可是在座的袞袞諸公難道就沒有想過，到了那時，諸位寒窗苦讀的功名，苦心經營的家業，真刀實槍掙來的功勞還能保留嗎？」

陳濟故意頓了一下，才繼續道：「事已至此，唯有逆水行舟，不進則退，誰要是有什麼癡心妄想，便是死無葬身，今天夜裏是最好的機會，過了今夜，等到生米煮成熟飯，我們該怎麼辦？」

有人拍案而起，道：「陳先生說的對，事到如今，已經沒有了退路，輔政王聖明，文韜武略，又是宗室駙馬，君臨天下也並無不可。」

有人起了頭，不少人鼓噪起來，許多人臉上生出紅暈，這是一場豪賭，賭注是所有人的性命，可是自己的身家性命早已押在了賭桌上，唯有繼續豪賭下去，才有撥雲見日的一天。

陳濟手裏抱著的茶盞砰地一聲砸落在地，這身體佝僂的老人眼睛中發著一股讓人生畏的光芒，道：「就在今日！」

最後，陳濟堅定地道：「諸位各自回去準備，一個時辰之後，去輔政王府，輔政王非答應不可。」

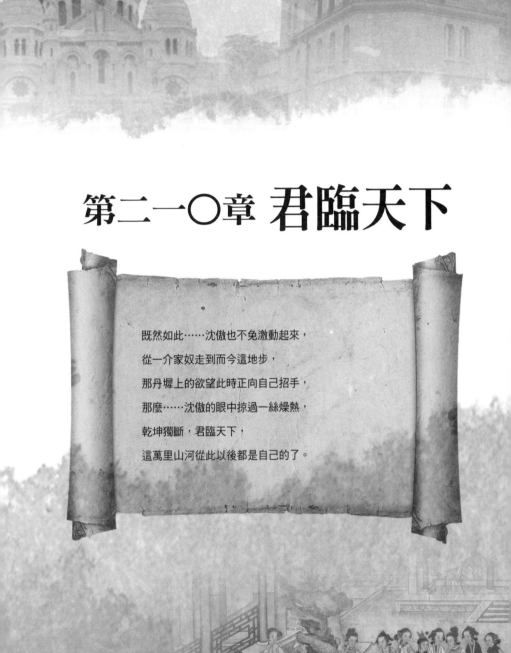

第二一〇章 君臨天下

既然如此……沈傲也不免激動起來，

從一介家奴走到而今這地步，

那丹墀上的欲望此時正向自己招手，

那麼……沈傲的眼中掠過一絲燥熱，

乾坤獨斷，君臨天下，

這萬里山河從此以後都是自己的了。

當天夜裏，回到武備學堂的教官、博士們聚集在明武堂裏，韓世忠、童虎、周處等人落座，周處性子最急，率先開口道：

「事到如今，還有什麼猶豫的？韓教官，是否現在吹號集結？」

所有人的目光都落在韓世忠的身上。韓世忠在武備學堂聲望最高，又是步軍科教頭，隱隱之間，沈傲不在時，韓世忠已成爲校尉的首領。

韓世忠皺起眉，尚在搖擺，事情到了如今這個地步，他當然也知道不管是誰登基爲帝，武備學堂要生存，唯一的希望，就是輔政王當國，否則任何人登基，都免不了生出忌憚之心。

韓世忠深吸一口氣，道：「韓某人活了半輩子，起於走卒，幸賴輔政王垂青，入武備學堂教導軍事，如今已有五年，這五年來，韓某人與武備學堂朝夕爲伍，已是離不開了，這一輩子，只願與學堂休戚與共。」

韓世忠的話讓所有人沉默起來，他說的，豈不是跟大家所想的一樣？

入武備學堂之前，這些人的境遇並不好，是沈傲一個個將他們點出來，而如今，學堂已成了武人的聖地，而他們也是榮耀加身，桃李滿天下。

韓世忠正色道：「事情到了這個地步，韓某人也無話可說，來人，吹號吧。」

嗚嗚……低沉的號聲迴蕩在汴京城的夜空。

校場上，一個個身影從營房中出來，飛快集結。

一炷香燃燒過後，韓世忠起身離座，帶著一干教頭、博士從明武堂出來，黑夜之中，校尉們粗重地喘氣，一列列看不到盡頭。

「隨我走！」

「走……」

不需要過多的命令，只需要一句話，校尉們沒有任何的疑惑，列隊出了學堂，漫漫長街上，一隊隊校尉慢跑而過，夜間在街頭巡邏的禁衛見了，大喝一聲：「是誰夜間調動軍馬？可知道……」

「校尉在此，滾！」

禁衛們霎時消失得無影無蹤，一路上，從各個長街上並行慢跑而來的校尉沒有任何阻礙，月色下，只有一張張冷漠的臉。

只半刻功夫，殿前衛信任指揮使朱志被人叫醒，昏昏沉沉地聽到禁衛稟告，不由一愣，隨即道：「校尉深夜上街？」

「是，七八千人，都朝輔政王府過去，卑下們不敢阻攔，大人，要不要……」

朱志的雙目闔起來，淡淡道：「天子腳下，深夜惶惶，樞密院、兵部都沒有接到消息，他們這時候上街，難道是要兵變？」

「指揮大人，是否立即調動禁衛彈壓？」

朱志卻是不疾不徐地搖搖頭道：「彈壓？他們是天子門生，是輔政王的心腹，今日本指揮下了命令，明日輔政王就要了我的腦袋。」朱志冷笑一聲，繼續道：「上報樞密院，要快，請樞密院的老爺們裁決吧。」

飛馬到了樞密院，夜間值堂的樞密院副使馮玉聽了奏聞，卻只是淡淡一笑，道：「沒有殿前衛的事，回去告訴你們指揮使，這種事不是他想管就管得了的，安安生生等著就是，小心自己的腦袋。」

那傳報的殿前衛又驚又疑，只好回去稟報了。

送走了那殿前衛，馮玉淡淡一笑，高高坐在椅上喝了盞茶，再過一會兒，有個差役進來，低聲道：「大人，馬軍司、步軍司也動了。」

馮玉嗯了一聲，道：「輔政王那邊有什麼動靜？」

「什麼動靜都沒有，陳先生那兒也有了動作。」

馮玉道：「咱們的樞密使大人呢？」

這差役不禁笑了起來，道：「樞密使大人一直與陳先生在一塊兒。」

馮玉也不禁失笑，道：「咱們也不能落後了，從龍之功，豈能甘居人後？叫人準備轎子。」

差役答了，飛快下去。

沉寂的汴京，突然變得熱鬧起來，一隊隊軍馬開始上街，負責內城衛戍的殿前衛察覺出不對，可是又不敢管，校尉、步軍司、馬軍司傾巢而出，除此之外，無數的轎子、馬車，還有徒步行走的行人到處都是。

火把點燃起來，整個汴京城燈火通明，與此同時，最先抵達的武備校尉已將輔政王府圍了個水泄不通。

門房見了這陣仗，嚇了一跳，壯起膽子大喝：「是什麼人？可知道這是哪裡嗎？快快走開。」

黑暗有人排眾而出，一名教頭道：「請輔政王出來相見。」

門子有些害怕，可是看到對方是武備校尉，總算鬆了口氣，道：「殿下已經睡了，早先已有吩咐誰都不見，諸位請回。」

校尉們卻沒有動，有人大叫一聲：「非見輔政王不可。」

說罷，以韓世忠等人為首，一干校尉呼啦啦地衝進門房去，門子攔不住，只好大叫：「造反嗎？你們要造反嗎？」

校尉剛剛衝進去，緊接著是馬軍司、步軍司，再之後接踵而至官員、錦衣衛、商人、大儒。整個輔政王府，已是熱鬧非凡，好在輔政王的家眷還留在泉州，這些沒王法

的軍卒開始挨著屋子衝進去尋人，最後，在後宅裏，沈傲半夢半醒地被人圍住。

沈傲睜眼，看到屋子裏黑壓壓的人，先是大吃一驚，等看到了韓世忠、陳濟等人的面孔，才放下了心，還是不禁道：「深更半夜的，你們來做什麼？」

陳濟跨前一步，拜倒在地：「微臣陳濟參見陛下，吾皇萬歲！」

一名校尉不知從哪裡尋來一塊黃布，披在沈傲身上，沈傲大吃一驚，道：「你們這是要造反？韓世忠，你也和他們一起胡來？」

韓世忠大叫道：「國家危難，社稷危如累卵，請陛下順天應命……」

滿屋子的人一起跪倒，道：「請陛下順天應命，澤被蒼生。」

沈傲連忙搖頭，將身上的黃布扯下。

九族至尊，對沈傲來說並非沒有吸引，可是這種事，總要考慮一下，被人逼著算是怎麼回事？再者說，男人，總要矜持一下才好。

「大膽，你們瘋了！」

這時候，已經不是沈傲一兩句恫嚇之詞就能制止的了，事情已經做了，若是沈傲不登基，這些人都是謀逆大罪，抄家滅族。事情到了這個地步，竟無人理會沈傲，陳濟道：「來人，請輔政王入宮。」

「本王不去。」沈傲大叫一聲。

童虎二話不說，從人群中躥出來，要將沈傲從被窩中拉出來。
沈傲無語，大叫道：「本王沒穿衣服，還沒穿衣服……」
不知是誰道：「捲了被子走。」
這莊肅的氣氛，霎時多了幾分忍俊不禁的歡快。
沈傲只好道：「你們且先退下，本王先穿了衣服再說。」
人群終於一哄而散，不過在沈傲的臥室之外，已經聚集了無數人，等沈傲穿了尨服出來的時候，以陳濟為首，轟然拜倒在地，大呼一聲：
「吾皇萬歲……」
人浪如潮水一般起伏：「吾皇萬歲。」
沈傲嘆了口氣，道：「先帝屍骨未寒，你們為什麼要做這種事？你們這是要本王背負這不忠不義的罪名。」
陳濟慨然道：「先帝若在，定能知道陛下此時的苦衷。」
沈傲深吸一口氣，無奈道：「事情到了這個地步，也只能如此了。」
隨後，數萬大軍簇擁沈傲出了輔政王府，無數人在黑暗中高呼：「輔政王為天子，吾皇萬歲。」
大隊來到了宮城外，殿前衛這邊已是急了，不知該不該放人進去。放，就是從逆，不放，一旦輔政王當真做了天子，他們還是從逆，於是連忙叫人去樞密院、兵部請教，誰知到了兵部和樞密院，才知道撲了個空，問守門的人樞密院和兵部值堂的大人去了哪裡，結果得到的回答卻都是：「迎聖去了。」

殿前衛指揮使朱志聽到回稟，無奈苦笑，道：「放人。」

宮門大開，軍隊倒是沒有造次，只是由百官、軍官簇擁著沈傲入宮，城外的軍馬則是一齊大呼：「輔政王登基，永保大宋……」

如此大的聲浪，驚天動地，宮中豈會一點反應都沒有？

景泰宮裏，太皇太后聽到了響動，大驚失色，連忙召敬德來問，敬德其實早就得知了消息，這從龍之功的名額裏，也早給他留了位置，此時心平氣和地道：

「太皇太后，輔政王聲名赫赫，臣民歸心，全天下人都巴望著他站出來主持大局。」

太皇太后的臉色霎時冷了，厲聲道：「敬德，原來你也要造反？」

敬德嚇了一跳，連忙道：「奴才該死，奴才……奴才……」

太皇太后嘆了口氣，聽到外頭的響動越來越大，不禁道：「事到如今，哀家一個婦道人家又能如何？連你都成了沈傲的走卒，哀家還能怎樣？罷罷罷，去，把沈傲叫來。」

敬德道：「奴才遵旨。」

敬德連忙小跑著出宮，後宮這邊也是亂糟糟的，不少內侍、宮人不知道發生了什麼事，一個個神情緊張，好在沒有亂兵衝進來，只是聽說輔政王已經入宮了。

敬德飛跑著到了外朝，果然看到遠處許多人簇擁著沈傲過來，敬德連忙迎上去，道：「殿下留步……」

沈傲駐足，朝敬德道：「太皇太后醒了嗎？」

敬德笑吟吟地看了沈傲一眼，拜倒在地，道：「奴才見過陛下。」

沈傲虛扶他起來，這時候他反而鎮定了，事到如今，扭扭捏捏也沒什麼意思，與其如此，倒不如索性大方一些。

「不必多禮，敬德公公，太皇太后醒了嗎？」

敬德小心翼翼地站起來，弓著身子道：「已經醒了，正要傳召陛下。」

沈傲吸了口氣，沉默了片刻，道：「好，我去見她。」

韓世忠幾人想跟著去，沈傲朝他們擺手道：「後宮禁地，不可隨意出入，若是衝撞了太皇太后和諸位太妃只怕要萬死莫贖了，你們不必擔心我，就在這裏候著。」

說著正了正衣冠，隨敬德一道進了後宮。

這一路經過許多路，沈傲卻有些失了神，這皇帝他不是不曾想過，到了他這個地

步，豈會沒有再進一步的欲望？他也曾有過這樣的心思，可是雖這樣想，心裏又有猶豫，只是沒想到，陳濟這些人居然給他來了個黃袍加身。

而如今，他已是不能回頭了，就算要做忠臣，可是這身上披了「黃袍」，一生也洗不脫這汙跡，將來不管是誰做這皇帝，難道就不怕會有第二次、第三次王府兵變？更何況陳濟這些人都是好意，若是自己不接受，陳濟這些人就都是謀逆之罪，真要清算起來，不知有多少人要人頭落地，這是沈傲絕不能接受的。

既然如此……沈傲心裏閃過一絲念頭，雖然明知這些理由都是在自我安慰，可是也不免激動起來，從一介家奴走到而今這地步，那丹墀上的欲望此時正向自己招手，那麼……

沈傲的眼中掠過一絲燥熱，乾坤獨斷，君臨天下，這萬里山河從此以後都是自己的了。

到了景泰宮外，沈傲的心情又緊張起來，倒不是因爲畏懼，只是不願意去面對而已。

沈傲咳嗽一聲，終於定神闊步出去，景泰宮的場景仍是一般無二，可是此時沈傲的心境已經變了，再沒有去打量的心思。

看到帷幔之後正襟危坐的太皇太后，沈傲走到殿中，稍稍向太皇太后欠欠身，道：

「太皇太后安好。」

太皇太后沒有說話。沈傲也覺得有些尷尬，心裏想，我若是太皇太后，只怕也要勃然大怒了，這倒怪不得她。

良久之後，太皇太后嘆了口氣道：「哀家從前問你的話，你還記得嗎？」

沈傲道：「記得，只是事情到了這個地步……」

太皇太后吁了口氣才道：「哀家早就該想到，這些人助你弒殺了趙恆，一定會生出朝夕不保的心思，在他們看來，除了你，誰也保不住他們的身家性命。可是就算想到，哀家又能如何？」

太皇太后淡然道：「那麼哀家還要問你，趙氏的宗社怎麼辦？」

沈傲沒有猶豫，斷然道：「趙氏的宗社香火不斷，只要沈氏當國，每年的告祭都由皇家主持。」

太皇太后似是覺得滿意了一些：「那麼宗室呢？」

沈傲道：「非沈趙者不得封王，仍有宗令府管理，以示優渥。」

太皇太后微微一笑，道：「若是能這樣，哀家也就滿足了，但願你說到做到。好吧，哀家既然已經無力阻止，也就不來討嫌了，不知哀家什麼時候可以搬出宮去？」

沈傲驚訝地道：「太皇太后要出宮？」

太皇太后道：「趙氏的天下都已經沒了，哀家還是太皇太后嗎？豈能再留在宮裏？只是可惜在這兒待了半輩子，臨到老了，想不到竟有搬出去的一天。」

沈傲慌忙行禮，正色道：「太皇太后是趙氏的太皇太后，也是沈傲的太皇太后，沈傲在一日，太皇太后仍是國母，誰敢輕視？」

太皇太后恬然道：「哀家也知道你的好意，可是名不正言不順，總是不好聽。」

沈傲想了想：「不如這樣，太皇太后與諸位太妃一道遷去萬歲山，那裏宜人得很，也是內苑，先帝留下的諸位太妃與太皇太后一切用度，仍然與從前一般無二，如此一來，沈傲也好時常去萬歲山走動，給太皇太后問安。」

之前太皇太后聽沈傲不肯讓她出宮，原以爲是軟禁監視，可是見他這般誠摯，反倒覺得自己多疑了。萬歲山是趙佶留下來的，宮殿宏偉，景色宜人，比這宮城還氣派幾分，現在沈傲要將內眷全部遷到那裏去，倒是一個不錯的選擇，畢竟這宮裏頭這麼多趙氏太妃，若是長久與沈傲住在一起，就算大家相敬如賓，也難免被人說閒話，而到了萬歲山，至少免了許多閒話。

沈傲誠摯的道：「沈傲是個孤兒，若是太皇太后垂愛，往後我便如先帝一般伺候太皇太后，絕不敢怠慢，至於諸位宗室王親，也一定給予最大的優渥，大宋仍是大宋，社稷也仍是這社稷。」

太皇太后終於放寬了心，嘆了口氣，道：「好吧，哀家就聽你的，過幾日遷到萬歲山去。」

沈傲微微一笑，道：「微臣每隔三五日便會過去一趟給太皇太后問安，若是太皇太后缺什麼，便叫敬德隨時來支用就是。敬德……」

一邊的敬德立即道：「奴才在。」

沈傲道：「從此以後，你就是萬歲宮大太監，太皇太后有什麼吩咐，由你來宮裏傳遞。」

皇宮內苑只有一個大太監，那便是楊戩，而現在敬德一個宮中主事，成了大太監，就是說萬歲山裏的一應事務都交由他打理了，這就不止是伺候著一個太皇太后，還有諸位太皇太妃、太妃，這麼一大家子人，內侍和宮人少說也有上千人，敬德想不到他是第一個升官的，不由笑了笑：「奴才明白。」

從另一方面來說，在萬歲山設立大太監，也是對太皇太后的一種尊敬，伺候皇帝是大太監，伺候太皇太后的也是大太監，雖然只是一個內宦的官職，這裏頭卻隱含著沈傲對萬歲山那邊的太皇太后等人重視的意思。

太皇太后是個聰明人，從沈傲的話語中捕捉到這訊息，總算有了些寬慰，笑吟吟的道：「哀家半截身子都入土了，還談什麼支用，你不必太掛念，好好治理這天下才是正

理。只是……」

太皇太后踟躕了一下：「陛下當真不改國號？」

國號是一個王朝的名份，表面上看只是名字問題，卻一點不容輕慢，所以每一個王朝建立，往往在國號問題上都曾大肆討論過。可是沈傲卻只是淡淡一笑：

「微臣說過，大宋仍是大宋，微臣繼承的是先帝的江山。」

太皇太后明白了，含笑道：「這樣也好。敬德，給哀家擬一道旨意吧，哀家環顧宗室諸皇子，皆不堪爲君，皇太子趙恆，更是通敵弒父，罪不可恕，我大宋立國百年，歷代先皇皆是如履薄冰，不敢輕慢政務，爲的，就是四海昇平，天下咸安，如今，有輔政王沈傲，爲人謙誠，允文允武，可安天下，趙恆既已伏誅，新君之選，非沈傲不可。就照著這個意思擬定懿旨，明日清早的時候頒佈天下。」

敬德跪在地上，道：「奴才遵旨。」

沈傲這時也吁了口氣，不由用袖子去擦了擦額頭上的冷汗，其實面對太皇太后這樣聰明的女人，比遇到那些蠢女人要好得多，至少太皇太后能審時度勢，一旦認爲事不可爲的時候，也絕不肯胡鬧。話說就算是太皇太后要胡鬧，沈傲也一點辦法都沒有，因爲這個人是趙佶的母親，只這一個理由就足夠了。

太皇太后安了心，終於乏了，準備就寢，沈傲從景泰宮中出來，敬德在前給沈傲打著燈籠，沈傲到了宮外，對敬德道：

「往後太皇太后和諸位太妃就託付給你了，朕給不了你多少好處，因爲太皇太后還要用你，可是你只要盡心竭力，朕不會虧待了你，你的那個侄兒，朕自有安排。」

敬德感激的道：「謝皇上恩典。」

沈傲淡淡一笑：「先不要叫皇上，八字還沒一撇呢。」

出了後宮，陳濟等人正焦灼等待著，現在是非常之時，一旦殿下出了意外，這一切就全完了，當他們看到沈傲在星點燈籠的指引下緩步出來，不少人從喉頭發出一陣驚呼，紛紛簇擁上去。

陳濟急不可耐的問：「陛下，如何？」

沈傲淡淡一笑：「太皇太后很好。」

見沈傲這樣回答，所有人都吁了口氣，心知沈傲已得到太皇太后的支持，陳濟放低聲音，道：「陛下，還有一件事，方才咱們入宮的時候，不少宗室王爺似乎也探聽到了消息，都在齊王府裏集結，除了晉王，不少宗室都去了。」

沈傲並不覺得意外，這一場兵變，雖是奔著宮中，可是在宗室們看來，卻是劍指趙氏，他們若是不著急那才怪了。沈傲想了想道：

「宮裏的事，由韓世忠看著，韓世忠，記住約束軍士，任何人不得作亂，誰要是敢

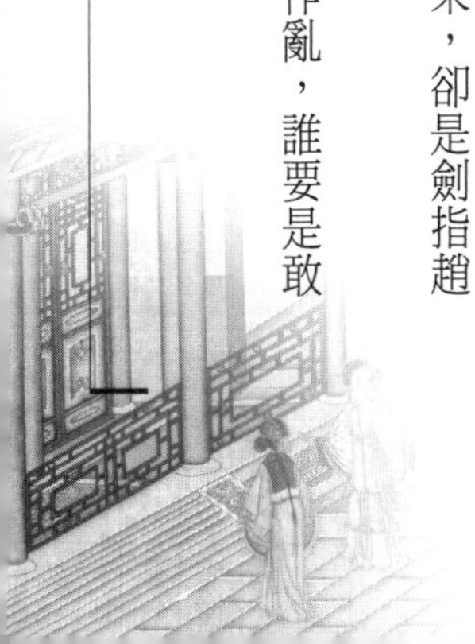

衝撞了諸位太妃，本王誅他九族。朕要去齊王府一趟，也該給他們攤牌了。」

齊王府裏燈火通明，幾十個宗室圍在一起，在幽暗的燈火下，顯得個個驚詫莫名。從某種意義上來說，除掉趙恆，這些宗室王公都曾是沈傲的盟友，只是事情已經發展到偏離了他們的預期，原本哄抬晉王出來，大家倒還可以接受，可是晉王堅持不入宮，依著白日朝議的意思，估摸著是在眾皇子之中挑選出新皇帝了。

可是事情有了變化，武備學堂兵變，馬軍司兵變，步軍司兵變，殿前司畏首畏尾，接著是文武百官會同汴京一些重要人物紛紛出現在輔政王府。

消息已經越來越壞，九皇子趙構來得最遲，火氣也是最大的，幾乎在齊王府的正殿跳起腳來，朗聲道：「沈傲已經入宮了，帶著這麼多兵，莫非是要逼宮？他這是謀逆造反了，殿前司居然不聞不問，放開了宮門，太皇太后還在……」

趙構心急火燎，倒也情有可原，本來這皇位，他是最炙手可熱的人選，現在出了這麼大的變故，皇位沒了，連祖宗的社稷都不能保全，怎麼還能坐得住？

除了晉王，齊王在諸王公裏的威望最高，齊王沉吟了片刻，道：「事情到了這個地步，到底該怎麼辦？眼下汴京是沒有法子了，難道要出京去請各路出兵勤王？」

「自然要勤王，否則咱們的宗社怎麼辦？事到如今，已是不能猶豫了，不如咱們這就趁機逃出京城去，出京之後各自分散，四處招募忠義之士，再回汴京收拾殘局。」

說話的是嘉國公趙椅，趙椅喝了口茶，又道：「否則一旦到了天明，就是想走也走不脫了。」

許多人不禁深以為然，不過說歸說，可是想到要連夜出京，家眷自然是不能帶走的，出了京城，又不知要跋涉多久，到了地頭，人家也未必買你的帳，這裏頭不知摻雜了多少變數，所以雖然覺得嘉國公說的有道理，應和的人多，真正願意付諸行動的還真沒有幾個。

康王趙構見狀，不禁拍案道：「再猶豫就來不及了，嘉國公說得不錯，與其任人宰割，倒不如……」

「倒不如什麼？」一個聲音打斷了趙構的聲音，隨即，正殿門口，沈傲悠哉悠哉地走進來，此前竟連一個通報的人也沒有。

齊王嚇了一跳，殿中的王爺、國公們也都是一驚，一個個目瞪口呆地看著沈傲。

只聽沈傲按著尚方寶劍大吼一聲：「深更半夜，鬧什麼鬧！都給本王死回去，睡覺！」

王爺、國公們別的魄力沒有，可是沈傲這麼一吼，立即就付諸行動了，一個個縮了脖子，朝沈傲訕笑，隨即一哄而散，一點蹤影都沒了。

殿中只剩下了齊王和沈傲，齊王笑得很不自然，雖然此前與沈傲的關係不錯，可是此時此地再與沈傲相會，總是免不了幾分膽戰心驚和尷尬。

沈傲大喇喇地坐下，慢吞吞地道：「齊王，從前你我是有交情的，今天夜裏的事，我也是迫不得已，你這麼做倒也情有可原，交情歸交情，社稷是社稷，你是宗室，召集大家討論一下，也是無可厚非。」

齊王大汗淋漓，忙道：「是……是……」

沈傲吁了口氣，繼續道：「我呢，真希望先帝仍在，先帝在的時候，咱們還是朋友，那時候大家玩鷹逗狗多有意思？」

齊王不禁苦笑，深有感觸地道：「先帝在的時候，本王安生做個逍遙王爺，那時候真好。」

沈傲想到趙佶，神色也不由黯然，隨即道：「以後不要再和人廝混在一起了，憑我們的關係，我也虧待不了你，我知道你的心思，你是怕社稷傾覆，從此沒了宗社依仗，富貴日子會到頭。我實話告訴你。」

沈傲的口吻變得鄭重其事起來：「我繼承的是先帝的大統，趙氏仍是王室宗親，先帝如何待你們，你們的一應供奉一切照舊。該說的話就說到這裏。好好睡吧，明日穿了尨服入宮。」

齊王哪裡敢說個不字？小心翼翼地送著沈傲出殿，出去一看，齊王才知道原來殿外竟是裏三層外三層的軍馬，從王府到外頭數里的長街都被堵塞滿了。齊王不禁咂舌，嚇得連腿都打顫了。

沈傲臨行時拉住齊王的手，淡淡道：「朕願與趙氏共富貴，你不必驚疑。」

說不驚疑，當然是假的，不過這句話，總算讓齊王的心放寬了些。

沈傲騎上了馬，朝著眾將士大吼一聲：「每十人爲一隊，四處巡檢，接管殿前司防務，把殿前司指揮叫來見本王，請楊真楊大人來。」

「遵令！」

清晨的曙光透露出來，一夜過去，江山易幟，宛若天上紛紛揚揚的細雨，潤物於無形。

當人們醒來的時候，似乎察覺出了異樣，可是這異樣和變化是什麼，卻仍舊一頭霧水。

若說是兵變，是篡位，可是爲什麼動靜這麼小？雖然街上出現了不少軍馬，可是軍馬只負責上街維持秩序，並沒有出現任何衝突，也不見任何血腥。可若不是兵變和篡位，小道消息中卻又傳出一個個駭人的消息，輔政王要登基了。

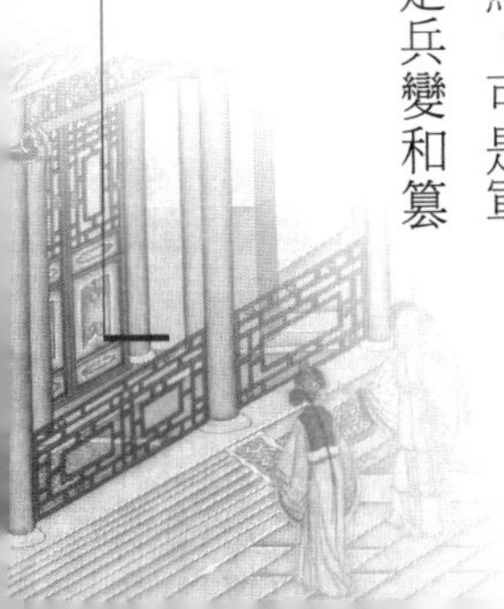

無論如何，這場即將到來的登基大典，對汴京人並沒有任何影響，非只是如此，報刊重新創立，海政也重新啓動，一切都如從前，沒有一絲一毫的改變。

百姓想要的，無非是天下太平，無非是有口飯吃，有件衣穿，不要遭遇兵荒馬亂而已。趙家人做皇帝還是沈家人做皇帝，與他們並沒有太多干係。

更何況這位輔政王在坊間的聲望不差，至少坊間這邊，是一切照舊的。

士林倒是鬧出了些動靜，有人在諮議局滔滔大哭，不過很快，他們就傻眼了，懿旨的頒佈，讓最後一點不滿的聲音都消失得無影無蹤，人家太皇太后都樂意，你倒是皇帝不急太監急，這又是何必？

據說在朝議的時候，不止是太皇太后，宗親王室們也紛紛請輔政王登基，輔政王三辭之後，才勉爲同意。如此一來，雖然也有人質疑宗室們受了脅迫，可是這些聲音很快淹沒在報刊中所渲染的溢美之辭中。

各大報刊透露出來的消息很和諧很強大，出乎一致地擁護輔政王，這一篇文章說的是輔政王對太皇太后的孝敬，另一篇就是輔政王與各大宗王之間親密無間的關係，再直白一些，就是趙氏仍是皇室，大宋仍是大宋，三省六部也仍是三省六部，一切都沒有變。

隨即，又是一個消息頒出，先帝謚號已經定下，爲「敬天昌運建中表正文武英明寬仁信毅睿聖至誠大孝皇帝」。新君大典之後，皇上將會親自扶著棺木給先帝下葬，以兒臣之禮爲其服喪。

事情到了這個地步，總算是圓滿了，大宋朝既然還是那個大宋朝，歷代先帝還是歷代先帝，唯一的不同，只是繼承人不姓趙而已，更何況雖然偶有反對之聲，可是輔政王的支持者卻是不少，懿旨頒出，先是西夏、契丹、蘇杭、泉州等地上了賀表，隨即南洋各藩國紛紛上表道賀，緊接著，各路各府也有了動作，一時間，賀表如雪片一般直入三省，比起趙恆的寒酸來，可謂盛況空前。

新君大典的這一日，講武殿的丹墀之上，沈傲穿著袞服，戴著珠冠，目光在群臣之中逡巡，以晉王和楊真爲首，紛紛拜倒，三呼萬歲。

沈傲的眼睛閃亮起來……

至此之後，天下由我主宰。

「平身！」

群臣呼啦啦地站起來。

沈傲坐在御椅上，沉默了片刻之後，才道：「吃飯的時辰到了沒有，朕餓了。」

群臣訝然……

（本書完）

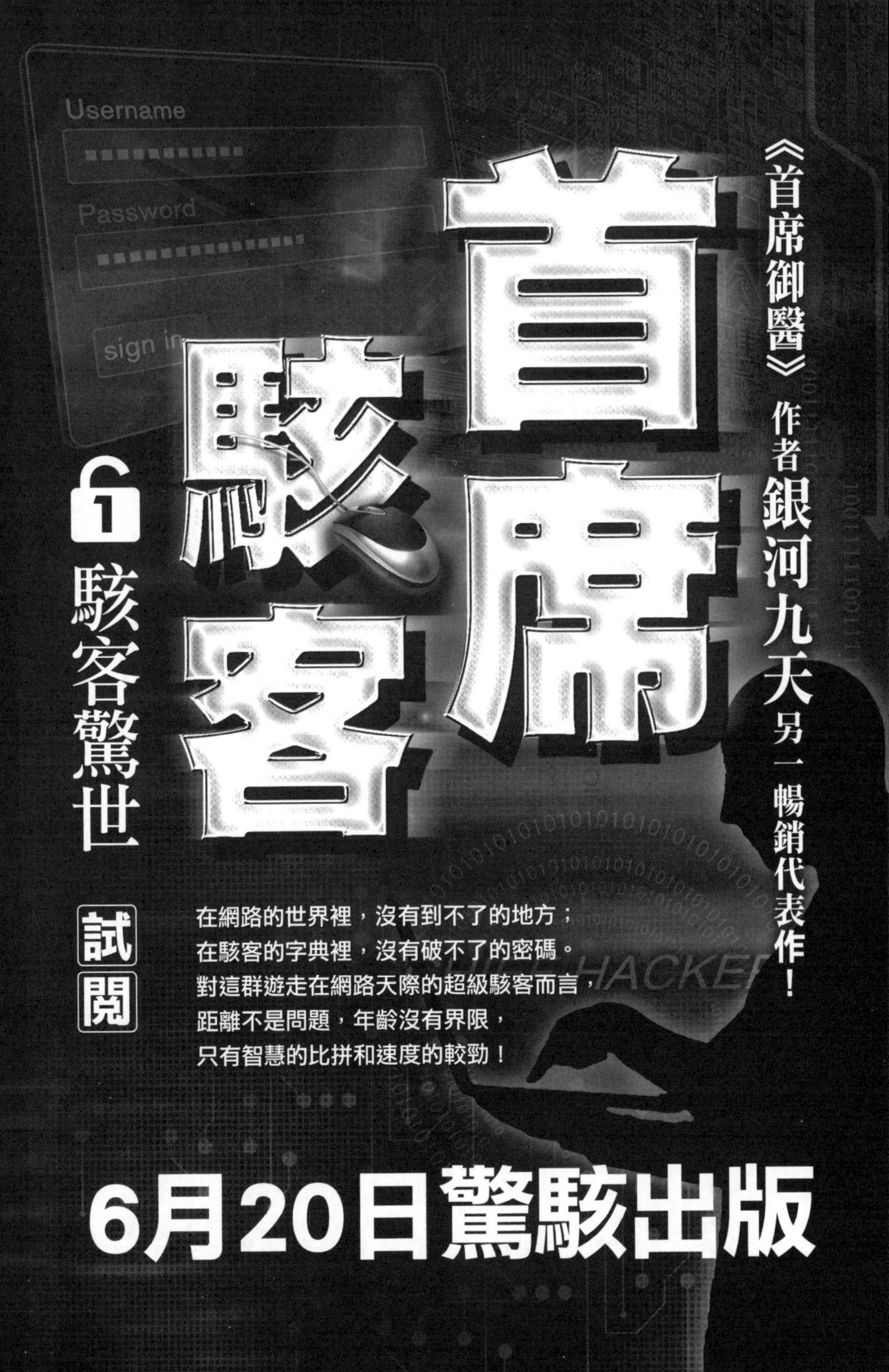
Username
Password
sign in
首席駭客
1
駭客驚世
試閱
《首席御醫》作者銀河九天另一暢銷代表作！
在網路的世界裡，沒有到不了的地方；
在駭客的字典裡，沒有破不了的密碼。
對這群遊走在網路天際的超級駭客而言，
距離不是問題，年齡沒有界限，
只有智慧的比拼和速度的較勁！
6月20日驚駭出版

引子

這裏是荒無人煙的大漠，沒有水，沒有植物，甚至沒有生命，炎日當空的時候，地上的沙子便會反射出一種明晃晃的顏色，熾烈得都可以把人的眼睛灼傷。沒有人會到這裏來，除了風掠過沙子的聲音，這裏再也沒有任何可以吸引人類的東西，就是鳥兒，也不會選擇從這裏的天空飛過，名符其實的「生命禁區」。

沉悶的機器轟鳴聲突然打破了這裏的寧靜，從太陽的那一邊飛來了一架直升機，飛機飛得很低，它飛過去的地方會捲起一層薄薄的黃霧，飛機快速掠過，並很快消失了蹤影，它身後的黃霧一直朝著沙漠的中心延伸而去。

大漠周圍一直有一個傳說，在沙漠的中心有一口泉眼，泉眼附近經常有野人出沒，他們身手敏捷、力大無比，身上的顏色和地上的沙子一樣，當地人稱之爲「沙人」。後來，就有很多探險家進了沙漠，有的就此失蹤，有的剩了半條命回來，但誰也沒有找到傳說中的泉眼和「沙人」。再後來，有一位很有名的科學家駁斥了這個傳說，說沙漠中根本沒有人類存活的條件，野人之說根本就是無稽之談，自此便再也沒有人進沙漠了。

不知道飛了有多久，直升機突然不再前行，停滯在空中並且開始下降。飛機剛一停穩，便從上面跳下兩個人來。

「頭，我說那當年在這裏建監獄的人，得是個天才啊！」後面一人看起來很年輕，二十來歲的樣子，他摘掉太陽眼鏡，一邊打量著四周，一邊看著自己手裏的地圖，道：「從這裏不管往哪個方面走，都得六七天才能走出大漠，再沒有食物和水的情況下，就是故意放犯人走，他也走不出這沙漠去。」

被稱之為「頭」的人並沒有理他，拿手遮在額前，向四周搜索著，似乎在尋找什麼，可是周圍除了沙子，並沒有別的東西。兩人身上的衣服也很奇怪，是制服，但既不是警服，也不是軍裝。

年輕人似乎還沈浸在自己的發現之中，興奮地把地圖往「頭」面前一現，「頭，你看看呀，這裏是個絕對的中心點！」

那個「頭」沒有看地圖，而是冷冷地看著對方：「想知道你說的這個天才現在在哪裡嗎？」

年輕人點了點頭，但他不明白這話的意思。

「他此刻就被關在這座監獄裏，這座他親手設計的監獄裏。」

「呃……」

後面那人頓時感覺像是被潑了一盆冷水，從頭涼到腳，剛才的興奮勁頭一下子跑得乾乾淨淨。回過神來，他順著「頭」指的方向看去，卻只看到一座沙丘，並沒有監獄的影子。

「頭」低頭看了看表，道：「準備走吧，接應我們的人應該到了。」

聲音剛落，四周「沙沙」聲頓起，地上憑空冒出了幾根沙柱，將兩人圍在了中心。站在「頭」後面的那小夥子被嚇了一跳，此時他才看清楚，這些沙柱其實都是人，只是渾身上下都和沙子一個顏色，往地上一躺，那就是沙子，除非是他們主動跳出來，否則你就是從他們頭上踏過去，也發現不了這個秘密。

沙人手裏的武器，讓他覺得很不舒服。

「AZ77293？」「頭」突然喊道。

「我是！」其中的一根沙柱開口說了話。

「頭」掏出一紙文件，往那個AZ77293前面一遞，「奉命前來探視犯人S0017。」AZ77293接過文件，勘驗無誤，道：「跟我來吧！」眾「沙人」收起武器，轉身朝沙丘走去，兩人緊隨其後。

年輕人走在最後面，今天的一切，已經大大超出了他的認知範圍，這讓他有些反應不過來，他迷迷怔怔地看著幾個「沙人」的背影，機械式地跟著隊伍。

那幾個沙人似乎沒有意識到前面聳立的沙丘已經阻斷了前進的路，他們逕自走到沙丘之前，繼而抬腿邁了過去，而奇蹟就在這一刻發生了，沙人居然消失了身影，就像是被沙丘給吸了進去一般。

年輕人狠狠地掐了掐自己的大腿，然後使勁揉揉眼睛，自己沒看錯，這一切都是真的，可自己怎麼就感覺像是在夢裏呢。直到他自己也被沙丘吸了進去，他才明白過來，這根本就不是沙丘，而是一種很特殊的材料，它會反射出沙子的顏色，讓外面的人以爲這是沙丘，外面的人看不到沙丘裏面，但裏面的人卻可以看到沙丘外面的情況，清清楚楚。

也因爲有了這層特殊材料做的防護罩，沙丘裏面感覺很涼爽，而這沙丘，便是傳說中的安全係數最高的神秘監獄。

AZ77293把兩人領到一扇門前，「S0017就在裏面！」

屋子裏面有個二十七八歲的年輕人，他此刻正坐在一個方桌前，桌上擺著一盤棋，棋局到了最後關頭，那人手指敲著桌沿，眉頭緊鎖，似乎在思索著下一步棋該如何走，兩人的到來，也沒能讓他抬眼一看。

「頭」緩步走到方桌前，駐足看了片刻，將紅方的卒子往前一推，道：「攻卒！」

那人這才抬起頭來，瞥了「頭」一眼，漫不經心地道：「我當是誰呢，原來是你！」完了順手移動棋子，「將！」

「頭」坐了下來，看著棋局，笑道：「雁留聲，我們又見面了！」

「這又不是什麼好事！」雁留聲往椅背上一靠，嘆道：「如果有可能的話，我這輩子都不想見到你！唔，我估計你也是這麼想的。」

「頭」乾笑了兩聲，「你說的沒錯，我確實是不想見到你。可是沒辦法，最近發生了一點麻煩事……」

「你要是下棋的話，就趕緊走棋，不下棋就給我走人！」雁留聲有些不耐，「我可沒閒工夫聽你囉嗦！」

「放肆！怎麼這麼跟我們頭說話呢！」站在一旁的年輕人有些按捺不住了，指著雁留聲的鼻子喝道：「你小子老實點，知道你現在是什麼身分嗎?!」

「你剛入行沒幾天吧？」雁留聲不怒反笑，斜斜瞥了對方一眼，「一看就是個菜鳥，別這麼沒規沒矩的，你們的頭就在這坐著，有你插嘴的份嗎？」

「你……」

「好了，你給我退下！」「頭」瞪了一眼自己的手下，才把對方的火氣給憋了回去。

「你真該好好管管你的手下了，你看這……」雁留聲一旁有些幸災樂禍。

「這是我自己的事，用不著你操心！」「頭」同樣瞪了一眼雁留聲，「還有，我同樣也沒有閒工夫跟你囉嗦。」

「頭」頓了一頓，沉聲道：

「上個星期，我們的技術人員在對一些科研單位的網路進行例行巡檢時，發現了駭客入侵的痕跡。對手很高明，也很狡猾，他早在一個月之前就通過『跳板』、『擺渡』、『僞裝』等各種手段，把自己精心設計的間諜木馬安插在了這些網路之中，伺機搜集我們的保密技術資料，這種間諜木馬能通過各種途徑將收集到的資料轉移出去，並送回到該駭客的手裏。駭客一共入侵了十多家科研單位，都是我們重要的國防科研機構，目前我們還不清楚這個駭客到底偷走了多少資料，也不知道這個駭客在爲誰服務！」

「跟我說這些幹什麼，想請我幫忙？」雁留聲瞇著眼看著對方，笑呵呵地道：「對不起，我呢，跟你沒交情，我沒義務、也沒理由幫你！」

「我們不需要任何人的幫助，也包括你在內！就是你求我們，我們也絕不會接受你的幫助！」「頭」毫不退讓地看著雁留聲的眼睛，「這是我們的原則，這點請你務必要記住！」

「唔……」雁留聲對這個傢伙突然強硬的態度有些反應不及，既然你不是來尋求幫助的，那幹嘛千里迢迢地跑到這鳥不拉屎的地方來?!

「我說這些，只是要告訴你我們的處理結果，我們決定釋放你。」「頭」的嘴角突然翹了起來，露出一絲別有意味的微笑，「雁留聲，你自由了！」

「這……」雁留聲似乎對這個結果一時還有點難以接受，只是片刻的思索，他便大笑了起來，笑得他在椅子裏東倒西歪。

好久之後，他才止住了笑，站起身子，對著「頭」伸出右手，道：「你終於做出了一個英明正確的決定！」

「頭」站了起來，也伸出了手和對方一握，笑道：「謝謝你的誇獎！」

「那還等什麼呀！」雁留聲有些興奮，道：「趕緊走吧，我是一刻都不想留在這個鬼地方了，如果我沒記錯的話，再半個小時，就會有一顆軍事衛星飛過沙漠的上空，你們不想暴露這個監獄的位置吧！」

兩個小時後，沙漠邊緣的三山市。

「頭」把一個大箱子交到了雁留聲的手裏，「這是你三個月前被我們沒收的行李，現在還給你。」

「那我就走了！」雁留聲嘿嘿笑了兩聲，「兩位不用送了，咱們後會無期！」

「頭」湊到雁留聲的身邊，低聲道：「不要太得意，我可不保證我們今後就不會再抓你！」

「別做夢了，我不會給你們機會的！」雁留聲擺擺手，大搖大擺地消失在人群之中，老遠還能傳來他的笑聲。

「就這麼放他走了？」年輕人望著雁留聲消失的方向，有些費解，「頭，我是真不明白，駭客的入侵和放走他有什麼關係，難道我們放了他，駭客就不敢來入侵了？」

「你說對了！」頭點了點頭，臉色很不好看。

「這……這……，頭，你沒開玩笑吧！」年輕人一臉的不可思議，他沒想到自己的隨口一說，竟成了事實，「這個傢伙到底是什麼人啊？」

「頭」無奈地嘆了口氣，「我們走！回去的路上我再慢慢跟你說。」

「他是網路間諜界公認的NO‧1，那些被媒體和輿論捧出來的所謂的『世界頭號駭客』，在這些網路間諜面前根本不堪一提。『雁留聲』是圈裏人送他的代號，沒人知道他的真實身分，我們所能得到的一切資訊都是他本人僞造的。雁留聲以販賣各種機密爲生，手裏掌控著全球最厲害的網路間諜機構——『Wind』機構，這個機構和很多國家的情報部門都有業務往來。出道以來，雁留聲從未失手，只要你價錢夠力，他什麼資料都能弄到，這些年他更是做下了不少大案，有國家的政要因他身敗名裂，有國家因他而彼此交惡，某國花費數千億美金研究的科研成果被他拿去賤賣；他能讓一個跨國公司頃刻間面臨破產，也能讓名不見傳的人一夜成名。也因爲他實在是太厲害了，這讓很多人對他是既愛又怕。前些年，曾有幾個國家的情報機構設下圈套，想把雁留聲逮住，沒想到雁留聲太過狡猾，每每識破圈套，反過來給對方下套，讓這幾個國家偷腥不成，反惹了一身騷，最後也就不了了之。」

年輕人瞪大了眼睛，他感覺自己的上司是在說書，或者是在逗自己開心，「怎麼可能有這麼厲害的人？如果他真的這麼厲害，怎麼會落到我們手裏？」

「三個月前，爲了前往歐洲，雁留聲入侵了我們出入境管理中心的伺服器，在上面嵌入了一條非法的命令，當伺服器重啓的時候，這條非法命令就會在我們的伺服器上爲他製造一個合法的出境身分。他很神通，居然知道我們的伺服器會在每週三的早上八點有一次例行巡檢，這時候伺服器會重啓，於是他選擇了乘週三九點的班機出境。」

「人算不如天算，週三的那天，出入境管理中心接到通知，推遲例檢，迎接一個工作組的突然檢查。因爲手裏拿的護照在我們的伺服器上沒有任何記錄，雁留聲被扣住了，可就在工作人員查證他身分的時候，伺服器上又突然出現了他的出境登記，工作人員意識到這其中可能有問題，於是上報，我們這才抓住了這個傳說中的NO・1。」

「頭」說到這裏笑了笑，「如果不是這傢伙弄巧成拙，我們可能永遠也摸不到這傳說中『世界第一駭客』的影子。」

「那你怎麼能放他走呢！」年輕人激動了起來，差點就從座椅上跳了起來，吼道：「這傢伙完全就是顆核彈，萬一他……」

「頭」按住對方的肩頭，道：「我放他走，自然有放他走的道理，你先不要激動！」

「不是我激動，是你糊塗了！」年輕人捏了捏拳頭，很氣憤，「他可是個職業的網路間諜，在這樣人的眼裏，根本不會有國家利益、人民生死，只要給錢，他什麼東西都敢販賣！」

「正因爲他是個職業的網路間諜，正因爲他眼裏只有他自己，我才敢放他走！」「頭」的聲音也大了起來。

年輕人詫異地盯著自己的上司，他想不明白。

「和我們這些服務於國家的人不同，這些職業網路間諜只爲自己服務，他們販賣情報就是爲了獲取利益，不牽扯任何政治利益，所以很多國家的情報部門都喜歡雇用這些職業網路間諜爲自己服務，一旦間諜失手，他們只不過是損失一筆訂金而已，不會有任何的政治麻煩。而作爲職業間諜就完全不一樣了，他們只是別人手裏的工具，沒有真實的身分，不會得到政治庇護，一次失手，就意味著喪命，或者是終生監禁。所以，一些有能力的職業間諜不得不爲自己早做打算。」

「我們有句古話，叫做『兔子不吃窩邊草』，何況雁留聲還不是兔子，他是一頭狡猾而霸道的獅子王。他的Wind機構從不販賣我們的情報，也不和我們有任何的業務往來，而且，他在圈子裏放出話來，很霸道地把我們這裏劃作了Wind的地盤，任何企圖在Wind地盤上竊取情報的人，他都視作是向自己挑釁。起初，有一些人不服，結果全都把自己折了進去，後來也就沒人敢冒這個險了。再往後，其他幾個間諜機構也紛紛效仿，各自劃定了自己的勢力範圍。這些職業間諜真是有趣，不僅要應付政府的打壓，還要防範同行之間的暗戰，怪不得個個技術超卓。」

年輕人恍然大悟，道：「他這不是在我們的地盤上給他自己壘了個窩嗎?!」

「頭」呵呵笑了起來，道：「是啊，我現在也有些搞不明白，究竟是我們保護了這個窩，還是他保護了我們的地盤。不過，我們可以確定的是，讓他待在自己的窩裏，對我們來說，是利大於弊的。」

「頭」頓了頓，繼續說道：「何況，這個傢伙是個燙手的山芋，絕不能拿在我們的手裏。雁留聲神秘失蹤三個月，現在都在風傳他落在我們的手裏，不少人已經開始活動了。你要知道，這個世界上有多少人希望雁留聲死，就有多少人想得到雁留聲，一旦他們拿到了雁留聲落在我們手裏的證據，雁留聲那些爲自己僞造的身分就會被很多國家所承認，這些國家會以各種理由來和我們交涉，要求引渡，到時候我們就很被動了。雁留聲犯下的每一樁案子都不小，放了他，也給我們省了不少的麻煩。」

「這傢伙實在是太厲害了！」年輕人不得不服，但還是有些擔心，「不過，我還是覺得不應該就這麼放他走了，至少要讓他今後的行為在我們的控制範圍之內才安全。」

「現在說這個已經晚了！」「頭」望著車窗外，嘆了口氣，「我倒不擔心他回去後會做出什麼對我們不利的事情，而是擔心另外一件事情！」

「另外一件事？」年輕人有些不解。

「我懷疑雁留聲是故意落在了我們手裏！」

「這怎麼可能！」年輕人瞪大了眼，這完全沒有理由啊，一個兵，一個匪，哪有匪自己送上門來的道理。

「我現在還不能確定這傢伙的目的！」「頭」搖了搖頭，「我記得很早以前圈內就有這麼一句話，說『每天天一亮，所有Wind監控對象的當天日程安排，都會放在雁留聲的辦公桌上』，這句話有點誇大，但也不是空穴來風。事後我查過，那個工作小組對出入境管理中心的突然檢查，並不是臨時起意，而是早已安排好的，只不過是延時通知而已。雁留聲如果決定出境，他肯定會搜集所有與之相關的資訊，以確保自己的絕對安全。如果他得不到這些資訊，為了安全起見，他必然會選擇更加可靠的航班，而不是九點的那趟班機。」

「頭，你是不是有些太那個了！」年輕人覺得自己上司的這個推測有些太離譜了，「雁留聲就是再厲害，也是個人，而不是神，他總有馬失前蹄的時候吧！」

「或許吧！」「頭」拉上了車窗的簾子，「只是我不相信雁留聲會犯這樣的錯誤。回去後你查一查，看看雁留聲落在我們手裏的風聲是從哪裡傳出來的，一定要落實。」

「是！」年輕人頓了頓道：「那你說雁留聲爲什麼要這麼做？會不會是避禍，他有那麼多的仇人？或者是……」

「頭」沒有回答手下的問題，而是往後一靠，然後閉上了眼，似乎是在思索這個問題，車裏頓時陷入深深的沉寂之中。

精采內容請看《首席駭客》一　駭客驚世

大畫情聖II 十四 歷史新局

作者：上山打老虎
發行人：陳曉林
出版所：風雲時代出版股份有限公司
地址：105台北市民生東路五段178號7樓之3
風雲書網：http://www.eastbooks.com.tw
官方部落格：http://eastbooks.pixnet.net/blog
Facebook：http://www.facebook.com/h7560949
信箱：h7560949@ms15.hinet.net
郵撥帳號：12043291
服務專線：(02)27560949
傳真專線：(02)27653799
執行主編：朱墨菲
美術編輯：吳宗潔

法律顧問：永然法律事務所 李永然律師
北辰著作權事務所 蕭雄淋律師

版權授權：蔡雷平
初版日期：2015年6月
初版二刷：2015年6月20日
ISBN：978-986-146-931-7

總 經 銷：成信文化事業股份有限公司
地　　址：新北市新店區中正路四維巷二弄2號4樓
電　　話：(02)2219-2080

行政院新聞局局版台業字第3595號 營利事業統一編號22759935

定價：280元　特惠價：199元

國家圖書館出版品預行編目資料

大畫情聖II ／ 上山打老虎 著. -- 初版. -- 臺北市：
風雲時代，2014.04 -- 冊；公分

ISBN 978-986-146-931-7（第14冊；平裝）

857.7　　103003450